U0399121

CSSCI 来源集刊

新诗评论

NEW POETRY REVIEW

2016 年
总第二十辑

北京大学出版社
PEKING UNIVERSITY PRESS

图书在版编目（CIP）数据

新诗评论．2016年：总第二十辑 / 谢冕，孙玉石，洪子诚主编．—北京：北京大学出版社，2016.8

ISBN 978-7-301-27245-9

Ⅰ．①新… Ⅱ．①谢… ②孙… ③洪… Ⅲ．①新诗评论－中国 Ⅳ．① I207.25

中国版本图书馆 CIP 数据核字（2016）第 148496 号

书　　名	新诗评论 2016 年（总第二十辑） Xinshi Pinglun 2016 Nian (Zong Di–Ershi Ji)
著作责任者	谢冕　孙玉石　洪子诚　主编
责任编辑	黄敏劼
标准书号	ISBN 978-7-301-27245-9
出版发行	北京大学出版社
地　　址	北京市海淀区成府路 205 号　100871
网　　址	http://www.pup.cn　新浪微博：@ 北京大学出版社　@ 培文图书
电子信箱	pkupw@qq.com
电　　话	邮购部 62752015　发行部 62750672　编辑部 62750112
印 刷 者	三河市国新印装有限公司
经 销 者	新华书店
	660 毫米 ×960 毫米　16 开本　17.75 印张　250 千字
	2016 年 8 月第 1 版　2016 年 8 月第 1 次印刷
定　　价	42.00 元

目　录

陈超研究专辑

问题与事件

诗人研究

叶夫图申科研究专辑

新诗史研究

陈超研究专辑

陈超（1958—2014）是《新诗评论》的编委成员和重要作者，在他因抑郁症辞世之后，本刊同仁决定编一辑“纪念专辑”，但也一致认为不必为纪念而赶时间凑稿，而是约请相关作者撰写有深度的研究文章，把陈超作为当代诗歌批评家的贡献，他的诗学主张在当代文化思潮中的意义，以及他的批评家人格特点，清晰而具体地呈现出来。本专辑的三篇深度长文及一篇详备的批评家年谱即体现了这一目标。

陈超与中国当代诗歌批评

张桃洲

作为卓有建树的批评家，陈超堪称近30年中国诗歌的一位重要见证者。无疑，应该将陈超的诗歌批评放到1980年代以来中国诗歌发展和诗歌批评进展的脉络中予以考量。这里，强调陈超之于当代诗歌的见证人或亲历者的身份，是有必要的。当然，诚如洪子诚先生辩证指出的："'亲历者'为历史过程提供具有'见证'性质的叙述，无疑具有其他人所不能提供的陈述……作为'亲历者'在意识到自己的经验的重要性的同时，也要时刻警惕自己的经验、情感和认知的局限"[①]。对同一段历史或同一时期文学的研究，亲历者和非亲历者会表现出不大一样的切入角度和方式，这自不待言。此处强调陈超之于当代诗歌的亲历者身份，并不在于凸显其诗歌批评的"优先性"，而是为了指明其诗歌批评的一个基本特质：敏于对历史情境中的细节和气息的捕捉。他的诗歌批评以对同代诗人的观察和分析起步，在后来的推进中显示出与那些诗人成长及当代诗歌发展的极强的"同步性"[②]。可以说，陈超的诗歌批评伴随着其理论见解的层层深化和拓展，融入了中国当代诗歌的历史进程中而成为其中重要的组成部分。

---

① 李杨、洪子诚：《当代文学史写作及相关问题的通信》，《文学评论》2002年第3期。

② 陈超在回答记者提问时坦承："我确实觉得一代人的事只能同代人来做，否则就是老死荒野。如果同代人不做的话，那些真正的杰出的诗人就冤大啦，我对同代人有点使命感。"见《华语文学传媒大奖年度文学评论家奖得主陈超访谈录》，《南方都市报》2008年4月13日。

一

陈超开始从事诗歌批评之际，正遇上风起云涌的中国当代诗歌的潮流更迭：“朦胧诗”在激烈的论争中进入其巅峰时期并逐渐获得“经典”地位，却也面临着“盛极而衰”的窘境；与此同时，一股更新的夹杂着“叛逆”气息的“第三代”诗潮（在多篇文章里，陈超称之为“实验诗”，后来则直接使用“先锋诗歌”），已经“不可遏止”地浮出地表。在一篇为“朦胧诗”辩护的文章[①]里，陈超审慎地提出，应从“朦胧诗”中发掘出批评者所忽视的“现实主义因素”，他认为“朦胧诗人”“并非要脱离生活，而是要以更深刻的方式重新理解和评判生存以感知它的底蕴。他们从探求人的内心世界最深处入手，将内外现实看作处于同一变化中的两个潜在成分，并且能用一种整体上的逻辑和理智来控制诗思”[②]。这种关切“生存”、注重“内心”、着眼“诗思”的言说路径，为陈超的诗歌批评奠定了某种基调。

与同代一些批评家——耿占春、唐晓渡、程光炜、王光明以及稍长的陈仲义——相似，陈超最初的诗歌批评具有明确的诗歌本体意识，对诗歌的文本分析显出强烈的兴趣。他的首部论著《中国探索诗鉴赏辞典》（河北人民出版社，1989 年）和《生命诗学论稿》（为其 1980 年代和 1990 年代初诗学论文及部分诗作的结集）中的大多数篇章，即充分体现了这点。这固然受到 1980 年代文学批评反拨历史–社会方式、追求审美自律的整体风尚的促动，但更多地源于他所接受的西方文化、哲学、诗学思潮的影响。在步入诗歌批评领域之初，陈超与同代批评家共享着来自异域的各种新潮思想资源：“就整个 80 年代而言……无论是诗评家还是小说评论家，有两套书起了关键作用。一套是三联出的四五十本的‘现代西方学术文库’……还有一套是上海译文的‘20 世纪西方

① 即《朦胧诗中的“现实主义”因素》，该文写于 1984 年 6 月，为收入陈超《生命诗学论稿》中写作时间最早的一篇，虽不是他的第一篇文章，但似可被看作其进入当代诗歌批评的起点。

② 陈超：《生命诗学论稿》，河北教育出版社，1994 年，第 202 页。

哲学译丛’……受这些书的影响，我们这代人的知识系谱说得好听一点比较有活力，什么好用就用了，说得难听一点就是有点儿精神资源紊乱。”[①]这种“紊乱”的西方资源连同当时活跃的诗歌创作的激发，所催生的本体意识和语言形式意趣，以及或多或少为诗歌寻求哲学依据或根基的冲动，使得这代批评家获得了某种显豁的“代际”特征，在批评观念与实践上同前代批评家区别开来。在一定程度上可以说，从今天的角度回望1970年代末以来的中国诗歌批评版图，似乎只有这代批评家从群体的意义呈现出相对清晰的面目。在整个1980年代，这代批评家在致力于廓清新诗历史面貌[②]的同时（与前代批评家一道），超越了那种简单化的诗歌历史-社会批评，建立起一种鲜明的本体论诗学——这应当是他们共同的贡献。

不过，这代批评家虽然分享着相同的思想资源、感受着近似的创作氛围，但个人性情的差异特别是汲取资源时着眼点的不同，令他们发展出各具个性的批评路径（当然他们后来各自都有不小的变化）。比如，陈超自己就总结过他与耿占春的差别：“对我影响更大的还是属于现代人本哲学的，比如海德格尔、尼采、萨特、本雅明、胡塞尔、伽达默尔，以及‘西马’诸人的著作。科学哲学里面对我本人影响很大的，到

① 李建周：《回望80年代：诗歌精神的来处和去向——陈超访谈录》，《新诗评论》2009年第1辑。程光炜也提到，“现代西方学术文库”“在当时知识界影响很大，是一套‘热门读本’。可以说，80年代从事学术研究和文学批评的很多人的观念、知识结构都是通过它逐步形成的”。这种影响在当时产生的后果之一便是“语言的发现”，“以我个人为例，1988年前后，由于受新批评和结构主义语言学理论的影响，我写过不少以‘语言’为角度分析、阐释当代诗人作品的文章，后来结集为《朦胧诗实验诗艺术论》出版”（见程光炜《文学讲稿：“八十年代”作为方法》，北京大学出版社，2009年，第105、114页）。作为该“文库”主要策划者之一的甘阳，多年后在一次访谈中指出了“文库”形成及其发生影响过程中所包含的“诗化”成分，见查建英：《八十年代访谈录》，生活·读书·新知三联书店，2006年，第198—199页。相关讨论亦可参看贺桂梅：《“新启蒙”知识档案：80年代中国文化研究》，北京大学出版社，2010年，第222—223页及334页以下。

② 陈超的《中国探索诗鉴赏辞典》可看作一种个人化的中国现代主义诗歌谱系建构的努力，加入到了当时研究界已经开展的对中国现代主义诗歌的发掘与梳理中。

现在依然起作用的是波普尔的著作，《历史决定论的贫困》它整个改变了我的世界观，从方法论上是《猜想与反驳》。……耿占春一开始就受神话诗学、文化诗学，主要是受卡西尔的影响。《人论》我也读过多遍，但是它从语言的产生开始谈人，人是符号的动物，最后谈到了艺术和诗歌；这对于我来说感觉太遥远，我要解决最迫切的东西，想谈当下中国的先锋诗是怎么回事。"①的确，耿占春的早期代表性论著《隐喻》（东方出版社，1993年）尽管也十分关注诗歌语言，但它偏重于从神话学、文化学甚至人类学的维度，从普遍诗学的视角进行探讨，其看重的不是现象分析而是理论归纳②。而陈超诗歌批评的重心，一开始就落在当代诗歌现象和问题的剖析与评判上，其方法则是基于大量的文本细读。

对于陈超而言，之所以要大力倡导和实践文本细读，除了上述影响（尤其是同时引入的英美"新批评"理论③）的因素外，还由于其内在理论需求的紧迫性："对诗歌评论者而言，其个人方式只能是对文本的深入"，"从价值论上看，细读法是唯一能抵进最高限值的努力"；④"细读是我们从事批评活动的起点，我们应有能力吸收转化其优长"，"批评家可以采用任何有效的理论进行批评运作。但有没有对文本的'细读'这个起点是不一样的"。⑤由此，文本细读和以细读为核心方法论之一的新批评，就成为陈超诗歌批评的真正起点和理论基石，并对他后来的诗歌批评（虽经深化和拓展）产生了持续的影响。在当时的陈超看来："'新批评'是一种变格的形式主义文论，与其它形式主义相比，它又是最关心对文本意义及生成的诠释。对当时的我来说，理解它正合适。诸如文

① 李建周：《回望80年代：诗歌精神的来处和去向——陈超访谈录》，《新诗评论》2009年第1辑。

② 顺便说一句，耿占春的近著《失去象征的世界》（北京大学出版社，2008年）相较于他以往的诗歌批评，在关注点和论述方式上有了很大变化，但仍保留了神话学资源的些许印痕。

③ 陈超自陈："当时赵毅衡的《新批评——一种形式主义文论》和他编的《新批评文集》也出版了，这两本书对我的影响也很大"，且"新批评和我以前读到的两套文库发生了纠葛"。见李建周《回望80年代：诗歌精神的来处和去向——陈超访谈录》。

④ 陈超：《谈诗论方法的颠倒》，见《生命诗学论稿》，第118页。

⑤ 陈超、许仁：《"愚人志"或"偏见书"——诗论家陈超访谈录》，《山花》1998年第9期。

学的本体依据和自足品质，语境理论，文本内部矛盾意向的包容与平衡，反讽，张力，玄学性，含混，‘意图迷误’与‘感受迷误’……特别是文本分析‘细读’法，都深得我心。”[①] 于是，从 1985 年秋到 1987 年末，他“每天必做的功课是解读一首有难度的现代诗”——那些“功课”的成果，便是一部《中国探索诗鉴赏辞典》。尽管后来他的视野转向了“文化观念、价值向度”，但仍旧在“讨论写作本身”，这显然受到了新批评的“潜在支配”；因此陈超一再强调：“至今我仍未放弃新批评有价值的地方。比如文本细读，它永远是有效的乃至必须的。”[②]

值得注意的是，陈超对新批评的理解富于辩证性，对于当时急速涌起且被引介到国内、一般被视为具有消解或“破坏”性的解构理论，及其与新批评的关系，他的看法明确而清晰：“西方解构批评并不是‘新批评’简单的天敌，从基本意识上，它是新批评最近的‘亲戚’。解构主义之‘解构’，也是建立在对文本的细微构成，尤其是语言修辞特性的关注上。他们不满意新批评的‘细读’，是意在更进一步的‘超级细读’。这是很关键的地方。他们将细读、含混、复义、悖谬、歧义、反讽等因素强调到极点，必然导致‘文本有机自足’的失效。在文本意义的自由争辩中，解构批评家的确揭示了只能经由他们揭示的重要方面，文本具有了新的活力和开放性。但这种活力和开放性，都是批评家在细读文本中的每个字词、句群间的隐秘关系时，延伸、接引出来的。”[③] 无疑，这是一种相当“超前”的意识，可谓抓住了解构理论的要害，即便从当下的眼光看也依然合理。

一方面或许是得益于解构理论的启发，另一方面更多地源自他本人的理论探索的内驱力，陈超在自身的诗歌批评实践中，在坚持新批评及其细读法的同时，又对之进行了改造。按照陈超的说法，他“汲取的是新批评文本分析的态度，但是在分析文本时不会把一首诗的历史语

---

① 陈超、许仁：《“愚人志”或“偏见书”——诗论家陈超访谈录》，《山花》1998 年第 9 期。

② 同上。

③ 同上。

境封闭住”[①]，他认为“在具体运作中，我们应放开眼量，读出更多的东西，而不是局囿于一隅”[②]。可以看到，无论是集中于《中国探索诗鉴赏辞典》（及后来的《当代外国诗歌佳作导读》）里的文本细读，还是《中国先锋诗歌论》中“建立在细读的基础上”的诗人论，大都没有孤立地对文本、诗人进行分析或讨论，而是引入历史、文化等因素，试图探掘诗歌中超出语言、形式的意涵和价值。综观陈超各类著述里的文本细读，其中似乎鲜有单纯从形式（行句、音韵、节奏）角度分析诗歌的文字，它们总是把对形式的勘察滑向其他层面，如关于多多诗作《我读着》的解读：“从开始的‘十一月的麦地’到结尾的‘伦敦雾中’，像一条历经沧桑的溜索两端的扣结，坚实而完整地抻起了这首诗的时空喻指；而在弯曲柔韧的溜索中间，有多少心灵的细节，可能的语象撞击速度，感觉的迂回升沉。还有，在溜索之下又有多少逝水的温暖召唤和凶险的漩涡！”[③]在此，“喻指”朝向了“时空”主题，“语象”“速度”连接着“心灵的细节”“感觉的迂回升沉”，本已具有形式象征意味的“溜索”隐含的则是“温暖召唤和凶险的漩涡”。他大概将那种孜孜于字句、行节的形式分析，归为他所说的“美文意义上的修辞分析”了。

---

① 李建周：《回望80年代：诗歌精神的来处和去向——陈超访谈录》。

② 陈超、许仁：《“愚人志”或“偏见书”——诗论家陈超访谈录》。

③ 陈超：《游荡者说》，山东文艺出版社，2007年，第173—174页。倘若比较一下陈超《当代外国诗歌佳作导读》中对美国诗人毕晓普诗作的解读，和爱尔兰诗人希尼、美国学者斯图尔特分别对毕晓普诗歌的分析，也许更能说明问题：陈超注重毕晓普诗作中“由个体生命经历中细碎的、闪烁的痛楚，折射出无边的生命和历史悲情”（《当代外国诗歌佳作导读》上册，河北教育出版社，2002年，第16页），希尼则留意毕晓普诗歌中的“口语化的调子”“具有绝对说服力的内在节奏”（《希尼诗文集》中译本，作家出版社，2001年，第248—250页），而斯图尔特的分析凸显了毕晓普诗歌的“韵律结构”、声音与意义的关系（《诗与感觉的命运》中译本，上海外语教育出版社，2013年，第108—111页）。这里的比较不会得出孰优孰劣的评判，只是彰显各自不同的理论偏好。

二

由此看来，虽然陈超秉持鲜明的本体论立场，但他的诗歌批评自始至终就不属于纯然的“形式诗学”范畴，它们不仅与同新批评一并传入的俄国形式主义理论相去甚远，而且也偏离了他为之倾心的新批评理论。他在对诗歌语言、形式的理解和阐释中，带进了较多的历史、文化成分；更重要的是，他为他的语言本体加入了一重格外醒目的维度——“生命”，从而使其诗学观念建基于“语言－生命”本体，形成了一种独特的“生命诗学”——其中，语言与生命（生存）是紧密联结在一起、不可分开须臾的。陈超曾总结其诗歌批评的“两项任务”：“其一，立足文本细读和形式感，并经由对诗历史语境的剖析，揭示现代人的生命/话语体验”；“其二，稍稍逸出诗学的个别问题，将之放置到更广阔的哲学人类学语境中，在坚持诗歌本体依据的前提下，探究其审美功能”；而贯穿其中的“一条线索”，是“研究个体生命－生存－语言之间的复杂关系”。[①] 他的一番夫子自道，既表明了自己的理论目标，又呈现了他的批评进路：“坚持诗歌的本体依据，面对文本并进而揭示出现代人的生存与语言间的复杂关系……探询人与生存之间那种真正临界点和真正困境的语言。”[②] 与其说他的本体论立场推崇诗歌的语言（形式），不如说它更看重语言（形式）背后的与生命相连的自由、心性、存在、担当等精神性内质：“构成诗歌的材料是语言、字词，本身具有一种精神指向。所以我从来就没有相信过纯艺术的神话……越不纯就越纯”[③]；“作为中国诗人，我们大家缺乏的现代形式感已经通过艰苦的阅读和摹仿而拥有，但一个基本意识却从一开始就忽略了。它是什么呢？是我们精神运行的向度！”为此他甚至宣称：“如何保持汉语诗歌的锐利和纯洁，正义和

---

① 陈超：《生命诗学论稿》“写在前面”。

② 陈超、许仁：《“愚人志”或“偏见书”——诗论家陈超访谈录》。

③ 李建周：《回望80年代：诗歌精神的来处和去向——陈超访谈录》。

尊严，在局部的形式上的努力只能是第二义的问题。"[①] 当然，他的这一表述，有别于那种把形式视为附庸甚至要取消形式的教条式主张。

以陈超的生命诗学观之，在现代诗中语言和生命（生存）是一而二、二而一的混合体，不存在与生命无关的语言，也不存在不依傍语言表达的生命呈现，二者相互渗透、互为表里："现代诗从意味上最主要的特征是对生存的领悟（apprehend）"，"从内在精神上永远不会也不能放弃这种标度：它是一种词语的存在形式对生存 / 生命存在形式的揭示和对称。它以坚卓连贯的自足运动，和词语间不懈的推进，显示了人对其宿命的永恒反抗"；"对诗人的有限生命来说，只有从事关个人的具体处境出发，加入广博的对人类生存或命运的关怀不断深入，才能从根本上保证个我精神的不被取消"[②]。在他为某辞典撰写的"现代诗"词条里，更有如是论断：

> （现代诗）是源自生命底渊的欣悦和疼痛，是语言与生命尖锐的相互发现与洞彻，是回击死亡的圣物，是背负十字架又在天上行走的心路历程。正是在这种巨烈而充满快感的残烈摩擦中，在纯粹灵异的形式感体验中，他发现活着是值得的……因此，现代诗与现代人的生命是同构的。
>
> 生命意志对历史决定论的逾越，原始冲动对理性教条的逾越，精神自由对物利欲求的逾越，个我生命对生存压力的逾越，人在死亡之前与死亡的对峙和人对自我局限的逾越，这一切——构成了现代诗最噬心最了不起的基本命题。
>
> 决定诗之为诗的重要依据是诗歌素质上的浓度与力度，诗歌对生命深层另一世界揭示和呈现的能量之强弱……直观、错觉和幻觉，

---

① 陈超：《从生命源始到天空的旅程》，见《生命诗学论稿》，第 5 页。

② 陈超：《精神大势》，见《生命诗学论稿》，第 77、79、80 页。

> 白日梦和种族记忆，通感和移情，象征和语音漂流，生存结构和个体生命结构，复杂经验和深度文本……这一切，均在现代诗的形式中得到深度综合处理。[①]

这种“对生存和语言的双重关注”和“对本体和功能”的“同时关切”，使陈超“进入对生存、历史、文化、语言的综合思考……它牵动了美学和其它人文学科的连接域，使诗歌形式本体趋向与之相应的具体生存语境中的生命本体”[②]。这也使得陈超的不少批评文章（如《从生命源始到天空的旅程》《深入当代》《诗歌信仰与个人乌托邦》等），具有了“性质含混的泛文化语言批评”特征。

不过，正如陈超自我辨析的，其生命诗学“不是纯然探究生命问题，而是探究生命体验在语言中的转换关系，它是一个写作问题”，“不是要在生命冲动和历史写作的冲突中简单‘站队’，而应把握这种冲突，并就在这种冲突中寻求异质扭结的现代诗性”；而且“不是单考虑‘生命本原’问题，还要考虑其在历史、文化、生存、语言中的变异。因此，我试图在‘生命诗学’中综合处理生命冲动、生命意志、无意识、主体移心、症状阅读、交往理性、语义学、修辞分析，特别是历史话语和历史写作理论”；在此基础上他还提出：“诗人应为噬心的生存情境命名。在自觉于诗歌的本体依据、保持个人乌托邦自由幻想的同时，完成其对当代题材的处理，如此等等。”[③]在陈超关于其生命诗学的阐述中，始终将语言与生命并置，并强调二者的相互依存与诗歌创造的能动关系：“汉语先锋诗歌存在的最基本模式之首项，我认为应是对当代经验的命名和理解。这种命名和理解，是在现实生存－个人－语言构成的关系中体现的”，“先锋诗歌对当代话语的占有，我不是指那种表面意义上的‘时代感’、‘主旋律’，而是指生命哲学意义上的个人与当代核心问

---

① 陈超：《生命诗学论稿》，第93、94、96页。

② 陈超、许仁：《“愚人志”或“偏见书”——诗论家陈超访谈录》。

③ 同上。

题在语言上发生的冲突、互审、亲和等关系";[①] "真正的诗性正来源于对个体生命与语言遭逢的深刻理解","在今天,诗不再是一种风度,而是诗人烛照生命和语言深处的一炬烽火"。[②] 概而言之,现代诗在本质上即是一种生命诗学,是通过处于胶着状态的"语言－生命"而完成的诗性书写。在相当长一段时间里,生命诗学所包含的种种理念成为陈超诗歌批评极为关键的立足点。

不难看出,作为陈超诗歌批评核心观念的生命诗学,既有他观察和思考的中国当代诗歌[③]的促动,又与前述他所接受的西方思想影响不无关联,那些西方思想具体来说就是包括生命哲学、生命意志论、存在主义等在内的现代人本主义哲学,他在吸收的同时也融入了自己的发挥:"80年代我接受生命哲学中对'生命'一词的给定。比如狄尔泰认为生命是混茫的意志,是非理性的神奇体验;柏格森认为生命像一系列难以遏止的洪流,只能靠直觉来领悟;由此发展到叔本华、尼采的生命意志理论。今天,我仍认为它们是有效的。但我更'完整'的想法是,在诗学写作中,'生命'在吸收此前已存内涵外,应自觉摄入更广阔的东西。'生命'有自在的成分,也有'自为'的成分。它受到生物的、心理的、历史的、文化的、语言的牵制,呈现复杂结缔状态。因此,在现代条件下讨论'生命',厘清其基本结构,就离不开对这一切的同时关注。"[④] 这些不同流派、本有着历史演化过程的思想资源,被陈超"共时"地接受后,又与其他他所认同的诗学和文学资源(瑞恰兹、艾略特、罗兰·巴特等)"融汇"在一起,共同"铸就"了他所理解的"生命诗学"。与他的文本细读对新批评之封闭、内化的"扬弃"相似,陈超的生命诗学在借鉴生命哲学的"生命"内涵之余,又吸纳了"历史的、文化的"等"更广阔"因素。

---

① 陈超:《深入当代》,见《生命诗学论稿》,第20、22页。

② 陈超:《现代诗:个体生命的瞬间展开》,见《生命诗学论稿》,第25、27页。

③ 特别是1980年代"第三代诗"运动(包括女性诗歌兴起)所表现出的生命意识。

④ 陈超、许仁:《"愚人志"或"偏见书"——诗论家陈超访谈录》。

陈超对所有这些资源进行的共时性转化带来了两方面后果，其实也是他的生命诗学面临的两个难题。其一，生命诗学本应具有的理论景深和层次受到了削弱。比如，新批评的关键概念之一“张力”，在变成陈超所期待的一种精神性“张力”——“先锋诗歌是对被遮蔽了的存在的敞开和揭示，它内部的张力构成了生存 / 生命中矛盾性、差异性、衍生性、边缘性，与终极关怀、本源、核心的平等竞争 / 搏斗。这一切彼此冲突纠葛，运行在诗歌结构深处，唯一不变的是诗人揭示生存 / 生命这一基本立场”[①]——之后，参与诗性书写的语言的具体规定性（即其所蕴涵的历史、文化属性以及自身构造特点等信息）反而被过滤掉了，仅剩下“唯一不变的”“揭示生存 / 生命”的诉求。最终，它通向的是“精神高迈的圣洁天空”，即“人类有始以来一直脉动不息的伟大诗歌共同体。在这种共时体中，交流着不同时代和民族诗人的血液——在苦难和斗争中轮回的不灭的向上信念”；而“伟大诗歌共时体的存在，就是我们的精神得以进入时间的最大根源。它始终不可被消解的原因，乃在于我们对生命和生存临界点上语言复杂可能性的渴求、展露”。[②]

有必要指出，“诗歌共时体”是诗人骆一禾早先阐发过的一个重要命题。骆一禾基于“对线性的‘古典－现代－后现代’史观链条的扬弃”，提出“建立一种创造力型态的共时性诗学”，他认为“诗人归根结底，是置身于具有不同创造力型态的，世世代代合唱的诗歌共时体之中的，他的写作不是，从来也不是单一地处在某一时代某一诗歌时尚之中的……所谓‘走向世界’并不是一种平行的移动，从一个国度的现实境况走向另一个国度，而是确切地意识着置身于世代合唱的伟大诗歌共时体之中，生长着他的精神大势和辽阔胸怀”；依照骆一禾的表述，“世代合唱的伟大诗歌共时体不仅是一个诗学的范畴，它意味着创作活动所具有的一个更为丰富和渊广的潜在的精神层面……从这个精神层面，生命的放射席卷着来自幽深的声音，有另外的黑暗之中的手臂将它的语言交

---

① 陈超：《火焰或升阶书》，见《生命诗学论稿》，第 161—162 页。

② 陈超：《从生命源始到天空的旅程》，见《生命诗学论稿》，第 7、17 页。

响于本于我的语言之中"[①]。诗人西渡在评述骆一禾的"诗歌共时体"时，认为其"不仅具有批评和诗学的意义，而且在创作学的层面，联系着其生命集合的概念，而对诗学有丰富启迪"[②]。

事实上，作为骆一禾宏阔诗学构想之一部分的"诗歌共时体"，其意义主要在诗歌创作层面，即一种理想的诗写状态应当超越单一时空的囿限，成为人类文明视野下各种语言经验和生命体验的贯通交融——这一构想回荡着1980年代关于诗性创造的激情与抱负[③]。当陈超援引骆一禾的"诗歌共时体"阐述他的生命诗学时，他的批评文字难免更近似一位诗人的创作或关于诗歌创作的创作论（如他本人所言的"性质含混的泛文化语言批评"），兼有诗学认知的个人化色彩（乃至风格）和"元理论"般的普遍性与有效性。不过，当它作为一种诗学尺度，被用于具体的批评实践（针对变化着的当代诗歌现象与诗人）时，某种两难就有可能出现。这正是陈超生命诗学面临的另一难题。

例如，陈超在讨论北岛时便陷入了纠结与含混。为了摒除北岛所遭受的"严重误读"，陈超首先认定"诗人的着力点主要是对'人的存在'的探询，对语言困境的揭示，和在形式上的现代性创新"，并概括北岛诗歌的特点："其话语修辞形式属于象征主义－意象主义－超现实主义系谱，其诗歌意蕴，则始终围绕着人的存在，人的自由，人的现实、历史和文化境遇，人的宿命，人对有限生命的超越，以及诗人与语言艺术的复杂关系等方面展开。"这种切入诗歌的着眼点显然得自他的"语言－生命"一体的生命诗学。沿此思路，陈超逐步拨去缠绕在北岛身上的种种"误读"性符号："即使是在赞美的意义上，以往诗歌理论界仅将北岛定义为启蒙主义'总体话语'发布者式的诗人，也是不准

---

① 骆一禾：《火光》，见《骆一禾诗全编》，上海三联书店，1997年，第850—851页。

② 西渡：《壮烈风景：骆一禾论 骆一禾海子比较论》，中国社会出版社，2012年，第25页。

③ 更早一些时候，诗人海子就在他的《诗学：一份提纲》中表达了类似想法（他的"预感"）："当代诗学中的元素倾向与艺术家集团行动集体创造的倾向和人类早期的集体回忆或造型相吻合——人类经历了个人巨匠的创造之手后，是否又会在二十世纪以后重回集体创造？！"见《海子诗全编》，上海三联书店，1997年，第901页。

确的”；“(《回答》修改稿)为诗人赢得了巨大的名声，同时读者也将诗人仅仅定格为社会性的‘道义战士’……其实，北岛一直在警惕着单一的‘承担者’视点”；“诗歌永远只是诗歌，即使它涉及到政治，也不是意识形态‘站队’，它的视点只是艺术视点，人性的视点……北岛早期诗歌即使是涉及到政治性的个别篇什，其言说基点也是个体主体性的人道、人性内涵。然而，更值得指出的是，个别作品的政治性代表不了北岛早期作品的基本状貌”；“他出国后的诗作，不但极力淡化政治性，而且继续朝向对‘纯粹的诗’的努力。纯诗，在北岛这里不是指向风花雪月的素材洁癖，而是指向对语言奥秘的探询。经由不可为散文语言所转述的诗歌肌质，更内在地揭示生存，追忆历史，更深入地挖掘人性，吟述心灵……这些其实也是北岛80年代以来就确立的写作向度”……所有这些辨析，都意在“确认作为‘纯粹的诗人’的北岛”[①]。应该说，这种“矫正”的努力有其合理性。陈超曾专文论析过他向往的“纯粹”：“我所说的‘纯粹’不想关涉诗歌语言的具体构成，因为，离开结构谈语言，至少对现代诗是讲不通的。而结构……主要是诗人精神和生命的构成状态。”[②]在此意义上，专注于人的存在、人性之书写的北岛(姑且这么看待)确乎是一个“纯粹的诗人”。然而，陈超论述里关于北岛的“纯粹”另有所指，即虽非“素材洁癖”、但“极力淡化政治性”而“指向对语言奥秘的探询”，这样的论断不仅与一般论者对北岛所作的“去政治化”认定无异[③](其前提是“政治性”与“纯诗”的非此即彼)，而且易于坠入陈超本人所反感的诗歌“‘美文’态度”——只有“写作技术的‘超越’”“语言在修辞方式上的‘变化’”而无“灵魂的跃迁”[④]。

---

① 以上引文见陈超《中国先锋诗歌论》，人民文学出版社，2007年，第161—185页。

② 陈超：《生命：另一种纯粹》，见《生命诗学论稿》，第33—34页。

③ 对此的详细讨论请参阅张桃洲：《去国诗人的中国经验与政治书写——以北岛、多多为例》，《江汉大学学报》(人文科学版)2011年第6期。

④ 陈超：《生命：另一种纯粹》，见《生命诗学论稿》，第35、37页。

三

上述关于北岛诗歌所作的论断的偏误，可看作陈超生命诗学应用于批评实践的一个瑕疵——毕竟，他过于看重诗人对生命（生存）的噬心感。在逸出其观念框架的情形下，陈超对在“反诗”与“返诗”交错中的于坚所进行的评析，对西川诗歌“从‘纯于一’到‘杂于一’”的梳理与概括，以及对“第三代诗”若干特征的感悟式把握，无不精准而透彻。陈超的生命诗学遭遇的困境，可能也是他的诗歌批评本身遭遇的窘境：他往往“先知先觉”地、敏锐地洞悉并提出了一些诗学议题和概念，在时代语境发生变化后，他不愿调整自己的观念[①]或者未能实行其所预期的“对诗历史语境的剖析”，而难以避免地导致了局部的错位。或许，这也是中国当代诗歌批评遇到的困境。

比如，陈超很早提出了诗歌中的“历史想象力”的问题，该语后来成为贯穿他诗歌批评的核心概念之一，得到他的持续关注和反复探讨。早在1990年代中期的一篇诗学对谈里，陈超就花了较多篇幅阐述他对“历史想象力”的见解；随后的一次访谈中，他提到了“扩大诗歌文体的包容力”，“由美文修辞想象力发展到历史想象力”；在较近的一篇综论文章里，他更是从想象力的角度考察先锋诗歌的流变历程，认为“20年来先锋诗歌的想象力是沿着‘深入生命、灵魂和历史生存’这条历时线索展开的”，其重点是1990年代以后“个人化的‘历史想象力’”的出现。这些带有一定系统性的讨论勾连着其生命诗学的相关理念，二者

---

① 在回答一位来访者提问“从您进入自觉阶段以后，诗学探索的基本原点就一直没有发生过根本的变化”时，陈超如此回答：“可能有增补，但是我基本上没有太多的变化。我还是坚持诗歌是艺术，但又不仅仅是艺术。”他还提到：“（80年代和90年代）对我个人没有明显断裂，但是有增补。90年代我更强化了历史的文本性和文本的历史性。当然我有一个前提，就是通过个人来折射整体的历史症候。……我的整个诗论的根基本上有增补但没变，基本是现代人本主义特别是存在主义那条线。在修辞学研究上也借鉴了一些新批评、新历史，但没有明显的从一种诗学向另外一种诗学的转移。”见李建周《回望80年代：诗歌精神的来处和去向——陈超访谈录》。

互相呼应、生发，强化了陈超诗学观念和诗歌批评的某些特点。

按照陈超的说法，诗歌中的"'历史想象力'既包括所谓灵魂的超越，也包括日常生活，也包括历史记忆，就把它综合处理"[①]。这一命题之下至少具有三个方面的指向。

一、现代诗对生命（生存）的深入思考与书写："它要求诗人具有历史意识和有组织力的思想，对生存–文化–个体生命之间真正临界点和真正困境的语言，有足够认识；能够将自由幻想和具体生存的真实性作扭结一体的游走，处理时代生活血肉之躯上的噬心主题"；"对生存和文本的双重关注，使'诗与思'共同展示，是诗人历史想象力的旨归"；[②]它"应是有组织力的思想和持久的生存体验深刻融合后的产物，是指意向度集中而敏锐的想象力，它既深入当代又具有开阔的历史感，既捍卫了诗歌的本体依据又恰当地发展了它的实验写作可能性"，"它不仅指向文学的狭小社区，更进入广大的有机知识分子群，成为影响当代人精神的力量"。[③]这一点无疑生发于陈超的生命诗学。

二、现代诗所表现出的"历史的个人化"：这是"指诗人从个体主体性出发，以独立的精神姿态和话语方式，去处理我们的生存、历史和个体生命中的问题"[④]；"诗歌在构成性和叙述性话语中涉入分析因素，在'讲说'中要有对生存情境的穿透和'命名'；由个我经验的展示发展到将其对象化的'自我研究'；从个体生命出发包容人类生存情境。这是历史想象力要做的事"[⑤]。"历史的个人化"被视为1990年代诗歌的一个

---

① 见《华语文学传媒大奖年度文学评论家奖得主陈超访谈录》，《南方都市报》2008年4月13日。

② 李志清：《现代诗：作为生存、历史、个体生命话语的特殊"知识"——陈超先生访谈录》，《学术思想评论》第二辑，辽宁大学出版社，1997年。

③ 陈超：《深入生命、灵魂和历史的想象力之光——先锋诗歌20年，一份个人的回顾与展望》，见《游荡者说》，山东文艺出版社，2007年，第20页。另参阅陈超《重铸诗歌的"历史想象力"》，《文艺研究》2006年第3期。

④ 陈超：《深入生命、灵魂和历史的想象力之光——先锋诗歌20年，一份个人的回顾与展望》，见《游荡者说》，第11页。

⑤ 李志清：《现代诗：作为生存、历史、个体生命话语的特殊"知识"——陈超先生访谈录》，《学术思想评论》第二辑，辽宁大学出版社，1997年。

显著特征而成为重要议题，由此陈超进行了回应和辩护："将历史的沉痛化为内在的个体生命经历，它烛照了个体生命存在中最幽微、最晦涩的角落，以本真的个性化体验，折射出具体的历史症候，把读者引向更广阔的暗示性空间"[①]。

三、现代诗的包容力与综合性：在陈超看来，"现代诗的活力，不仅是一个写作技艺的问题，它涉及到诗人对材料的敏识，对求真意志的坚持，对诗歌包容力的自觉"；而实现诗的包容力有三种方式：其一，"处理'非诗'材料，尽可能摆脱'素材洁癖'的诱惑，扩大语境的载力，使文本成为时代生活血肉之躯上的活体组织"[②]，"在诗中，想象力的'不洁'常是有活力的、迷人的，它捍卫了人对生命的提问"[③]；其二，"由简单的抒情性转入深层经验的叙述性，由单向度的审美'升华'转入怀疑和反讽，由不容分说的'启蒙'变为平等的沟通和对话"[④]；或者，"生命和话语历险中彼此冲撞、摩擦、盘诘的不同义项，在一个结构中对抗共生，同时存在，多音齐鸣地争辩，小心翼翼地变奏，以求摆脱独断论立场"[⑤]；其三，"扩大诗的词汇量和语型，包括吸收和接引俗语、理语、叙述和人际对话，设置多声部的盘诘，使结构具有变奏感等"[⑥]。

这几个方面，正对应着陈超一贯的诗学理念："现代诗中的'知识'是'特殊知识'。用特殊来限制和修正'知识'，意在陈明它是一种与矛盾修辞、多音争辩、互否、悖论、反讽、历史想象力对生存现状的

---

① 陈超：《如此指斥是否性急？》，见《打开诗的漂流瓶——现代诗研究论集》，河北教育出版社，2003年，第213—214页。

② 陈超：《对有效性和活力的追寻》，见《打开诗的漂流瓶——现代诗研究论集》，第70页。

③ 陈超：《塑料骑士如是说》，见《打开诗的漂流瓶——现代诗研究论集》，第76页。

④ 陈超：《深入生命、灵魂和历史的想象力之光——先锋诗歌20年，一份个人的回顾与展望》，见《游荡者说》，第20页。

⑤ 陈超：《我看当下诗歌争论中的四个问题》，见《打开诗的漂流瓶——现代诗研究论集》，第217页。

⑥ 陈超、许仁：《"愚人志"或"偏见书"——诗论家陈超访谈录》。

复合感受有关的'知识'。"[1] 在很大程度上，这一仍然从"创作学"出发提出和进行阐述的"历史想象力"，深化了陈超的包括生命诗学在内的诗歌观念与批评。实际上，综合性也是陈超所期待的诗歌批评的一种质素，用他的表述就是"历史－修辞学的综合批评"，它"要求批评家保持对具体历史语境和诗歌语言／文体问题的双重关注，使诗论写作兼容具体历史语境的真实性和诗学问题的专业性，从而对历史生存、文化、生命、文体、语言（包括宏观和微观的修辞技艺）进行扭结一体的处理。它既不是一味地借文本解读来传释诗歌母题与理念，只做社会主题学分析，也不是单纯从本体修辞学的角度探寻诗歌话语的审美特性，把诗歌文本从历史语境中抽离，使之美文化、风格技艺化；而是自觉地将历史文化批评和修辞学批评加以融会"[2]。显然，对于陈超而言，诗歌批评本身也是一种生命诗学，要在历史－文本的双重视野下向生命突进。

有着丰富理论内涵的"历史想象力"这个概念，无疑将对当代诗歌批评产生方法论上的启示意义，应成为后来批评者的一个重要参照点。不过，未来的诗歌批评还不能仅止于包容力或异质性、抽象的历史意识或宽泛的文化情怀等层面。如年轻的批评家姜涛所言："沿了这条富于启发性的线索，或许还可以进一步追问的是：在近 20 年的思想及文学的谱系中，上述人文立场存在的前提和条件是什么？在当下情境中，这种立场在自我说明之外，是否还具有充沛的活力？同样，为它所哺育的个人化'历史想象力'是否自明？为了回应新的思想及生存问题，'历史想象力'有否存在内在的限制，又该怎样突破限制？这一突破又将伴随了怎样的困境？"[3] 对这些追问的反思性解答以及循此线索的继续追问，将是今后诗歌批评保持有效性的路径之一。

毋庸讳言，当前中国诗歌批评已陷入过度媒体化的格局，无论批评

① 陈超：《我看当下诗歌争论中的四个问题》，见《打开诗的漂流瓶——现代诗研究论集》，第 219 页。

② 陈超：《近年诗歌批评的处境与可能前景》，见《诗与真新论》，花山文艺出版社，2013 年，第 75 页。

③ 姜涛：《"历史想象力"如何可能？》，《文艺研究》2013 年第 4 期。

者的姿态还是其思维、话语方式，都受制于媒体舆论的牵引。在此情境下，陈超的诗歌批评格外值得珍视。他努力寻求诗歌批评与诗歌创作的对称，即诗歌批评的“自立性”（不只是“独立性”）[1]，探索着一种个人化的批评文体——它是跨界的、综合的，摆渡于理论与创作、理性的辨析与激荡的诗性絮语之间，已臻于极致。在总体上，陈超的诗歌批评偏向于比利时学者乔治·布莱所说的“我思”[2]的批评，亦是批评家耿占春描述的“别样的写作”[3]。倘若耿占春的说法是确实的：“诗歌批评意味着与一个时代最深刻的感知力与想象力之间进行一场持续着的对话”[4]，那么，未来中国诗歌批评将承接更艰难的挑战：不断重建批评与诗歌文本的关系，始终考量批评自身在社会、文化中的处境，等等。陈超对诗歌批评的命运早有觉识：

> 真正的诗歌批评并不能妄想获取一种永恒的价值。它只是一种近乎价值的可能，一种启示：它索求的东西不在它之外，而它却仅是一种姿势或一种不断培育起来又不断主动放弃的动作本身。[5]

---

① 见《华语文学传媒大奖年度文学评论家奖得主陈超访谈录》，《南方都市报》2008年4月13日。

② 乔治·布莱认为：“批评是一种思想行为的模仿性重复……在自我的内心深处重新开始一位作家或哲学家的我思，就是重新发现他的感觉和思维的方式，看一看这种方式如何产生、如何形成、碰到何种障碍；就是重新发现一个从自我意识开始而组织起来的生命所具有的意义”。见乔治·布莱：《批评意识》，郭宏安译，百花洲文艺出版社，1993年，第280页。

③ 在耿占春看来，“诗歌批评实践在最富有创造性的情况下正在成为一种别样的‘写作’……当代诗歌批评失去的客观知识面具，不仅使得批评自身成为一种独具文体意义的写作，也提供了诗歌批评建构自身话语的契机，一种依赖文献的知识话语的消亡敞开了建构一种理论话语的可能性”。见《当代诗歌批评：一种别样的写作》，《文艺研究》2013年4期。

④ 同上。

⑤ 陈超：《论诗与思》，见《生命诗学论稿》，第143页。

个人化历史想象力：在当代精神史的构造中

姜　涛

2014年10月末，陈超纵身一跃，离开了这个世界，他的诗学文集《个人化历史想象力的生成》恰好同月出版，仿佛一份特别的诗学遗产，被郑重地留了下来。“个人化历史想象力”这一提法，更可以看作他二十多年来诗歌批评、诗学思考的结晶，既指向了先锋诗歌既往历史的总结，又与一种寻求“价值支点”的努力相关——“我试图以‘个人化历史想象力’作为这个支点，为当代诗歌的写作和读者的知觉，提供某种理论力量”[①]。在历史的追溯与前景的瞻望之间，或许可以说，“个人化历史想象力”不是那类可以自圆其说、可以轻快写进诗歌史里的概念，它的内部包含了难度，甚至包含了某种隐忧和负重之感。面对这份沉甸甸的遗产，要真正接过它的分量，简单的褒奖或重述，是远远不够的，能否在纵深的视野中，检讨它生成的脉络，体察内在的诉求和紧张，并进一步思考怎样激活它的可能性，或许更为关键。特别是在新世纪热闹的诗歌现场，所谓“个人化历史想象力”自身已略略显出疲态、又试图有所挣脱的时候。[②]

---

① 陈超:《后记》，见《个人化历史想象力的生成》，北京大学出版社，2014年，第414—415页。

② 2013年初，借评述几位当代诗人的长诗写作，我曾在《历史想象力如何可能：几部长诗的阅读札记》(《文艺研究》2013年4期)一文中试着对上述问题有所回应，但当时匆匆忙忙，只罗列了几点观感，未及展开。

一

所谓“个人化历史想象力”，依照陈超在《后记》中的概括：“约略指诗人从个体的主体性出发，以独立的精神姿态和个人的话语修辞方式，去处理具体的生存、历史、文化、语言和个体生命中的问题，使我们的诗歌能在文学话语与历史话语，个人化的形式探索与宽广的人文关怀之间，建立起一种更富于异质包容力的、彼此激发的能动关系。”[①]看得出，这一概括具有“综合指认”的特征，指向了写作的主体姿态、题材范围、修辞风格、人文视野等多个方面，核心命意是强调“个人”与“历史”之间的有效关联。熟悉当代先锋诗的读者也知道，这一概括不是在某种诗学“原理”的层面提出的，而是基于上世纪 90 年代诗歌特定的历史经验。对此，陈超也有清晰的说明：“大约 1993 年以后”，相对于 80 年代“日常生命经验型”和“灵魂超越型”，以及 90 年代初“有效写作的缺席”，当代先锋诗歌的想象力出现了“重大嬗变与自我更新”，“个人化历史想象力”的诸般特征开始出现，并很快“由局部实验发展到整体认知”。

以一种简化的类型学方式，勾勒 80—90 年代先锋诗歌想象力的“转型”，这一描述与我们熟知的“90 年代诗歌”的生成叙述大致重合，“个人化历史想象力”作为一种“简洁的综合性指认”，也大致涵盖了当年一系列流行说法指称的内涵，如“知识分子写作”“个人写作”“民间立场”“中年写作”“中国话语场”等等。[②]说起“90 年代诗歌”，这个曾经引发诗坛激烈论争的批评性概念，如今已在诗歌史上牢牢坐实，成为一个特定时期的“类型”概念。可以注意的是，现有“90 年代诗歌”的讨论，仍大多着眼当代诗的内部线索，集中于相关风格、表述的梳理和辨析，但对于支撑“90 年代”的特定社会条件、思想氛围，尚缺乏

① 陈超：《后记》，见《个人化历史想象力的生成》，第 414 页。

② 陈超：《先锋诗歌 20 年：想象力维度的转换》，见《个人化历史想象力的生成》，第 11 页。

比较深入的考察。在一次演讲中，诗人西渡就谈到了这个问题，他认为如果不了解当时的社会背景，“我们就不知道‘90年代诗歌’为什么是这样，它是怎么发生的”。事实上，这不仅会妨碍对“90年代”的完整认识，也会妨碍当代诗自我意识的成熟、拓展，因为“社会背景”的缺失，会导致当年一系列写作方案的抽象化，可以脱离具体的历史情境成为自明性的“原理”。这样一来，自我反思的契机很容易被错过。

根据自己的亲身经验，西渡还将“90年代”的起点提前至了1989年，特别强调1989—1992年这一早期阶段的重要性——“这个阶段的写作一直是被遮蔽的，在现在的‘90年代诗歌’研究中几乎完全被忽略”。[①]1989年与1992年，这两个年份在当代中国的重要性自不待言，“改革时代”遭遇了猝然顿挫、犹疑，以及随后的强力推进。短短两三年之内，先锋诗歌的圈子里发生了什么？诗人普遍经历了怎样的震荡？个人的写作在怎样的脉络上延续或转换？不少诗人的自述、回忆，都会涉及这样的话题，一般会谈到的包括海子、骆一禾、戈麦等友人的故去，那场春夏之交的“雷暴”，随后的流亡与离散，以及新环境中普遍的不适与困惑。仅凭这些只言片语，我们尚不能重建一个时期的诗歌现场，但大体还是能感觉到，在周遭的历史变动中，一些方式被猝然打断，另一些方式随之开启，新的能量也在悄然聚合，像常被提及的“90年代”的发轫之作，其实大多写于1989—1992年之间。[②]1993年以后，与其说以“个人化历史想象力”为核心的“90年代诗歌”开始浮出地表，毋宁说代表性的诗人诗作，已进入了公开的发表、出版和自我叙

① 西渡：《“90年代诗歌”回顾与反思》，见张志忠等编《走向学术前沿：“中国现当代文学学科前沿”系列讲座》，武汉出版社，2012年，第199、219页。

② 如王家新《帕斯捷尔纳克》（1990），欧阳江河《傍晚穿过广场》（1990）、西川《致敬》（1992）、于坚《0档案》（1992）、臧棣《在埃德加·斯诺墓前》（1989—1990）、萧开愚《国庆节》（1989）、孙文波《地图上的旅行》（1990）等。

述的阶段。[①]

包括西渡在内，强调1989—1992这个“初级阶段”的重要性，目的不是要为“90年代诗歌”确定一个准确的时间起点，而是说“90年代诗歌”乃至“个人化历史想象力”正是生成于80—90年代之交“历史的剧烈错动”中，与“错动”带来的犹疑、反省、再发现之能量有关。从更大的视野看，“错动”不只表现为中国“改革”进程的颠簸，伴随了“苏东”剧变的发生，整个世界也在这个窗口时期经历了结构性转向。借用历史学者的表述，这是所谓“短的20世纪”的终结时刻，80年代中国社会及文化领域的发生激变，不过是这个飞扬的、革命的世纪的尾声。[②]换言之，“90年代”不仅开启了中国“改革”的新阶段，也是冷战结束之后世界史的一个新阶段，包括“90年代诗歌”在内的一系列文化现象，或许也可以放在这样的历史前提下进行透视性的审度。

臧棣写于1989—1990年间的组诗《在埃德加·斯诺墓前》，西渡认为是“代表了90年代初期诗歌写作的一个高度”，“也是那个年代最有雄心的写作”，这组诗所试图完成的，恰恰是要一次性地处理“20世纪所有那些激荡过人们的重大主题”，如青春、革命、爱情、真理、美和

---

① 西渡在演讲中提到1993年底由韩作荣出编的《诗季》出版，可以看作先锋诗歌在90年代最早的公开出版物，随后由闵正道主编的《中国诗选》1994年由成都科技大学出版社出版，90年代的核心诗人几乎悉数亮相，它同时刊出的四篇诗论：朱大可《先知之门》、臧棣《后朦胧：作为一种写作的诗歌》、欧阳江河《89后国内诗歌写作：本土气质、中年特征与知识分子身份》、王家新的《回到四十个问题》，后来成为“90年代诗歌”批评的一个持续的话语来源。（西渡：《“90年代诗歌”回顾与反思》，张志忠等编，《走向学术前沿：“中国现当代文学学科前沿”系列讲座》，第211页）可以补充的是，这一辑《中国诗选》中刊发的90年代经典诗论，还包括西川《答鲍夏兰、鲁索四问》；陈超也发表了两篇诗论，一为开卷诗人沙光的评论《有方向的写作》，一为《从生命源始到天空的旅程》。

② 霍布斯鲍姆在《极端的年代》一书，将20世纪看成一个“短促的世纪”，即从第一次世界大战爆发起，到苏联解体为止。对这一问题的讨论，也可参见汪晖《去政治化的政治：短20世纪的终结与90年代·序言》，生活·读书·新知三联书店，2008年。

爱、诗与历史、理智与幻觉、人性与权力：[1]

> 亲爱的先生，有时我想我能
> 把一个年轻的世界扶上花园里的秋千
> 只要狠命一推，我们俩就可以
> 听到树枝内在的嘎嘎声：像地狱里转动的门轴。

在后来的访谈中，臧棣谈到这首诗的基本场景，是“一个人与他在成长过程中所受到的历史教育之间的对话”，“写完这首诗后，我能感觉自己获得了一种心境，似乎从此以后，历史对我个人而言不再构成一种压抑的力量”。将一个“年轻的世界”（世纪）送上秋千的时刻，也正是与这个“世界”（世纪）可以分离、对话的时刻。与斯诺对话的“我”，似乎洞悉了这个年轻、激进世纪内部的暗黑法则，同时也开始懂得享受秋千之上的失重、轻逸。他所提到的“历史”，对自我构成压抑，同时也构成了教育的“历史”，说白了指的就是20世纪——由“斯诺们”书写过的、由“红星照耀”过的20世纪。这组90年代初期的代表之作，将丰沛的历史沉思注入抒情独白之中，显现了“个人化历史想象力”最初的清新和宽广。在某种意义上，这组诗也可以读作一部“告别”之作，“告别”的方式并非与历史的断裂，更多是一种“对话”中的重述，沉甸甸的20世纪在被“扶上秋千”之后，也消除了它的沉重、专断——正如臧棣所言：“历史对一个人来说可以是一件乐器，而语言就像紧绷绷的丝弦那样”。[2]

将“历史”重述为一种语言的机遇，“告别”之感或许源于个人的成长经验，但诗行中如黄昏暮色一样弥散开来的历史感受，却并非偶然地同步于20世纪的“终结”，非常值得进行结构性分析。在此一阶段其

---

① 西渡：《“90年代诗歌”回顾与反思》，见张志忠等编《走向学术前沿：“中国现当代文学学科前沿”系列讲座》，第206页。

② 臧棣：《假如我们真的不知道我们在写些什么……——答诗人西渡的书面采访》，《山花》2001年第8期。

他诗人的笔下，我们也能读到类似的告别感受，包括那些读者早已耳熟能详的段落，诸如“终于能按照自己的内心写作了 / 却不能按一个人的内心生活”（王家新《帕斯捷尔纳克》）；“我不知道一个过去年代的广场 / 从何而始，从何而终 / …… / 我不知道还要在夕光中走出多远才能停止脚步”（欧阳江河《傍晚穿过广场》）；“曙光，这是我们俩的节日， / 那个自大的概念已经死去， / 而我们有这么多活生生的话要说”（萧开愚［肖开愚］《国庆节》）。当然，在不同的写作者那里，与历史“告别”或“对话”的方式迥然不同：或追求“金蝉脱壳”式的语言解放，舒展写作技艺柔软的翅翼；或尝试一种不洁的、容留的诗歌，以碎片化、寓言化的诗体对应泥沙俱下的世俗现实；或参照 20 世纪欧洲的诗人系谱，在见证、担当的意义上，确立凝重而不无感伤的自我形象。无论怎样，一个前提是被分享的：当激越的、宏大的历史已成过往，一个严肃的作者有必要在它漫长的投影中，在尚不确定的知识和情感状态中，重建自己的生活和写作。

二

这是先锋诗歌人文气息最为浓郁的时刻，也是“个人化历史想象力”凝聚、塑形的时刻，校正写作和历史的关系，成为此一时期最突出的主题。一般而言，这种变化会被放在 90 年代与 80 年代的反差中去论述，但如果将 80 年代看作一个世纪的尾声，那些被修正的种种“自大的概念”，无论是启蒙的、经世的文化幻觉，还是夸张、浪漫的自我神话，也包括纯粹的文学自足想象，其实都可以在革命的、飞扬的、创造的 20 世纪中，去寻绎其生成的脉络。因而，诗人在历史面前的姿态调整，与 90 年代初期人文思潮和知识方式的转变，具有相当的同构性，这其中也包括反思激进主义的思潮。所谓反思激进主义同样兴起于 1989—1992 年间，这股思潮同样与历史顿挫时刻的痛切感知相关，又不断与“反极权”“反乌托邦”的自由主义论述、与强调渐进价值的保守主义立场相互激荡，并得到推崇多元、差异的后现代理论的支撑，颇为强劲地支配了90年代初期思想氛围、感受氛围。后来，这股思潮固化为相对较为僵硬的“反激进”“反革命”姿态，但最初以一种非对抗的方式（暗中呼应了谋求稳定发展的国家论述）转向对20世纪历史和思想的重新检讨，重新寻找有效知识方式、思考方式，这种要求也开启了90年代学术思想的进程。

先锋诗人的群体并不居于人文学界的中心，但浸润于同样的历史感受，或主动或被动地，也分享了相似的知识资源。仅以陈超为例，在他的批评与诗学论述中，对于“极权”话语、乌托邦叙述的抵制，就是贯穿始终的内在线索。在接受李建周访谈时，他曾介绍自己所接受过的资源，特别提到波普尔的《历史决定论的贫困》，它“对我的世界观的改变是致命的，就像小说《一九八四》和《动物庄园》对我的致命性影响一样”。[①] 陈超的阅读始于1987年，但不能忽略的是，波普尔、哈耶克，以及陈超引述过的伯林等人的著述，对于90年代初的反思激进主义、自由主义思潮，起到过极其重要的助推作用。在另一篇文章中，他又援引了利奥塔“元叙事”危机的后现代理论，强调“对乌托邦叙事的消解，是20世纪以来思想史、哲学史、文学艺术史上的重大事件，其持续性影响至今未曾消歇”。这篇文章讨论了辛波斯卡（波兰）、赫鲁伯（捷克）、布罗茨基（俄国）这三位诗人“对人的生存境况的勘探和命名”，置身于欧洲“铁幕政治的笼罩下”，这三位诗人的写作无疑都具有“反极权”的色彩。[②] 以苏联、东欧的诗人为参照，来凸显“铁幕”之下写作面临的压力和展现的可能，也是90年代以来部分诗人热衷的话题。在这样的引征、表述中，不难读出90年代知识风气、历史感觉与文学理解之间的相互印证、激荡。从具体的作品来看，90年代一部分诗人的写作，也的确从个人的、情感的、日常的、稗史的视角，触及了20世纪激进文化的剖析以及体制性权力的批判，如陈超在书中重点论及的于

① 陈超：《回望80年代：诗歌精神的来路和去向》，见《个人化历史想象力的生成》，第389页。

② 陈超：《乌托邦和圣词的消解》，见《个人化历史想象力的生成》，第56—58页。

坚《0 档案》、王家新《回答》等。即如臧棣的《在埃德加·斯诺墓前》，它几乎处理了“20 世纪所有那些激荡过人们的重大主题”，似乎也可以放在这样的氛围中去阐释。

在反思激进主义的氛围中，90 年代初期人文知识界的另一取向，即所谓“思想”与“学术”之间的区分与消长。出于对 80 年代“新启蒙”知识方式的修正，一部分人文与社科领域的知识分子倾向于在严谨、规范化的知识生产中，重新调整自身的学术角色。这种调整与社会结构的科层化与知识生产的全球化进程息息相关，而韦伯“以学术为志业”的论述，则提供了一种具有感召力的伦理姿态。[①] 在 90 年代初的诗歌意识中，其实也可观察到类似的趋向，这表现在诗人对“写作”“技艺”“语言”的普遍热衷上。当然，将自由、自主的主体性想象，寄托于语言可能性的探索中，这一直是先锋诗的内在驱力，但当“作为一种写作的诗歌”的观念在 90 年代初被提出，“先锋”便不再只是一个霸道的、极端的、自我挥霍的立场。[②] 它还应与一种对限度的认识、一种工匠式的专业意识与责任精神相关，对于写作的行为而言，审美的洞察力和文本的完美性也变得十分必要。在这个意义上，将“以学术为志业”改换成“以诗歌为志业”并不困难：在前者的逻辑中，符合规范的专业化研究，正因保持了“价值中立”，才会更为有效地与现实发生责任性的关联；在后者的允诺中，正是在充满活力的、不及其余的语言探索中，生存的意识和历史的状况才得以被有效呈现。[③]

---

① 汪晖发表于 1997 年的长文《当代中国的思想状况与现代性问题》一开头，就提到了 90 年代初的这种专业化、职业化取向，与国家改革步伐的加快以及知识活动日益全球化等因素，“共同创造了一种不同于 1980 年代中国知识界的文化空间”。(《去政治化的政治：短 20 世纪的终结与 90 年代》，第 60 页)

② 在一次访谈中，张枣提及对同代诗人的观感：“在我们的创作中，还是有某种很霸道的东西。它可能就表现为某种极端，哪怕是一个温柔，也是一种极端的温柔”。参见《访谈三篇》，见颜炼军编《张枣随笔选》，人民文学出版社，2012 年，第 201 页。

③ 在写于 1994 年的《后朦胧诗歌：作为一种写作的诗歌》中，臧棣对于 80 年代先锋诗歌的行为主义、即兴主义作风提出了批评，认为类似的方案“缺少一种关于写作的限度感”，他特别强调了在写作中“技艺”是“遏制蜕变的唯一的力量”，“在我们所卷入的‘与语言的

1997年1月，赵汀阳、贺照田主编的《学术思想评论》第一辑以“从创作批评实际提炼诗学问题”为题，集中刊发了西川、程光炜、肖开愚、欧阳江河、王家新、唐晓渡的文章，这组文章后来也成为“90年代诗歌”批评话语的一个来源。[①] 在这本专门讨论学术史、学术方法的辑刊上，诗人批评家的文章自然十分醒目，但并非游离于“八十年代到九十年代的学术”“不含规范的道德是否可能”等其他的专题讨论之外。在一篇专门撰写的书评中，孙歌细致读解了这几篇诗学文章，且特别指出诗人与学者在90年代面对了共同的问题，他们选取的策略、资源也不乏交集与共鸣：

> 在没有绝对标准的状态下思考并且负责任地面对生活中的一切变动和不确定，而不是简单地否定掉和破坏掉一切。正如同肖开愚在强调“中年写作”的时候所说的那样，“停留在青春期的愿望、愤怒和清新，停留在不及物状态，文学作品不可能获得真正的重要性”。诗歌写作如此，整个知识界又何尝不是如此？在《学术思想评论》的阐述、争辩和公开讨论中，我依稀看到一幅知识分子跨越专

搏斗中’，技巧是唯一有效的武器”，“诗歌写作的道德在于使人只能把他的内心世界织进语言的肌体。当然，写作的道德困境也在于此”。从某个角度看，在臧棣所提出的“作为一种写作的诗歌”，既包含了先锋性的语言实验立场，同时也包含了对写作专业伦理的认知，构成了90年代初先锋诗歌自我意识的一次完整表达。（参见闵正道编《中国诗选》，成都科技大学出版社，1994年，第349—351页）在陈超的表述中，这样的关联表现为“我说”与“语言言说”的结合，前者是“对本真的生命经验的揭示”，后者表现为“诗歌话语自身的魔力”，而具有特殊感受力的“语言言说”，“会超越本身而自动地‘吸附’我们未知的存在”。（《论元诗写作中的“语言言说”》《危险而美妙的平衡》，见《个人化历史想象力的生成》，第343、345页）

① 这组文章包括西川《生存处境与写作处境》、程光炜《90年代诗歌：另一意义的命名》、肖开愚《九十年代诗歌：抱负、特征和资料》、欧阳江河《当代诗的升华及其限度》、王家新《奥尔菲斯仍在歌唱》、唐晓渡《五四新诗的现代性问题》。陈超在文章中也提到，他在90年代中期的两篇文章中已提出“个人化历史想象力”的概念，其中之一就是发表在《学术思想评论》第二辑上的《现代诗：作为生存、历史、个体生命话语的特殊“知识”》（《个人化历史想象力的生成》，第18页，注释1）。

> 业藩篱而进行深层合作的动人图景：缺少这种合作，我们如何面对当今“思考而又找不到参照系”的复杂世界？我们又如何勇敢地面对自己的迷惑？[①]

在共同的时代处境中，诗人和学者似乎分享了某种“态度的同一性”，文章呼吁打破专业藩篱的实践可能，而在“依稀看到”知识界与诗歌界的互动图景中，90 年代的先锋诗虽然被新兴的消费文化、新兴的文化与知识体制挤到了一边，但恰恰是“边缘”位置上的调整，带来了内在的紧张和针对性，也带来突破自身限制、直面共同精神困境的联动可能。这个时期的“90 年代诗歌”不仅人文气息浓郁，而且充满活力，作者的写作意识相对饱满，拓展了一系列处理现实经验的灵活技艺。

遗憾的是，孙歌所提出的“跨越专业藩篱而进行深层合作的动人图景”，并没有持续发生在先锋诗坛与人文知识界之间，“态度的同一性”只能是一种脆弱的“同一性”。90 年代中期以后，中国社会的变动更为剧烈、更为内在，关于“改革”方向与市场功能的争议，引发了激烈的争论，对当下社会状况及深层历史结构的思考，也在多个层面上展开，但这样的争论和思考，更多从人文思想领域转向社会经济与政治的层面，先锋诗坛当然外在于这一过程，不可能追赶日新月异的学术更新。事实上，如何在花样翻新的语言实验中消化“历史突然闯入”的经验，如何应对诗坛内部即将爆发的冲突，如何不断解说自身写作方案的正当性、经典性，已让诗人们无暇分心。

与此相关，“个人化历史想象力”形塑于 90 年代初的历史感觉之中，对于乌托邦话语、宏大叙事等的反动以及个人对历史的担当意识，成为其不可或缺的前提（“其持续性影响至今未曾消歇”），但换个角度看，该想象力也似乎长久受制、牵绊于上述感觉和前提。自 90 年代中后期开始，当“叙事性”“反讽意识”“及物性”成为流行的标签，“个人化历史想象力”似乎也常态化了，包括见证、担当的人文立场，以及

---

① 孙歌：《论坛的形成》，《读书》1997 年 12 期。

语言与现实之间微妙的“张力平衡”，也在诗人和批评家的把玩中，趋于一种不断自我重申的姿态。当然，有关“90年代诗歌”的批评后来也不断出现，除了从所谓“民间”立场出发，对部分诗人的人文姿态进行丑化外，不少批评也指向了“叙事”“及物”一类策略的常态化。需要注意的是，“常态化”并非由于先锋诗坛缺乏突破的愿望，缺乏与变动的现实建立关联的动力，相反，经历了90年代的洗礼，这已经成了不同诗歌旨趣的基本公约数。[①] 要检讨“个人化历史想象力”的内在磨损，在修辞惯习的指摘之外，更应注意制约该想象力的历史前提，在80—90年代特定的历史感觉中，甚至在当代精神史的构造中，去分析它的起源性“装置”。

三

作为一个诗学概念，“个人化历史想象力”或许显得过于宽泛，可以拆卸下来的三个“组件”——个人化、历史、想象力，均未有非常清晰的界定。其中，“历史”在多数情况下可以和“现实”“处境”相互替换，90年代诗歌批评引入“历史”的目的，在于打破“纯诗”的封闭，而在不同的诗人和批评家那里，“历史”的含义也不尽相同。至于“想象力”，在浪漫主义诗学、哲学传统，本是一个十分核心的概念，与超越理性与感性二元分裂的整体性认知能力相关。但在90年代诗歌语境中，“想象力”也仅仅泛指了诗歌特殊的感受力、处理经验的能力，亦

---

① 进入新世纪以后，社会矛盾加剧，公共议题凸显，文坛上也出现了反思纯文学的浪潮，90年代以来先锋诗歌的表意方式自然也在批评范围之内。有批评家延续社会批评、道德批评的惯习，指摘先锋诗人陷入封闭的语言游戏，缺乏现实的关怀。这类批评十分粗暴，根本不去注意先锋诗歌的“历史想象力”恰恰是在介入现实、处理现实的过程中“去历史化”，问题不在面对现实的姿态，而是姿态背后的感受和认识“装置”。由于不能把握这一核心困境和难题，类似的批评并无多少建设性，结果不过一次次固化社会伦理与诗歌伦理的分化。

即“诗人改造经验记忆表象而创造新形象的能力”。[①] 相比之下，“个人化”与90年代的“个人写作”“个人诗学谱系”“历史的个人化”等论述，似乎有更直接的关联。在这些论述中，鼓吹“个人”往往是为了强调写作风格、路径的多样性、差异性，“个人”是相对于集体划一的姿态而提出的，这既指向了毛泽东时代遗存下来的话语模式，同时也针对了90年代新兴大众文化、商品文化的“集体狂欢”。[②] 然而，究竟何为“个人”？应在何种社会结构和思想脉络中把握其内涵？“个人”的差异背后，是否暗含新的集体同一性？当时的诗人和批评家并未太多仔细考虑。

对此，陈超也没有专门讨论，但一些看似背景性的描述，却提供了可以进一步追问的线索。在《从“纯于一”到“杂于一”》《“反诗”与“返诗”》等诗人评论中，他非常自觉地在20世纪中国的思想进程中，建立起先锋诗的历史连续性：

> 从精神来源上看，朦胧诗与第三代诗一方面与外国现代、后现代诗的影响有关，另一方面又与曾被中断的早期五四精神“立人”传统有关。借用伯林的概念，二者不同的是，朦胧诗走的是鲁迅郭沫若式“积极自由”的立人道路，弘扬人的主体精神，追寻预设的目标，宣谕社会理想；而第三代诗走的是胡适周作人式的“消极自由”的立人道路，在自明的个体生活（和写作）领域里，做自己愿做的事，尽量免受各种各样的权势所干涉。……但总的看，他们之间的差异性又统一于在具体生存语境中“立人”这个总背景。[③]

这一段粗放的“背景”描述，杂糅了多种话语因素，上接五四“个人的发现”之传统，下接80年代的主体性论述，并结合周氏兄弟的比较，

① 陈超：《个人化历史想象力的生成》，第1页。

② 参见陈均：《90年代部分诗学词语梳理·个人写作》，见王家新、孙文波编《中国诗歌：九十年代备忘录》，人民文学出版社，2000年，第396—398页。

③ 陈超：《从“纯于一”到“杂于一”》，见《个人化历史想象力的生成》，第95页。

以及自由主义的理论资源（伯林的两种“自由”论），穿越20世纪的时空，将“五四”对接80年代，一种典型的“新启蒙”逻辑也体现其间。“第三代”虽然造了“朦胧诗”的反，“积极自由”被“消极自由”取代，但当代先锋诗的两个阶段是相互衔接的（“穿过”而非“绕过”），离不开“立人”这个大命题、总背景。

“新启蒙”穿越与对接的逻辑，极具符号性的感召力，无形中却也消弭了历史语境及诉求的差异。如果说“五四”时代，“立人”的命题针对了传统社会伦理秩序对个体的束缚，试图在血缘、地域、家族的网络之外，重建一种能动的“群己”关系；那么在朦胧诗发起的年代，“一代人”的觉醒不仅与“人道主义”“改革开放”“走向现代化”同步，[1]而且包含了一个非常重要的对抗性起源，即“与蒙昧主义、现代迷信和文化专制相对立”。“蒙昧”“迷信”“专制”的标签，看似出于笼统的传统批判，但实际所要拒斥、所要丑化的，无非“文革”以及广义的毛泽东时代。在接受访谈时，陈超也曾现身说法，大致描述了70—80年代“个人”之再发现的时代氛围，包括《中国青年》上影响广泛的潘晓讨论“人生的路为何越走越窄”，在这样的氛围中：

> 那些被认为不响亮、不符合主流观点的东西，在比较有头脑的青年心目中恰恰是独立的、向上的。他们觉得生存现实被异化了，希望它好起来，而不是去粉饰它、去唱高调，这才是一种积极健康的现代人心态。[2]

所谓“比较有头脑的青年”，一面昂扬、进取，一面又不免虚无、困惑，与周遭现实保持异在的紧张，对于“主流观点”代表的大历史、大叙述、大结构，更是保持疏远、对抗的姿态。这一经典的“个人”造型，其实与社会主义时代积极进取的“新人”形象多少有些关联，但又是呈

---

① 陈超：《“反诗”与“返诗”》，见《个人化历史想象力的生成》，第141页。

② 陈超：《回望80年代：诗歌精神的来路和去向》，见《个人化历史想象力的生成》，第389页。

现于一种历史的“颠倒”中。这一“颠倒”不仅表现为从“集体”到“个人”、从“理想”到“世俗”、从“大我”到“小我”的转变，更关键的是，“颠倒”的过程其实深深地为原有的逻辑所规定，呈现于看似挣脱、实则牵绊的精神构造中。

对于这一特殊的精神史构造，当代学者贺照田在分析“潘晓讨论”的著名长文中，有非常细致深透的梳理。依照他的分析，毛泽东时代号召人们在一种大结构、大问题中安排自我，获得崇高感、使命感，但对日常生活中个体身心的安排，缺乏合理的思考，没有在个人、日常生活与大结构、大历史之间建立一种富于活力和生机贯通的关联机制。有意味的是，80 年代以后，毛泽东时代集体主义、理想主义的“不足”，又以“摆荡到一端的样式存在着”，人们又习惯于“去结构”的眼光，把个体日常、身心的问题都认定为本然的状态，而不再从一种结构性的关系中去理解，这造就了当代虚无主义的一种起源，使得亢奋的个体不能将对大历史、大政治的关怀，融入日常生活的实践，不能在与他人的共通关联中获得充盈的个体形态。[①] 从这个角度看，问题不在于“大历史”“大结构”的反动，而是“个人”与“历史”始终被看作相互外在的实体，始终缺乏一种有效的组织性、结构性安排，一种去结构、脱脉络的当代个人化“装置”便由此形成了。[②]

回到先锋诗的话题，在 80—90 年代多种写作取向的背后，都能辨

---

① 贺照田:《从“潘晓讨论”看当代中国大陆虚无主义的历史与观念成因》,《开放时代》2010 年第 7 期。

② 扩张来看，无法安放个人的危机，个人与历史之间的结构性不足，并不单纯与革命年代的挫折相关，在一定程度上延续了晚清以降一系列“新民”“新青年”“新人”方案的困境，当修齐治平的传统逐渐瓦解，“国”与“身”的贯通性被中断，私德与公德分别对待，“被发现的个人”也不断被放置于“大历史”“大结构”“组织”关系中去鼓吹，将外在框架内化为自我的超越结构，但怎样在一种更复杂、更有层次性的社会伦理关系中去安排新的“个人”，一直是个没有解决的问题。虽然化私为公的设计与扬弃个人的集体主义实践也一直存在，但因为遭遇了重大历史挫折，在 80 年代这些历史经验作为“主流观点”已很难获得广泛认同，直到 20 年后随着左翼思潮的复兴，才作为一份重要的 20 世纪资源，重新“摆荡着”回到了人们的视野中。

认出上述个人化“装置”的作用。按照陈超的说法，朦胧诗以另一种“大叙述”来对抗“文革”时代的“大结构”“大压抑”，第三代诗人则回避这种精英话语，致力于“揭示出被整体话语的大结构所忽略的，日常生存细碎角落里的沉默或喑哑的生存‘原子’”。[①] 两种方式看似对立，所“立”之“人”也大有不同，但不管“积极”还是“消极”，“个人”与“大结构”之间或对抗、或疏离的二元模式也未变。颇为吊诡的是，在“个人”面前，大结构、大叙述往往显现为一种压迫性的存在，但二元模式并不一定总是对抗性的，分离的二元也会以“摆荡到一边”的方式发生作用。比如，还是按照陈超的类型划分，在朦胧诗之后，先锋诗除了“日常书写”的类型，还有一条“灵魂超越”的路径，一个“崇低”，另一个“崇高”，效果都在甩脱“主流观点”，开放当代诗的广阔前景。如果说在“崇低”的路径中，对日常生活的书写自动包含了对“大结构”的抵拒，[②] 那么在“崇高”的路径中，“灵魂超越”恰恰不是回避大结构、大叙述，而是在更为宏观的形上境界、文化原型或语言本体论的层面，去构造新的大结构、大叙述，去展现个体自由意志的可能。

在这样的“摆荡”中，重置的大结构、大叙述，剥离了意识形态的内涵，但对“个人”的作用仍完全是支配性、吸附性的，两端之间充满了紧张，可为激情贯穿，但到底包含怎样复杂的层次、要经过怎样的中介，并不需要诗人的想象力来负责。在这方面，海子的名作《祖国（或以梦为马）》十分典型，这首激情澎湃的诗作，大量征用政治抒情诗和阶级革命的话语，诗中出现的“祖国”“烈士”“将牢底坐穿”等表述，强烈地联系了 20 世纪激进的政治传统，也能成功调动读者潜在的心理能量。海子又用天才的手笔，将这些资源去政治化了，与“周天子的雪山”“梁山城寨”等传统符号对接、混搭，将“祖国”改写为一个不朽

① 陈超：《“反诗”与“返诗”》，见《个人化历史想象力的生成》，第 141—145 页。

② 对于日常生活的冷静、戏谑叙述，在 80 年代取得了革命性的效果，如能在多层次的情感和伦理结构中，进一步把握当代中国人的生活纹理、困境，当代诗本来能在这一向度上焕发更多的活力，但反“结构”心态的普遍存在，其实压制了相关诗学思考的可能，导致日常生活的书写后来的均值化、平面化。

的“语言帝国”。在这样的“大结构”中，诗人以梦为马，纵横踢踏，无需中途盘桓，直接就可蹈入永恒之中。“为有牺牲多壮志”，为革命献身的激情，直接可替换为语言的激情。

进入90年代，一种较具争议的说法是80年代的“对抗主题”失效了，因为历史的强力让“任何来自写作的抵消”都无足重轻，也因为“对抗”的写作“无法保留人的命运的成分和真正持久的诗意成分”。[①] 针对“断裂”之说，另一种说法则强调对抗模式的深化、泛化，认为“随着对抗的所指在现实中越来越具有匿名的、非人格的性质，它也越来越成为一个更内在、更多和写作自身相关的诗歌领域”。[②] 事实上，“断裂”与“延续”在根本上并不矛盾，当革命的世纪及其文化猝然终结，失效的是意识形态性的“对抗”主题、是文学实践的政治参与可能，而“对抗”的个人化结构不仅被延续下来，而且泛化为了个体诗学与一种匿名的、总体性现实的对峙。正如上文所述，在90年代初的反思激进的氛围中，经由“反极权”“反乌托邦”的自由主义理论以及后现代诗学的包装，无论朝向总体的政治压迫，还是总体的市场侵占，“对峙”的感觉模式也被原理化了，获得了某种稳定的知识形态。

还是以臧棣的《在埃德加·斯诺墓前》为例，它几乎处理了“20世纪所有那些激荡过人们的重大主题”，但在后来的自述和友人评论中，这组诗如何处理、回应了这些“重大主题”，没有得到更细致的说明，“一个基本的对抗主题”却被迅速提炼出来，即“诗学与历史学的对抗”。[③] 当“20世纪”的反思升华为诗学与历史、个人与历史的对抗，这也意味着与个人成长、与当代精神进程紧密相关的那些主题，可滤去缠绕冲突的面向、内部复杂的层次，整合成一个沉甸甸的实体，只是以一种压迫性的形象出现。由此，一种暧昧的格局出现了：自90年代初开

---

① 欧阳江河：《'89后国内诗歌写作：本土气质、中年特征与知识分子身份》，见《中国诗歌：90年代备忘录》，第182—183页。

② 唐晓渡：《90年代先锋诗的几个问题》，见《中国诗歌：90年代备忘录》，第332—333页。

③ 西渡：《“90年代诗歌”回顾与反思》，见张志忠等编《走向学术前沿：“中国现当代文学学科前沿”系列讲座》，第206页。

始，盘旋的“个人化历史想象力”，意图打破“个人”与“历史”之间的对抗，向芜杂的生存现场大尺度敞开，但在对“乌托邦话语”“宏大叙事”等等的警惕中，“个人化的想象力”仍延续了去结构、脱脉络的特征。在这样的“个人”面前，历史的样子不再刻板，它像“巨兽”一样神秘、不可抗拒，也敞开了包罗万有的内部，但其中究竟包含什么样的关系与层次，在政治、经济、文化、心理等方面有哪些不同表现，新的历史状况下对个体的压制取得了什么形式，哪些部分限制了自由的意志，哪些部分又构成了支持，这些问题似乎是社会学者、历史学者关注的事，诗人并不需要特别在意，他的责任和兴趣，是尽可能用想象力吞噬这一切。[①]这也就导致了年轻批评家余旸所提到的“当代最为主要的诗歌意识形态”：

> 在诗歌与批评中，“政治（历史）”以僵硬、无流动性的意识形态，一个压迫性的整体，或不言而喻的笼罩性背景出现。……这种隐蔽、褊狭的“政治”或“历史”理解与在专业分化前提下对诗歌特殊性的想象，两位一体，成了当代最为主要的诗歌意识形态。[②]

表现在修辞风格上，90年代诗歌一边发展了精微的“元诗”意识，一边又信任朴素的自发性理论，以为在自由的书写中，历史的轮廓或“生存的真相”总会悄然浮现。像一位诗人所说的，历史不需外求，你上公共汽车，去幼儿园接孩子，你本身就在历史之中。应当说，不能低估这种朴素认识的活力，90年代诗歌的确刻写出一个时期当代生活的

---

① 当然，90年代的丰富性还有待开掘，少数敏锐的作者也突破了个人与历史之对峙结构，转而探讨人际关系的多重与对话机制，但这样的思考似乎更多停留在审美的“知音”层面，仍有脱离具体社会人伦关系的可能。参见钟鸣《秋天的戏剧》（收入孙文波等编《语言：形式的命名》，人民文学出版社，1999年），他认为50年代和60年代出生的众多诗人，“因个人的生活契机，把写作过程最易形成的自我对话的经验，转向与他者的对话”，“这是一代新诗最本质的变化”。

② 余旸：《“技艺”的当代政治性维度》，见萧开愚等编《中国诗歌评论》（复出号），上海文艺出版社，2012年，第51页。

“浮世绘”，但由于结构性、关系性理解的匮乏，后来也造成“叙事性”一类策略的恶化，部分写作过于依赖生活现场的复杂摹写，患上细节的“肥大症”。如果说，在日常生活的书写类型中，上述问题还可为精湛的技艺所抵消的话，那么当写作的雄心“摆荡”向另一端，诗人尝试切入较为宏大的视野，去驾驭更为宏大的结构和主题，“个人化”的结构性不足便更为明显地显现出来。

于坚写于1997年的长诗《飞行》，应当是他继《0档案》之后最有分量的作品，陈超在书中也进行了重点评述，认为它以“一次从中国到比利时的真实的跨国飞行”为背景，尝试打破时空的界限，将“博物志般的知识性互文和当下此在的故乡铺叙的人与事”融为一体。[①] 这首长诗代表了“个人化历史想象力”在90年代的一次自我突围，在“飞行”的视角中，在万物飞逝、不可抗拒的速度中，展开对“时间神话”的追问、对“全球化”总体进程的思辨，但怎样从乱云飞渡的铺排中，转换出内在的思想空间，其实考验着诗人驾驭繁杂经验的能力。陈超在文中引过的一段诗行，不妨这里再引一次：

> 大地啊　你是否还在我的脚下？
> 我的记忆一片空白　犹如革命后的广场　犹如文件袋
> 戎马倥偬　在时代的急行军中　我是否曾经作为一只耳朵软下来
> 谛听一根缝衣针如何　在月光中迈着蛇步　穿过苏州堕落的旗袍？
> 我是否曾在某个懒洋洋的秋天　为一片叶子的咳嗽心动？
> 我是否记得一把老躺椅守旧的弧线？

这一段的意图十分显豁，诗人试图从轰鸣的“飞行”中抽身而出，回溯那些“古老的人文价值和心灵体验”。然而，仅依靠一个疑问句式（“我是否”），就荡开一个抒情的冥想空间，这样的转换或许有些生硬；而将诸般湍急流变的感受，回收于一种怀旧式的文化乡愁、一种相当程式化

---

① 陈超：《“反诗”与“返诗”》，见《个人化历史想象力的生成》，第162页。

的故国情调之中，诗中上下升腾的语义势能，似乎一下子被大大缩减。

在这首长诗中，我们读到了“思接古今、视通中外”的努力，但稗史式的、去结构的“个人化”装置，又起到了一种潜在的“掣肘”作用。“飞行”提供了一种自由出入的视角，但这也只能是一种俯瞰的、枚举的、铺陈的视角，全球化时代的个人及乡土的处境，也只能以一种看似包罗万有、实则外在直观的方式去把握。究其原因，可以探问的，仍是“个人化”的结构性不足。在先锋诗的“意识形态”中，一方面“个人”的直观、意志、语言，被看作不可让渡的起点，是创造力和想象力的实体性源泉；但另一方面，这一自信满满的“个人”，在内部又可能极为脆弱、困乏，一旦“摆荡”进入公共领域，尝试处理与大结构、大叙述的关系，也就很容易被未经反思的感受模式、价值模式所吸附，仅仅维持外在的感伤、怀旧、反讽或批判，而不能将想象力贯穿于现实的结构和脉络之中。新世纪之后，先锋诗越来越多地卷入公共性的议题之中，这样的问题也表现得更为明显。[①]

四

将“个人化历史想象力”，置于当代精神史的构造中、置于80—90年代的历史感觉与人文思潮的塑形作用中去理解，这也涉及了怎样看待先锋诗与当代历史的关系。正如陈超在书中不止一次暗示的，先锋诗以对抗性的感受为起源，但与“改革开放”的总体进程一直保持了同步。即便90年代之后，意识形态的对抗被更广义、更匿名的对抗取代，对市场时代消费文化的拒斥，也是题中应有之义，但考虑到当代先锋文化

① 当先锋诗歌越来越多地卷入公共性议题，各类底层的、草根的、乡土的、阶级的话语，也不断渗入诗歌的写作和批评当中，因而，不能说当代诗失去了与人文思想的关联，但这种关联或许缺乏一种对话的意识和能力，诗人的写作往往依着自身的情感和认知惯性，被外部的思潮所吸附，其“诗意”的参与尚不能构成“跨越专业藩篱而进行深层合作”。

缺乏一种社会分析的理论视野和价值前提，与“总体性压抑”的对抗，并不一定指向“改革”所释放的市场和资本活力。反过来说，90 年代“改革”的全面推进带来了个人性、多元性文化空间的发育，恰恰提供了先锋文化得以成长、扩散的可能。

在当代社会的格局中，既扮演“异端”的形象，又内在同步于市场时代的文化结构变迁，这无疑增加了先锋文化自我辨识的难度。上文提到，在 90 年代初先锋诗的自我意识中，写作的专业性和语言的本体性，得到了空前的强化。诗人们无论怎样表态，说写作应该介入历史的现场，但依照当代诗“主要的意识形态”，“介入”仅是一种诗歌的“纠正”，它发生在语言的内部，并不投机于公共的道德或反道德，与其他的表意方式也有根本的不同。借用西川著名的说法，诗歌提供的是一种“伪哲学”，它不指向终极的、连贯的解释，恰恰以颠三倒四、似是而非的方式，揭示人类浑浊、尴尬的生存状态，揭示既有文化系统内在的矛盾。[①] 臧棣的一些说法也广为流传，比如，强调诗歌是一种“关乎我们生存状况的特殊的知识”，在一个韦伯言及的“祛魅”的现代社会，它的价值和立场就是坚持“不祛魅”。[②]

应当说，这样的表述具有相当的弹性，在现代知识话语的支配性系统中，既强调了诗歌不可取代的独特性，也暗示诗歌包含了认知的可能，与其他知识方式竞争、对话的可能。相对于政治、经济、社会、思想等领域的讨论，诗歌想象力的特殊之处，恰恰在于打破专业壁垒，能在时代生活与个人经验错综暧昧的交叠处，引发强劲的“感兴”。但问题在于，这种在区分中竞争、对话的能动关系，一旦失去了动态的特征，在口耳相传中，简化为诗歌话语与知识话语的对立，或者说与其他知识话语的区分，成为诗歌最大的文化责任，并“隐隐然不可动摇”，那么对诗歌表意之独特性的鼓吹，反倒可能进一步强化了现代知识话语的特权，暗中顺应了市场时代合理化的社会安排。即如“祛魅”这个概

① 西川：《写作处境与批评处境》，见《中国诗歌：90 年代备忘录》，第 221 页。

② 臧棣：《诗歌：作为一种特殊的知识》，《文论报》1999 年 7 月 1 日。

念，在韦伯那里，现代世界的“祛魅”是理性化的结果，也与学术归学术、文化归文化、政治归政治这一“道术为天下裂”的进程相关。在这个意义上，“不祛魅”的努力，便不单单要诉诸想象力的自由嬉戏，也要考虑如何在分化的趋势中逆向而动，挣脱专业的范例，重建知识、思想的内在有机性，不致使诗歌之“魅”变成另一种“祛魅”的结果。

先锋诗与“改革”时代的关系，也可放在某种社会学的视野里讨论。90 年代以前，所谓官方与民间、地上与地下的区别，曾是先锋诗坛的基本构造，先锋诗人的群体，大体由文科大学生、青年工人、机关和部队小干部，以及各类文化流浪汉构成。这些“有头脑的青年”大多在体制之外，或并不居于体制的中心，莽汉式的江湖作风、行为主义的生活及写作方式，多少都与这个群体极强的流动性与“反体制”的能量相关。90 年代，诗人群体被彻底边缘化了，但可以注意的是，除了一部分漂流于海外，大批的先锋诗人已逐渐在波西米亚式的流动状态中安稳下来，为蓬勃兴起的文化产业，以及大幅扩张的学术机构所吸纳。经过了胡作非为的青年时代，一代人总要成长、成熟，总得找个位置安顿身心，进入到社会结构之中，但这种集体性的身份转移，与 90 年代之后新媒体、新的文化产业以及学院体制的发展不无关联。[①]

提及这样的事实，不是要学“大诗人”做派，批评当代诗人屈从于现实，被市场体制俘获，而是说当代先锋诗歌的文化视角、自我意识和行为“惯习”，是可以进行社会性分析的，是可以结合 90 年代以后文化生产环境、社会阶层与群体的变动来考察的。当代诗歌反体制的对抗、批判视角，发生于体制的瓦解与重构过程中，但 90 年代以来对“庞然大

---

① 胡续冬的《写给那些在写诗的道路上消失的朋友》一诗用戏谑的方式，写出了 90 年代后期诗人身份的变化：“我们的诗在闪电上金兰结义，而我们的人 / 却就此散落人间，不通音息：有的为官安稳，/ 有的从商奸猾，有的在为传媒业干燥的下体 / 苦苦地润滑，有的则手持广告的钢鞭将财富抽插。”

物”的反对，也越来越多地卷入到文化、学术的新型体制之中。[1] 无论混迹民间，还是藏身学院，特定的社会结构中诗歌意识的暗中固化，在各种类型的诗歌圈子、群落中都不同程度地存在。当然，在当下的社会生活中，诗人的群体还是保持了较强的流动性，从一地的“诗歌节”到另一地的“颁奖会”，从一处的山水到另一处的庭院，相对于以往，诗人们在大江南北、全球各地旅行、采风的经验增加了不少，但这种流动似乎更多发生在同一“水平线”上，发生在相熟相近的先锋、时尚文化“场域”之间，超出特定群体之外的认识与感受契机，仍可能被错过。

概言之，在当代人文思潮及社会结构的双重视野中，考察先锋诗的历史展开，会将一个问题推至前台：在区隔的社会文化结构中，当代诗的位置如何，应该有怎样的文化抱负，能否超越 30 年来“改革”“现代化”及“后现代”的逻辑，重构个人与历史之间的结构性关系、重构诗歌作为一种“特殊知识”的可能。这一系列追问，不仅关乎诗歌本身功能的思考，甚至也会涉及对当代中国社会状况及发展路径的感受、判断。在这方面，先锋诗坛内部其实存在重大的分歧，即便在“多元共生”的格局中，这些分歧不一定以公开论争的方式表现出来。

谈及“个人化历史想象力”的前景，陈超笔下那种特别的隐忧感、沉重感，多少也可在上述分歧的背景中理解。一方面，对于新世纪传媒话语的膨胀，以及诸种以“后现代”为名的网络风尚、口水化实验，他一直保持警惕，希望 90 年代“刚刚培养起来的深入生存 / 生命能力”不致过早被消解、毁弃，“跌落为一种对个人世俗荣耀的虚荣本能提供服务的趣味，和对‘能指’本身的盲目奉祀”。另一方面，“个人化历史想象力”也遭遇到另一重挤压，即陈超约略提及的，以“自由幻想”为名，对诗歌想象力的极度推崇，认为诗歌写作恰恰应从“历史”的沉疴

[1] 在 1999 年爆发的诗坛论争中，一部分投身传媒出版行业的诗人，较早采用了媒体的发言方式，知道如何制造话题、吸引眼球，这样的技术被证明颇为成功，后来也屡试不爽。新世纪以来，基于“媒体意识形态”的美学风尚、伦理风尚，如温情的道德关怀、符号化的现实理解、“公知”式的“反体制”视角、迎合中产阶级读者的怀旧与享乐情调，也流行于各类写作及阅读的平台。

中解锁出来，以“话语的神奇组合”，“遨游于自由想象的文本世界”。[①]将这后一种倾向说成是“自由幻想”，可能有点简单了。强调想象力在历史中独享的“治外法权”，这不仅是一种文学自主性的固有表达，在新世纪的诗歌“场域”中，这一态度与“浪漫主义传统”的意外复兴相关，包含了对当代诗之独特文化使命的理解：诗人的想象力不是批判或认识的工具，而应指向对存在的揭示和生命意识的彰显。[②]表面看，这无非纯文学话语的老调重弹，但当各种有形或无形的社会控制、权力话语、资本压迫浑然构成的现实，在今天依旧被看作一种总体的、压迫性的“庞然大物”，当各类“体制”内外“比较有头脑”的文艺青年苦读诗学经典的同时，仍无法在个人与现实之间形成结构性的思考和感受，从历史中逃逸而出的想象力神话，想必在相当程度上，仍会具有覆盖性的影响。

针对“自由幻想”的诗意政治，陈超在文中点破了其与消费文化可能的亲缘关系，特意重申：“当前汉语先锋诗歌面临的考验，主要不是在生存的双重暴力（权力话语和拜金浪潮）压迫下，如何逃逸，另铸唯美乌托邦的问题；而是更自觉地深入它、将近在眼前的异己包容进诗歌，最终完成对它的命名、剥露、批判、拆解的问题”。[③]在热闹喧扰、快感四溢的当下现场，这种苦口婆心的劝说，或许应者寥寥，却也令人感佩。然而，“个人化历史想象力”面对的最大挑战，可能还是自身的限度。上文已提及，“个人化”“历史”“想象力”这三个概念，更多是在常识的层面提出的，“个人化”相对集体性、整体性而言，“历史”或被简化为一种“现实感”，而“想象力”与感受力、认识力、语言组织能力的关系，也尚待澄清。这种常识性的理解，势必在笼统涵盖的同时，无法烛照更为复杂的内在差异和难题。比如，谈及“个人化想象力”如何处理“历

---

① 陈超：《先锋诗的困境和可能前景》，见《个人化历史想象力的生成》，第 43—45 页。

② 对当代诗歌论述中浪漫主义复兴的分析，参见余旸：《从“历史的个人化”到新诗的“可能性”》，《新诗评论》2015 年总第 19 辑，北京大学出版社，2015 年。

③ 陈超：《先锋诗的困境和可能前景》，见《个人化历史想象力的生成》，第 31—32 页。

史”，这就不简单是“深入灵魂、深入生存”的文学姿态问题，也不仅是一个技巧问题，经由“具体－抽象－新的具体”之类的修辞策略，就可在写作的内部获得解决。特别是90年代中期以后，中国社会生活的变动如此剧烈，要进入这一“巨兽”体内，把握多方面绽开的矛盾，对于认识、感受的能力与知识储备的要求，以及对语言诗体方面创造性的要求，与90年代初相比已不可同日而语。热忱的思考和吁求如停留于一系列“张力平衡”关系的维护——在挽歌与讽刺之间、在历史的个人化与语言的欢乐之间，在“见证的有效性和审美的必要性”之间，类似的“张力平衡”恰恰有可能制约了想象力的进一步深入。

两年多前，谈及“个人化历史想象力”的培植，我曾拉杂写出几条意见，诸如“自觉恢复包括诗歌在内的文学写作与思想、历史写作的内在有机性”，“更广泛的读书、穷理、交谈、写作、阅历社会人事”等。这些说法聊胜于无，并无多少实际的意义。在修炼个人的“内功”之外，要重建“个人化历史想象力”，或许首先应意识到其背后的精神史构造，意识到去结构、脱脉络的个人化“装置”，形成于怎样的历史感觉和人文思潮中，由此才有可能“脱壳”而出，粉碎想象力上厚厚的硬痂，深入到当下社会“各方面绽开的矛盾”中。在这个意义上，“个人”不一定是想象力的前提，如何具有一种历史的、乃至社会学的想象力，反倒是重塑“个人”的一种方式。[①] 事实上，一些可能的契机也在展现。比如，近年来一部分颇具雄心的诗人，开始以长诗、组诗等“大体量”方式，在传统或当代的问题视域中，比较正面地处理个人与历史的纠

---

① 依照社会学家米尔斯的描述：“具有社会学的想象力的人能够看清更广阔的历史舞台，能看到在杂乱无章的日常经历中，个人常常是怎样错误地认识自己的社会地位的。在这样的杂乱无章中，我们可以发现现代社会的构架，在这个构架中，我们可以阐明男女众生的种种心理状态。通过这种方式，个人型的焦虑不安被集中体现为明确的困扰，公众也不再默然，而是参与到公共论题中去。”（《社会学的想象力》，陈强、张永强译，生活·读书·新知三联书店，2001年，第3页）米尔斯不是在特定学科的意义上提出这种想象力的，而是认为社会学的想象力对“不同类型个人的内在生命和外在的职业生涯都是有意义的”，它也不会妨碍诗歌成为一种“特殊的知识”。

葛。这样的尝试也引发了一系列的争议，像如何在专业性的视野中看待诗人提供的历史理解？诗歌的修辞结构与时代经验有怎样的内在关联？诗歌容纳历史经验的文体限度在哪里？诗人书写的“中国经验”“中国形象”到底该由谁来阅读、评价？对这一系列问题的追问，相信会敞开“历史想象力”更多的层面。另外，出于对“个人化”内在的局限的洞察，个别自觉的诗人早已绕过“诗学与历史”的对峙，意图改善被“宠坏了”（败坏了）的个人与世界之间的关系，不再将后者看作抽象的“庞然大物”，而是考虑应在怎样的问题脉络上、怎样的现实处境中，引入一种善意的价值观维度，重构具有内在结构感和针对性的“个人”。因为用心的别致和思路的曲折，且偏离各类现代文艺“常识”，类似思考尚不能引起广泛的回响。

无论怎样，在辩难的过程中，批评的重要性是不言而喻的。与小说等文类的批评相比，当代先锋诗的写作与批评之间，存在水乳交融的关系，诗人与批评家是“混”在一起成长的，诗人往往本身就是最重要的批评者。这样的“亲密无间”，使得批评高度内化于写作，但也会造成距离感的缺失，批评家同样受限于特定的历史感觉、受限于去结构的个人化“装置”，某种诗歌圈子内部的“意识形态”也会被不断强化。[①] 在这个意义上，陈超倡导“历史－修辞学的综合批评”，与他对“个人化历史想象力”的阐述，其实有一种战略性的配合关系，都旨在突破“狭小的文学社区”，为先锋诗的展开提供更开阔的人文社会视野。现在看来，对“历史－修辞学的综合批评”的强调，不只是要在传统的形式细读之中，引入社会、历史的维度，为批评带来某种广袤性与丰厚性，更为重要的是，如何挣脱宽泛的人文情怀、批判立场，落回具体的历史情境和问题脉络，为当代诗强力构造一种内在的反思视野、一种与当代思

① 在90年代的诗歌批评中，也能感觉到“去结构”“脱脉络”的个人化装置的限制。相较于前后10年，90年代诗歌批评，最为热衷谈论历史、现实、处境、生存、本土，中国“话语场”等概念，这些概念往往是在一系列修正关系中提出的，如用“历史”来打破“纯诗”、用“本土”抵抗“国际风格”、用“生存处境”来夯实语言实验，但对于何为“现实”、何为“本土”、何为“中国”，看似多元实则划一的讨论其实很难深入。

想深层对话的图景。换句话说，除了为“朝向语言风景的危险旅行”保驾护航，批评也应有稍远大一些的抱负，也能有所纠正、主张、规划，这或许正是批评自身的“工作伦理”所在。

在长文《先锋诗歌20年：想象力维度的转换》的最后，陈超以“士不可以不弘毅，任重而道远”作结，给人印象深刻。这个看似高调的结尾，一方面重申了知识分子担当道义的精神传统，另一方面也暗示了某种“世事艰难”的感知。而实际状况，也确乎如此，在一个依旧“思考而又找不到参照系”的复杂世界里，“个人化历史想象力”如能成为当代诗的一个理论支点，那它必将是一个负重的支点，要在不可预知的前景中，勉力撑起写作、阅读和批评的幅面。如何在“弘毅”的同时，又具有一种广泛洞察的智慧，我猜想，陈超已将这个问题及其全部的分量，非常郑重地留给了我们。

对“个人化历史想象力”的校对与重置

张伟栋

今天试图回答何为诗歌批评的任务，不仅是困难的，也是不可能的，但是对这个问题回答到何种程度，却是检验诗歌批评家工作的试金石。这种困难在于，今天的诗歌批评名正言顺地被视为一种诗歌阐释、整理、编纂的活动，而不是以“历史”之名而展开的一种写作。一般来说，遴选经典的诗歌作品，以及据此构建一种诗歌的秩序和历史，被看作诗歌批评的基本任务，但实际上，大多时候我们对这一任务的理解都过于表面，或者仅仅把这看作批评家应有的权力，而关于诗歌的秩序和历史的问题，所指向的是对“世界”的历史秩序的构建，借用蒲伯的一句诗，我们今天的诗和过去所有的诗，“一切都只不过是一个硕大无比的整体的一部分”，是一个巨大的文本的一部分，遴选作品和构建秩序，最终依靠的是对这一“整体”和“文本”的破解或发现，而不是仅仅依靠批评家想当然的审美趣味和所谓的才华。诗歌批评是一项尤其艰苦的工作，它所需要的原创性并不少于一个诗人，同时还需要至少十个诗人的耐心、刻苦以及博学。

在这个意义上，陈超是值得我们尊敬的批评家，他的批评工作因此成为我们察看当代诗歌而必不可少的一个视野，他的诗学观念和批评的方法，也为后来的批评家做出示范和表率。对于何为诗歌批评的任务的回答，我们从陈超反复强调和坚持的观点中可以找到答案：“批评要对新的诗歌‘话语’做出较为深入的理解，无疑需要充分分析围绕着话语生成的具体历史和文化语境。这个语境既包括客观的历史文化条件，又包括话语建构者和阐释者的目的、知识系统、人文信念、文化储备、价值预设，以及对于具体的历史状况、语言状况的个人化感知。”[①]进而，陈超以“个人化想象力”概念对此进行总结和概括：“我试图以‘个人化想象力’作为这个支点，为当代诗歌的写作和读者的知觉，提供某种理论力量。”[②]从陈超的整个写作来看，这一概念的提出以及由此进行的批评实践无疑是成功的，但实际上所有的写作都是未完成的，都是一个“整体”的部分，我们必须要承认这一点，它仍需要持续不断地增补、还原以及删改，以保持其活力与创造性，因而这一概念和答案仍是需要辩驳甚至是质疑，才能激发其固有的潜力和那些未来得及成文的踪迹。

一

“个人化历史想象力”无疑是陈超最为重要的诗学观念，这一观念的生成与演化的过程，也是理解当代诗的一条重要的线索[③]，事实上，陈超也正是以这一概念梳理并建构了先锋诗三十多年的历史和发展逻辑。在《先锋诗歌20年：想象力维度的转换》一文中，“朦胧诗”“第三代诗歌”和“九十年代诗歌”以“正反合”的逻辑被连贯成前后相继的一个整体，其中，“九十年代诗歌”作为合题的辩证第三项，将先锋诗写作提高到一个新的历史阶段：“我认为，在那个阶段，先锋诗人对汉语的重要贡献，主要是改变了想象力的向度和质地，将充斥诗坛的非历史化的‘美文想象力’和单位平面化展开的‘日常生活诗’，发展为‘个人化历史想象力’。”[④]《回答》《厄运》《0档案》，以及尹丽川的《周末

① 陈超：《后记》，见《个人化历史想象力的生成》，北京大学出版社，2014年。

② 同上。

③ 陈超在《个人化历史想象力的生成》的《后记》中，将这一演化过程标记为从“审美自主性”向历史化修辞的转变，“90年代以来，我的诗歌批评淡化了80年代的‘审美自主性’倾向，我所考虑的中心问题，变为‘个人化历史想象力’在先锋诗中出现的历史条件，以及进一步自觉建构的可能性”。

④ 陈超：《先锋诗歌20年：想象力维度的转换》，见《个人化历史想象力的生成》，第12页。

的天伦》、雷平阳的《杀狗的过程》等作品，得到细致的解读，被看做是“个人化历史想象力”得以展开的最佳例证。另外，在《先锋诗的困境与可能前景》《近年诗歌批评的处境与可能前景》这两篇文章中，“个人化历史想象力”的两个重要的视角，如诗歌与现实、历史的关系，以及诗歌批评的任务，被给予了细致论证。这三篇文章，可以看作陈超的“个人化历史想象力”观念的纲领性文献。

关于“个人化历史想象力”最基本的含义，我们采用《先锋诗歌20年：想象力维度的转换》中的表述：“它是指诗人从个体主体性出发，以独立的精神姿态和个人的话语方式，去处理我们的生存、历史和个体生命中的问题。”[①] 我最早对这一问题和概念的了解，是在姜涛所写的文章中，也就是那篇名为《“历史想象力”如何可能：几部长诗的阅读札记》的长文，姜涛在这篇文章中实际上校对了陈超的观念，并试图重置“个人化历史想象力”观念的内核，也就是所谓的诗人的“个体主体性”。在姜涛看来，一个诗人或者批评家所拥有的自由并不比他自认为的多，大多的时候我们仅仅是充当了历史的工具，配合着历史的进程而茫然不觉，先锋诗歌芜杂的“历史想象力”不过是配合了当下的历史逻辑，当下的历史逻辑概括有三：“其一，出于对既往政治统制及专断的本质主义的反动，诗歌必然注定是一项个人化的自主创造，必然享有‘治外法权’。其二，‘语言转向’之后的后现代理论，一波又一波袭来，又为文学自由主义提供了语言本体论包装，既然一切都是符号关系的产物，诗歌必然也是语言对自身的礼赞，先锋诗人即便强调历史介入，但也会首先声明，这只是一种‘风格’的介入。其三，‘后发达地区’作者基本的现实感，这并不一定来自‘经世济民’、‘感时忧国’一类传统的教训，而几乎出于中国人固有的伦理性格和社会峻急变动中的本能直感，大多数严肃诗歌作者，其实不太能完全专注于自娱自乐的快感。”[②] 因而，所谓的“历史想象力”也只不过是按照某种历史逻辑重新编排历

① 陈超：《个人化历史想象力的生成》，第10页。

② 姜涛：《“历史想象力”如何可能：几部长诗的阅读札记》，《文艺研究》2013年第4期。

史或者制作某种“反历史”的虚构历史的想象力，而不是能够真正拓展当下历史逻辑的“历史想象力”，诗歌写作也终究是在体制化的小圈子里自我循环的产物。当代诗歌如果想要试图摆脱这种恶性循环，能够进入到历史逻辑的创生脉络，超越我们这时代的普通心智，能够进入“伟大的知识”的序列，而不是单单区别于其他的一种“特殊知识”，则需要把诗人的“个体主体性”做强做大，甚或重新发明一个新的主体来。

姜涛对“个人化历史想象力”的重置，并将其落实到一个真正具有时代意识和历史意识的主体身上，实际上与陈超对“个人化历史想象力”的定义是一致的，两人的不同在于何种诗歌类型可以视为这种历史想象力的产物，以及如何评价先锋诗的历史成就，而这正是“个人化历史想象力”的关键。无论是在陈超的表述中还是姜涛的论证里面，“个人化历史想象力”背后的问题意识乃是对于当下混乱的现实和历史逻辑的焦灼与对于某种真理的渴望，这种真理是带有拯救色彩的知识，不仅是对于个人的，而是整个社会的，它将重新校对我们的思想、信仰、经验与观念，并在我们身上塑造出一个“新人”来。毋庸置疑，诗歌在某个历史时期或者说在我们人生的某个阶段，的确曾经帮助我们打开一条红海之路，现实在一个遥远的未来中获得了无限生机，被打上应许之地的印记，而现在这应许之地，不过是虚幻的海市蜃楼。诗人曾经是“一个种族的触角”、历史的先知，而今天在诗歌里却只是表现出了一个普通心智的水准，面对现实只有不合时宜的狂躁、愤怒、自伤自怜或是冷嘲热讽、自娱自乐。关于这一问题“美丽心灵”的流行版本表述是，诗人不关注现实、没有道德是非感，或是诗人过于耽于审美，不政治、不伦理，语言没有生命感，好像是诗人只是走错了路，调转一下方向，浪子回头便万事大吉。“个人化历史想象力”的诉求与此不同，虽然它同样强调当代诗的衰弱与萎靡，但它试图在衰败处寻找新世界的入口，这种表述基本上可以简化成这样一种认识：诗歌应成为一种“普遍”的知识，而不是区别于小说、戏剧等的特殊性知识，这样一种普遍的知识因为深刻地理解了自己的时代，我们从而能够仰仗它而解开时代加在我们身上的链锁，因而这样的诗歌也必然是塑造当代人精神生活的核心力量之一。问题是，这样的诗歌如何可能，而不是停留在一种愿景当中。

在陈超那里，对这一问题的表述和规划，是通过其所设定和规划的三个任务和坐标来完成的，第一，对朦胧诗以来的先锋诗写作进行总体性的判断和评价；第二，谋划一种能够突破先锋诗困境的有巨大综合能力的诗，这样一种诗歌也必然是当代人的精神与价值的源泉；第三，在“个人化历史想象力”要求下，为诗歌批评规划方法与任务，即“历史–修辞学的综合批评”。

> 过去，我们的诗歌过度强调社会性、历时性，最后压垮了个人空间，这肯定不好。但后来又出现了一味自恋于“私人化”叙述的大趋势，这同样减缩了诗歌的能量，使诗歌没有了视野，没有文化创造力，甚至还影响到它的语言想象力、摩擦力、推进力的强度。而所谓的“个人化历史想象力”，就是要消解这个二元对立，综合处理个人和时代生存的关系。[①]
>
> 勇敢地刺入当代生存经验之圈的诗，是具有巨大综合能力的诗，它不仅可以是纯粹自足的，甚至可以把时代的核心命题最大限度地诗化。它不仅指向文学的狭小社区，更进入广大的知识分子群，成为影响当代人精神的力量。[②]
>
> 历史–修辞学的综合批评，要求批评家保持对具体历史语境和诗歌语言/文体的双重关注，使诗论写作兼容具体历史语境的真实性和诗学问题的专业性，从而对历史生存、文化、生命、文体、语言（包括宏观和微观的修辞技艺），进行扭结一体的处理……这样，在自觉而有力的历史文化批评和修辞学批评的融汇中，或许就有可能增强批评话语介入当下创作的活力和有效性，并能对即将来临的历史–审美修辞话语的可能性，给予“话语想象”“话语召唤”的积极参与。[③]

---

① 陈超：《个人化历史想象力的生成》，第23页。

② 陈超：《先锋诗的困境和可能前景》，见《个人化历史想象力的生成》，第33页。

③ 陈超：《近年诗歌批评的处境与可能前景》，见《个人化历史想象力的生成》，第79页。

与姜涛的方向不同，我们将试图对这三个坐标进行考察与探究，以期待能够重新校对“个人化历史想象力”这一概念，并完成对其的重置。

二

过去的三十多年，我们的诗歌批评沿着“朦胧诗论争”所埋伏下的路线狂飙突进，硕果累累，构建了当代诗歌的基本图景。当批评家们在这条路线上忙于为当代诗正名、辩护、阻击对手，为诗人树立雕像，寻找经典位置的坐标时，他一定陶醉于自己作为诗歌裁判员的角色，也会因此相信自己的专业判断作为诗歌写作的必要增补，维护着诗歌体制的功能运转。但今天看来，其实我们在批评方面所做的工作甚少，正如尼采在《不合时宜的沉思》中所挑明的：我们都在被历史的高烧所毁灭，而我们至少应该认识到这点。“朦胧诗论争”就是这“历史高烧”的产物，或者说，整个80年代都在“历史高烧”所引起的幻觉和狂热之中，欧阳江河说：“八十年代像是发了一场天花”，倒也恰如其分。在这场论争中，“朦胧诗”的胜出以及其所确立的原则，为后来的诗人和批评家所接收，并在“先锋诗”这一名目下固定下来，所谓的诗歌体制，也是在“先锋诗”的名目下建立起来的。

实际上，“先锋诗”和所谓的“纯文学”概念一样，都带有着80年代特有的启蒙色彩，是80年代的“思想解放”运动的一部分，尽管这两个概念是在90年代才获得相对普遍的认同，但其所承载的价值观念、道德法则和历史形态都带有打着新时期烙印的特定含义，因而，有的批评家说：“先锋派的形式革命夺取了当代文学的最后胜利”[①]，其所指的是“先锋文学”使当代文学摆脱了“十七年”的规范，并与“世界文学”接轨，代表了当代文学的最高成就，但是，正如我们今天看到的，“先锋文学”或“先锋诗”所承载和允诺的价值观念、道德法则和历史

---

① 陈晓明：《无边的挑战》，广西师范大学出版社，2004年，第434页。

形态，根本无法支撑起我们所面对的复杂现实，其所依据的现代主义逻辑，注定了“先锋诗”与现实是处于“对立”或偏离的位置，米沃什认为，现代主义诗歌自其诞生之日起，就一直扮演着“旁观者”的角色，并造成诗人与人类大家庭的分裂，其原因就在于这种现代主义逻辑。另外，其所宣扬的“生命诗学”“审美想象力”“诗歌本体”“个人的真实”“诗歌的自主性”等等的主张，如果脱离对“文艺从属于政治”的拒绝与反抗，其实并无真实的意义，正如80年代的启蒙观念，比如人道、人性、现代化、现代性以及与世界接轨等等，如果离开“文革”的语境作对照，其合理性就会大大减弱，甚至会多出些荒谬的色彩。我们始终是在“历史对位法”中确认我们的现实感，这毫无问题，但重点是在于我们是在何种价值观念或是认知体系中，确认并定位我们对过去、当下以及未来的认知，这种确认和定位会决定我们是什么人，会创造出怎样的历史，这种表述的另一层含义是，人不过是某种价值观、认知体系和信念的器具，我们声称把握住的历史，也只不过是一“特定”的历史。在这种视角下，一位批评家后来的反思则颇有意味：“八十年代中期，当现代文学研究界热气腾腾，人们普遍相信自己把准了文学和社会发展的正确方向的时候，恐怕谁也不会想到，十五年后，我们会遭遇这么一个错综复杂的现实吧：苏联解体，东欧和蒙古的共产党政权相继倒塌，庞大的‘社会主义阵营’迅速瓦解，中国却从九十年代初开始新一轮‘市场经济改革’，经济持续增长；‘冷战’由此结束，资本主义经济乘时膨胀，‘美国模式’似乎成了‘现代化’的唯一典范，中国也开始加入WTO，日益深入地浸入全球经济之湖。”[1] 当然，这是一个需要专门讨论的课题。

将“先锋诗”看成一个连贯的整体，将“朦胧诗”“第三代诗歌”“九十年代诗歌”认定是“先锋诗”不同阶段的表征，那么，就有必要在当下的“历史对位法”中去重新认识这一整体的含义。与80年

---

① 王晓明：《现代文学研究的“当代性问题”》，见《思想与文学之间》，人民文学出版社，2004年，第120页。

代的普遍共识，90年代的左右之争的对立不同，我们今天处于多极多元分裂、对立的局面，左派的、自由主义的、儒家的、法家的或是历史虚无主义的等等意识形态处于竞争和对立的局面，各种意识形态都试图去改变当代的意识结构，重构政治共同体的法则，对“历史”本身展开竞争，这也意味着我们被形形色色的历史投机分子所包围，并受其左右，我们容易将自身的现实“意识形态化”，而无法真正地看清我们的现实，因此，分裂、对立以及盲目地自信是我们今天的属性和普遍共识，这是一个历史的僵局，在资本和技术为王的时代，对任何“将来之神”的构想，都会被斥责为虚幻的，而对历史的规划，也只会沦为意识形态的窠臼，就像电影《星际穿越》所笨拙地演示的那样，除非有一个“奇迹”，否则我们无力改变任何现实。我们看到，80年代普遍共识的破裂，本身就意味着我们将陷入意识形态之争，只不过直到今天才看得清清楚楚，“历史高烧”所引起的幻觉和异象将我们的历史分割成不同的相互对立的部分，而不是作为一个完整的整体存在，诸如，“文革”和“八十年代”的对立，除非我们能将历史的裂缝修复，否则今天的意识形态之争不会停止，或者说，我们距离过去越近，也就越接近未来。

在我们试图迈向现代化的时候，“先锋诗”曾经充当了激进的意识形态的角色，而当其“现代性”的内核被耗尽之后，其所谓的“历史想象力”也只能是“伪造历史”的想象力。其所谓的“文学自主性”，不过是要求文学与道德、政治、功利的无关，而单独属于“审美”的领域。80年代，通过李泽厚所简化的康德，这一被误以为真的“信念”在很长一段时期垄断了我们的审美想象力，康德以无功利性和无目的的合目的性所定义的“审美”，实际上为后来的现代主义打下基础，也挖掘了坟墓。简单地说，将“先锋诗”作为一种意识形态来看，则意在表明其诗歌意识、语言的图式，以及主体意志所朝向的“现实”关联，总体上是被现代性话语的逻辑所把持，它自身所带有的“历史分裂症”，也不是“个人化的历史想象力”所能医治的，李泽厚的《启蒙与救亡的双重变奏》与余英时的《中国近代史上的激进与保守》这两篇文章堪称八九十年代的纲领性文献，可以为这一“历史分裂症”做注脚。而真正的问题在于如何能够构造修复历史裂痕的“历史对位法”[1]，在当下的历史僵局中，“先锋诗”如不能重构自己的“历史对位法”，则必然在启蒙的逻辑中继续滑行，或是被当下的意识形态所收编。而这一切的前提首先是从现代主义逻辑以及我们的诗歌体制的秩序中摆脱出来。

三

对此我们应该明确的是，当代诗的诗歌秩序和体制，是由四代批评家的共同努力而构建的，如此的诗学体制和批评格局也确立了四代诗歌批评家的基本立场和格局。第一代以谢冕、吴思敬、徐敬亚等人为代表，其工作的重心在于为朦胧诗的写作争取合法性和经典化的空间；第二代的陈超、程光炜、耿占春等人则在“第三代诗歌”和“九十年代诗歌”的经典化方向上做出了重要的工作；第三代的臧棣、欧阳江河、钟鸣、敬文东等则立足于以“九十年代诗歌”为中心的当代诗；第四代以出生于1970年代后的学院批评家为代表，这代批评家一般多立足于整个新诗史发展的历史脉络，来梳理当代诗的线索，在这方面姜涛和张桃洲等人的工作可以显示出这一代批评家的抱负。从四代批评家所使用的批评资源来看，其中以文学社会学的、文学的历史化研究，新批评、海德格尔诗学、结构主义、大众文化研究等批评方法的使用也就最能说明当前诗歌批评的整体面目。一种诗歌体制必然有其边界和中心，自然也有等级的排列，诗歌批评和诗歌理论往往负责起了边界和中心的划定问题，在新诗的历史上，《摩罗诗力说》和《在延安文艺座谈会上的讲话》这两篇诗学文章，具有如此的历史效应，而在当代诗的范畴当中，并没有产生如此格局的诗歌批评。但无论如何，过去三十多年的诗歌批评最终在相对稳定的批评类型中谋划和确认了自身，这相对稳定的批评类型，按照萨义德的划分：“摘其要者有四种类型。一是实用批评，可见

---

① 关于这一问题，参见张伟栋《当代诗中的“历史对位法”问题》(《江汉学术》2015年第1期)。

于图书评论和文学报章杂志。二是学院式文学史，这是继 19 世纪经典研究、语文文学学和文化史这些专门研究之后产生的。三是文学鉴赏和阐释，虽然主要是学院式的，但与前两者不同的是，它并不局限于专业人士和常在报刊上发表文章的作者。……四是文学理论。"[①] 今天的诗歌批评家们大多依照这四种类型来确认和安排自己的工作，这四种批评类型各自都拥有复杂的知识谱系和明晰的方法论，这也意味着诗歌批评有着自己专属的话语模式，如此的好处是，可以维护诗歌体制的功能性运转，坏处是，由于无法逃离自己强加给自己的方法论和观念，往往会使得这个诗歌体制僵化，以往被单独提出而委以重任的"诗人批评"实际上也在依赖这四种批评类型的话语模式，而隐没其本来的面目。

没有诗人会承认或者相信自己是为某种诗歌体制写作的，正如没有批评家认为自己使用的理论其实是一种障碍，而事实上，大部分诗人是在为"体制"写作的，任何一本诗歌史都可以为我们做出证明，一种诗歌体制会决定感知、语言、话语、风格、审美和主题的分配和生产，会决定哪些是诗歌的关键词，那些是次等的，这构成了诗歌在这一时期的"最高心智"，而大部分诗人是很难超越这一"最高心智"的，布迪厄关于文学场域和文学制度的理论可以很好地解释这一切。但这只是问题的一个方面，问题的另一个方面是，与"先锋诗"的状况一样，诗歌批评也避免不了"历史分裂症"的折磨，两者同为一个硬币的两面，并在很多方面都可以互相印证，互为例子，这种症状，在四代批评家的批评观念中都可以验证。而相对于诗歌写作而言，诗歌批评则更依赖于已经成型的观念和价值，克罗齐认为批评属于美学，是一种审美应用，在这个意义上是成立的，这也意味着诗歌批评更受制于时代的氛围和精神状况。因此，对"历史分裂症"的认识愈深，也就愈需要将"先锋诗"降格为一种特殊的诗歌，而不是像我们的诗歌批评和诗歌体制所理解的那样，将"先锋诗"看作现代汉语诗歌发展的最高阶段，这种降格意味着，将其看作与 1917—1949 的新诗和 1949—1976 的社会主义诗

① 萨义德:《世界·文本·批评家》，李自修译，生活·读书·新知三联书店，2009 年，第 1 页。

歌并不相同的历史阶段。借用一下柯林武德的一句话来表达我的意思：“对于但丁而言，《神曲》便是他的整个世界。对我而言，《神曲》至多是我的半个世界，另半个世界是我心中阻止我成为但丁的所有那些东西。”[①]“先锋诗”的出现，是新诗的理念与历史世界对峙的结果，是新诗试图实现自己的结果，但并未完成，它还有更长的路要走，正如本雅明所说：“在每一个起源现象中，都会确立形态，在这个形态之下会有一个理念反复与历史世界发生对峙，直到理念在其历史的整体性中完满实现。”[②]这也意味着，以启蒙话语和现代主义逻辑所把持的诗歌史和诗歌体制可以休矣。

在这样的思路下，重新来看“历史－修辞学的综合批评”的批评方法，无疑是“历史分裂症”的典型例子，这种分裂在耿占春那里被表述为“一场诗学与社会学的内心争论”，是要马拉美还是马克思的选择，在唐晓渡那里则表现为继续强调“先锋诗”的对抗与实验的特征，陈超的提法本身带有某种汇总的性质，既强调对“诗歌本体”的维护，又着重于“批评话语介入当下”的效用，实际上是对八九十年代两种批评方法的自信，一是为“诗歌本体”提供方法论的新批评和提供观念的海德格尔诗学，另一则是90年代以后较为流行的文学社会学、文化研究以及海登·怀特的历史学理论，在这两种批评方法的确认下，诗歌被描述为“与社会、历史、文化、性别、阶级等大有关系，其本体形式也是诗歌之为诗歌的存在理由”[③]。这种小心翼翼的区分和划界，本身就带有“历史分裂症”的症候，其自身的“体制化”特征也是不言而喻的。这种小心翼翼在于，对于“文艺从属于政治”的恐惧，以及对从阶级斗争话语和全能政治中赎回的“个人”和“自主写作”的捍卫，这是“历史－修辞学的综合批评”的关键，在此基础上，才要求“个人”冲破自

① 柯林武德：《一切历史都是思想史》，陈新译，见丁耘、陈新主编《思想史的元问题》，广西师范大学出版社，2005年，第13页。

② 本雅明：《德意志悲苦剧的起源》，李双志译，北京师范大学出版社，2013年，第26页。

③ 见《个人化历史想象力的生成》，第80页。

我的狭隘，去关心政治、现实和历史的问题，而批评要对这一“关心”给以分析和推进。实际上，这个被赎回的“个人”是无法承担起现实和历史问题的，正如我们所看到的，这个与总体性失去直接关联的“个人”很快就会被欲望和激情所收编，把生活看做高于一切，而不知道现实和历史为何物，个人与现实、历史的对立和分裂成为我们无法逾越的障碍，而原本一直向前的历史，突然变成了“超历史”的结构，任何一个历史方向都无法获得明确的进展。我们因而需要一种新的认识论和知识学，帮助我们将当下的历史放置在远景的视野中，而使我们重新获得一种总体性的关联，正如维柯所说，人不能单凭自己的力量把自己提升到真理。而无论是在“历史－修辞学的综合批评”还是“个人化历史想象力”的表述中，都是以“个体”为本位的，缺少对总体性的构想。

四

回到最初的那个问题，诗歌作为一种普遍的知识，“成为影响当代人精神的力量”如何可能？这是“个人化历史想象力”所蕴含的最核心的问题，但也必然是引起诗歌争论和分裂的问题，因为我们已经太习惯于“诗歌到语言为止”，或是诗歌是情感、形象的表达等等诸如此类的定义，而太久忽略诗歌与真理的关系，正如我们对“真理”一词已经漠不关心或者抱有敌意。在这一时刻，亚里士多德关于诗歌的看法对我们是有益的，诗歌是虚构和制作，但诗人正是通过这样的方式来讲述真理，比如我们可以在《奥德赛》或《工作与时日》当中，学习到关于世界的最高知识，与我们在哲学当中学到的一样可靠有用，这是诗歌的古典逻辑所允诺的真理，事实上，这样的真理是关于总体或统一整体的知识，它反对孤立、分割与对立。黑格尔的真理观念，就是这一古典真理观的最完整表达，真理是总体，按照黑格尔的说法是：“孤立和对立不是事物联系的最后状态。世界并非只是一个相互联系的异类概念的复合体。以对立为基础的统一体必然被理性所把握和实现，理性的使命就是使对立实现和谐，并在一个真正的统一体中扬弃对立。理性使命的实现，同时就意味着重建人的社会关系中所丧失的统一体。”[①] 这是总在制造区别、断裂、对立与冲突的现代主义诗歌所不能理解和做到的，虽然我们的现实已经宣告，现代主义逻辑的终结，但诗歌仍在它的轨道上惯性滑行，这一惯性则隐含着这样一条共识：因为它是美的，所以一定是真的，将诗歌从“美学”的范畴里解放出来，只有在新的历史对位法中才有可能。

因此，诗歌作为一种普遍的知识如何可能，就不是“先锋诗”能够承担和所能回答的问题，除非“先锋诗”能够认识到自己身上的“历史分裂症”，自己陷入意识形态之争的根源。因而，这个问题的正确提问方式应是，新诗作为一种普遍的知识如何可能？这意味着将百年的新诗看作一个整体，并克服新诗与古典诗的分裂，这是新诗的起源问题中最重要的问题。我们知道，从新诗诞生之日起，其与民族共同体的命运就休戚相关，不仅仅是因为历史的态势所造就，更重要的是诗人一直试图回应民族共同体的命运问题，就如同歌德所说：“一个知道自己使命的诗人因而需要不懈地为其更进一步的发展工作，以便使他对民族的影响既高贵又有益。”[②] 这种“站在人类大家庭”一边的立场和法则，与现代主义诗歌所扮演的“波西米亚人”的角色，有着很大的差别，我们将其称之为新诗的“古典维度”。当年朱光潜的讨论，关于白话文、文言文与欧化的融合问题，并指出新诗要学习的三条道路，第一，西方诗的路；第二，古典旧诗的路；第三，流行的民间文学的路，以此来形成一种伟大的“民族诗”，其实都着眼于关于新诗的“古典维度”的设计。在今天，诗歌、文学、艺术的确已经成为了“无用”的摆设，毋庸置疑，诗歌或艺术所具有的社会相关性，早已被其他形式接手，做文化不如做文化产业，诗歌不如广告强大也已经不是什么需要讨论的问题，我

---

① 见马尔库塞：《理性和革命》，程志民等译，上海人民出版社，2007 年，第 53 页。

② 《歌德谈话录》，1827 年 4 月 1 日，转引自布鲁姆：《巨人与侏儒》，张辉选编，秦露等译，华夏出版社，2003 年，第 113 页。

们时代唯一被证明的真理是，金钱是万能的，但我们不是非得要遵从，新诗有自己的立法原则，正如诺瓦利斯在小说中写道：诗必须首先当做严格的艺术来追求。

总而言之，“个人化历史想象力”其实和艾略特所强调的“历史意识”一样，是一种成熟的历史智识，但也都带有相对主义的色彩，正如姜涛所察觉的那样，其效用取决于主体的能力，在我们这种历史虚无主义的氛围下，“历史想象力”也就沦为虚构历史的能力，与我们时代的“戏说历史”有着同样的症候。因此，重要的是我们在“个人化历史想象力”名目下，设定什么样的目标或前提，如果只是在“现代风格”的要求下，来丰富诗歌题材的多样性，那历史无非是道具而已，正如我们反复强调的，“个人化历史想象力”须克服自己身上的“历史分裂症”，并超越意识形态之争，才可能进入真正的历史逻辑，而前提是在“历史对位法”的坐标下，重构我们的历史整体。

陈超学术年谱

吴　昊　张凯成　编

■ **1958 年**

10 月　27 日，出生于山西省太原市，祖籍河北省获鹿县（今石家庄市鹿泉区）。

■ **1970 年**

入太原铁路一中。系文艺宣传队队员。

■ **1974 年**

3 月　赴河北省获鹿县李村农场务农。系公社文艺宣传队队员。

■ **1975 年**

6 月　毕业于太原铁路一中。

11 月　进入石家庄拖拉机厂工作。

■ **1976 年**

开始诗歌创作。与三位工友组成读书写诗小圈子，完成自制诗集《柳叶刀集》。陈超："诗集的名字是偷来的，我当时有个师傅……他当时写的诗集就叫《柳叶刀集》，我模仿了一下。里面既有律诗、五言诗、绝句、词，也有普希金、海涅式的浪漫主义诗歌。"（《回望 80 年代：诗歌精神的来路和去向——陈超访谈录》）

1978年

3月 离开石家庄拖拉机厂。

7月 考入河北师范大学中文系。在校期间发起成立省会大学生诗社“新松社”，任社长，编辑刊物《崛起》。完成自制诗集《解冻》。

1980年

4月 在《大学生文选》首次公开发表文章《做个人真实情感的歌手》。

1981年

1月 8日，首次在《河北日报》发表诗歌《未来》等。

4月 诗学论文《试谈鲁迅早期的新诗》载《河北师范大学学报（哲学社会科学版）》1981年第4期。

本年 在《新地》《红豆》等刊发表诗作。

1982年

毕业于河北师范大学中文系，获文学学士学位，并留校任教。

完成自制诗集《给西西》。

在《红豆》《莲池》《长城文艺》等刊发表短诗。

1983年

2月 诗学论文《论闻一多诗歌艺术的得失》载《河北师范大学学报（哲学社会科学版）》1983年第2期。

10月 诗学论文《新的阻塞——谈当前的流行诗》载《飞天》1983年第10期，后被《新华文摘》1983年第11期转载。

1984年

6月 撰写诗学论文《朦胧诗中的“现实主义精神”》（后收入《生命诗学论稿》）。

1985 年

赴山东大学访学，主修现代诗学、美国现代文学、中国古代文论。完成结业论文《顾城的诗》(收入《中国当代诗歌评析》)、《艾青与聂鲁达：诗艺的平行比较》。陈超："我当时抱负是很大的，觉得西方文论我有强烈的兴趣可以自学……但是古文论方面如果没有一个强迫性的学习，我可能就没有兴趣，所以想把古文论学好的愿望非常强烈。"(《回望 80 年代：诗歌精神的来路和去向——陈超访谈录》)

参加华北五省市青年诗人创作会议，结识西川、非默、雁北、张锐锋、老河、陆健等诗人。

完成自制诗集《尔雅集》。

1986 年

2 月 诗学论文《被遗忘的拾起》载《诗神》1986 年第 2 期。

3 月 诗学论文《艾青与聂鲁达：诗艺的平行比较》载《河北师范大学学报(社会科学版)》1986 年第 3 期。

4 月 29 日，创作诗歌《弯腰赎罪》。

撰写诗学评论《"人" 的放逐——对几种流行诗潮的异议》(后收入《生命诗学论稿》)。

5 月 诗学论文《中国诗歌新生代》载《诗神》1986 年第 5 期。

6 月 诗学论文《关于诗歌的 "形象密度"》载《诗刊》1986 年第 6 期。

7 月 创作诗歌《向一只小鹅谢罪》。

8 月 7 日，撰写诗学论文《诗歌审美特征的新变：个人话语》。

30 日，撰写诗学论文《新的状态与 "寓言"》，提出 "第三代" 诗歌较之朦胧诗的三大变化："诗美由和谐变为非和谐"，"诗美由主观性变为'客观性'"，"警句式的变为不露圭角的"。

参加在兰州召开的 "全国新诗理论研讨会"。陈超："对于先锋诗界来说，兰州会议是一个转机。一方面，第三代诗歌正式闯入人们的视野。……另一方面，对于'清污'是一个带有民间性的再平反。""实际

上 86 年诗歌大展就是在这次会议上敲定的。"(《回望 80 年代：诗歌精神的来路和去向——陈超访谈录》)

10 月 创作诗歌《夜和花影》。

11 月 2 日，撰写诗学论文《现代诗：个体生命朝向生存的瞬间展开》。文中提到："新时期诗歌大约从 1984 年起，开始由道义的深刻转向生命的深刻，由自恋的向外扩张转向痛苦的内视和反省。""真正的诗性正来源于对个体生命与语言遭逢的深刻理解。"

诗学论文《骚动不宁的调色板——论第三代诗人(之一)》载《黄河诗报》1986 年第 11 期。

12 月 诗学论文《"人"的放逐——对几种流行诗潮的异议》载《诗刊》1986 年第 12 期。

本年 与刘小放、杨松霖主编《太阳诗报》(胶印，共出四期)。

出席全国青年作家会议。结识舒婷、顾城、江河、杨炼、林莽、王家新、于坚、宋琳等诗人。

在《诗神》《太阳诗报》《百泉》等刊发表诗作。

1987 年

2 月 诗学论文《悄然而至的挑战——论第三代诗人(之二)》载《诗神》1987 年第 2 期。

诗学论文《论青年诗人群落》载《河北文学》1987 年第 2 期。

4 月 4 日，创作诗歌《槐树》。

5 月 4 日，创作诗歌《嶂石岩漫兴：日与月共在的清晨风景》。

6 月 诗学论文《第三代诗人的语言态度》载《山花》1987 年第 6 期。

7 月 创作组诗《话语》。

10 月 创作诗歌《渤海湾汉俳》。

诗学论文《诗：个体生命的瞬间展开——对当代诗歌价值确认方式的批判性思考》载《山花》1987 年第 10 期。

11 月 创作诗歌《终曲》。

本年 开始文本细读专著《中国探索诗鉴赏辞典》的写作。

担任中国作家协会全国优秀新诗奖初评委员。

在《青年诗人》《未名诗人》等刊发表短诗。

1988 年

2 月 4 日，撰写诗学论文《认识现代诗》。

诗学论文《新的声音——论第三代诗人（之三）》载《诗歌报》。

3 月 诗学论文《在空洞中接近神圣》载《诗神》1988 年第 3 期。该文是对杨如雪《爱的尼西亚信经》一诗的评论。

4 月 创作诗歌《一个新词》。

5 月 参加由中国作协诗刊社、作协江苏分会，江苏省淮阴市文联扬州市文联联合主办的全国当代新诗研讨会（即“运河笔会”）。与“第三代”诗人发生共鸣。

8 月 诗学论文《语言的自觉》载《诗神》1988 年第 8 期。该文是对醉舟组诗《抽烟的人》的评论。

夏 撰写诗学论文《第三代诗的发生和发展》。

9 月 创作诗歌《特木里的甘霖》。

诗学论文《第三代诗的发生和发展》载《文艺报》1988 年 9 月 3 日。

诗学论文《生命的意味和声音》载《诗刊》1988 年第 9 期。

10 月 12 日，创作诗歌《生活在锡罐里的诗人》。

12 月 撰写诗学论文《生命：另一种“纯粹”》。

本年 在《诗神》《河北文学》发表组诗《诗歌写作》《夏夜，我你他》《大鸟》等。

1989 年

2 月 撰写诗学论文《守旧者说》。

诗学论文《谈诗论方法的颠倒》载《光明日报》1989 年 2 月 10 日，倡导文本细读式批评。

诗学论文《纯粹》载《诗歌报》。

3 月 撰写诗学论文《生命体验与诗的象征》。

4月 29日，撰写诗学论文《“我说”与“它说”：极端的写作》。

撰写诗学论文《论意象与生命心象》。

创作诗歌《停电之夜》。

春 撰写《反叛·反驳·反证——关于现代诗的三次夜谈》。

6月 诗学论文《精神萧条时代的诗人》载《星星》1989年第2期。

5月至6月 创作长诗《青铜墓地》。

7月 长诗《青铜墓地》发表于《诗神》1989年第7期。

8月 文本细读专著《中国探索诗鉴赏辞典》由河北人民出版社出版。本书共辑入中国现、当代129位诗人的探索性诗作403篇，并运用文本细读法进行了解读。陈超：“当时在山东大学访学，听了陆凡教授的美国诗歌研究的课，也选了吴开晋教授的现代诗研究的课，特别是看了赵毅衡的《新批评——一种形式主义文论》和他编的《新批评文集》，我就觉得中国缺乏这种东西……在细读这方面我是最有规模的，也是最早的。”(《回望80年代：诗歌精神的来路和去向——陈超访谈录》)

9月 诗歌《关于诗的两首诗》发表于《山花》1989年第9期。

10月 诗学论文《伊蕾的经验之圈》载《文学自由谈》1989年第10期。

12月 创作诗歌《再不会……》。

1987至1989年间

撰写诗学随笔《论诗与思》。

1990年

1月 在《诗神》发表组诗《渴慕》。

3月 2日，创作诗歌《骤变》。

4月 创作诗歌《我看见转世的桃花五种》。

5月 创作诗歌《沉哀》。

4月至5月 撰写诗学论文《精神大势：三对“两难困境”的整合》。

6月　诗学论文《实验诗对结构的贡献》载《文学自由谈》1990年第3期。

8月　撰写诗学论文《“正典”与独立的“诠释”——论现代诗人与传统的能动关系》。

长诗《诗歌写作：空无与真实》发表于《诗神》1990年第8期。

9月　《中国探索诗鉴赏辞典》获“北方十七省市社科优秀图书奖”。

10月　修改长诗《诗歌写作：空无与真实》，收入诗集《热爱，是的》时的标题为《写作》。

11月　3日，撰写诗学论文《诗歌信仰与“个人乌托邦”》。

12月　3日，创作诗歌《醉酒》。

4日，创作诗歌《北郊景色，或挽歌》。

散文诗《回击死亡的阅读》发表于《山花》1990年第12期。

1991年

2月　创作诗歌《风车》。

3月　诗学论文《诗歌信仰与个人乌托邦》载《诗歌报月刊》1991年第3期。

6月　诗学论文《我们为什么艰苦奋斗》载《文学自由谈》1991年第3期。

7月　4日，创作诗歌《无端泪涌》。

9月　在《诗神》发表组诗《曲喻与白描》。

11月　撰写诗学论文《从生命源始到“天空”的旅程》。

12月　诗学论文《实验诗对结构的发展——兼谈如何阅读实验诗》载《山花》1991年第12期。

本年　在《海内外新诗选粹》《乌江》等发表诗作。

1992年

1月　诗学论文《自看自：一种新的体验角度的尝试——伊蕾〈独身女人的卧室〉鉴赏》载《名作欣赏》1992年第1期。

5月 16日，创作诗歌《爬卡车》。

6月至8月 长篇诗学论文《向度：从生命源始到天空旅程》在《诗歌报月刊》连载。

8月 22日，创作诗歌《此刻之诗》。

9月 1日，创作诗歌《安静的上午》。

诗歌《诗歌写作：博物馆或火焰》发表于《诗神》1992年第9期。

10月 《读书》刊登谢冕评《中国探索诗鉴赏辞典》一书的文章《“异端”的贡献》，对该书体现出的“开放的诗歌观念”“作者扎实的理论素养和文学史知识”做出了高度评价。

1993年

2月 1日至5日，撰写诗学论文《先锋诗的困境和可能前景》。

诗学论文《深入当代》载《诗歌报月刊》1993年第2期。此文后被收入吴思敬编选的《磁场与魔方——新潮诗论卷》。

3月 创作长诗《艺徒或与火焰赛跑者之歌》。

撰写诗学论文《变血为墨迹的阵痛——先锋诗歌意识背景描述或展望》。

6月 诗学论文《高山流水知音许》载《名作欣赏》1993年第3期。该文是给《名作欣赏》的读者来信。

10月 诗歌《我看见转世的桃花五种》发表于《诗神》1993年第10期。

编选的《以梦为马——新生代诗卷》由北京师范大学出版社出版，该书系谢冕、唐晓渡主编的《当代诗歌潮流回顾·写作艺术借鉴丛书》之一，收录柏桦、车前子、陈东东、大仙、岛子、丁当等49位“新生代诗人”的诗作。该书收录了陈超的组诗《诗歌写作》。

12月 获中国作家协会第六届“庄重文文学奖”。

本年 诗学论文《深入当代》《变血为墨迹的阵痛》《火焰或升阶书》《现代诗人与传统》《可能的写作》在《诗歌报月刊》陆续发表。

1994 年

1 月　2 日，创作诗歌《红黄绿黑花条围巾》。

2 月　诗歌《艺徒或与火焰赛跑者之歌》发表于《诗歌报月刊》。

3 月　创作诗歌《少年之忆：水仙镜像》。

5 月　6 日至 9 日，参加由《诗探索》编辑部举办的“白洋淀诗歌群落”寻访活动。

创作诗歌《大淀的清晨》。

诗学论文《精神大势或有方向的写作——艺术断想之四》载《山花》1994 年第 5 期。

7 月　4 日至 8 日，撰写诗学评论《坚冰下的溪流——谈“白洋淀诗群”》。

8 月　创作诗歌《回忆：赤红之夜》。

组诗《素歌或谶语》发表于《诗歌报月刊》。

参与诗歌民刊《现代汉诗》编辑工作。

10 月　27 日，创作诗歌《拒马河边的果园》。

获“河北十佳青年作家”称号。

11 月　诗学论文《王家新诗二首赏析》载《诗探索》1994 年第 4 辑。

《文学自由谈》1994 年第 4 期刊登刘翔的评论《我眼里的陈超》。

12 月　诗学论著《生命诗学论稿》由河北教育出版社出版。该书包括三个部分：本体与功能论、现象论、诗歌写作。

1995 年

1 月　散文《懵懂岁月》发表于《山花》1995 年第 1 期。

3 月　6 日，撰写诗学随笔《塑料骑士如是说》。

14 日，撰写诗学讲稿《关于当下诗歌的讲谈》。

创作诗歌《是熟稔带来伤感》。

4 月　12 日，创作诗歌《信：荒漠甘泉》。

5 月　与欧阳江河、唐晓渡的诗学对话《对话：中国式的“后现代”理论及其它（上）》载《山花》1995 年第 5 期。

6 月　与欧阳江河、唐晓渡的诗学对话《对话：中国式的“后现代”理论及其它（下）》载《山花》1995 年第 6 期。

8 月　作品小辑《裂开的空白》发表于《当代人》杂志。

9 月　创作诗歌《借书轶事》。

10 月　创作诗歌《隐约可闻》。

11 月　创作诗歌《那些倒扣的船只》。

诗学论文《林莽的方式》载《诗探索》1995 年第 4 辑。《生命诗学论稿》获河北省第五届“文艺振兴奖”。

12 月　获《山花》优秀理论奖。

本年　在《大河》《绿风》《诗神》《诗人》等刊发表短诗。

1996 年

2 月　诗学论文《可能的诗歌写作》载《诗刊》1996 年第 3 期。文中提倡一种“由抒情性转入经验性，由不容分说的主观宣泄，转入对生存－生命的分析乃至‘研究’”的“准客观写作”。

撰写诗学论文《论现代诗结构的基本问题》。

创作诗歌《牡丹亭》。

4 月　8 日至 10 日，与李志清进行诗学对话《现代诗：作为生存、历史、个体生命话语的“特殊知识”》。

创作诗歌《美色折人》。

5 月　诗学论文《唐晓渡的诗歌批评》载《诗探索》1996 年第 2 辑。同期刊登孙基林的《陈超生命诗学述评》，文中认为：“陈超基于诗歌本体论依据之上的生命诗学，是坚持着一而二亦即生命 / 生存本体论与语言本体论双重指向的；但同时又有着二而一的整一归趣，或者说生命和生存与语言形式有着同构互涉的本质关联。”“陈超筑于语言与生命和生存临界点之上的生命诗学，既表现了一种深刻广延的生命个体意识和人类整体意识，又表现了一种自觉的语言本体意识，这是我们时代‘新诗学’的两块基石。”

与李志清的诗学对话《诗的想象力及其他——问与答》及诗歌《博

物馆或火焰》、散文《脆弱青春》载《山花》1996年第5期。

诗学论文《〈放学的女孩〉解读》载《名作欣赏》1996年第3期。

6月 24日，创作诗歌《不是梦的解析，而是梦本身》。

7月 12日，创作诗歌《堆满废稿的房间》。

8月 4日至7日，创作诗歌《夜烤烟草》。

当选为河北作家协会副主席。

11月 24日，创作诗歌《1966年冬天纪事》。

诗学论文《诗歌现状问答》载《鸭绿江》1996年第11期。

12月 创作诗歌《本学期述职书》。

1997年

1月 6日，撰写《答诗人周涛的“十三问”》。

2月 诗学笔谈《九十年代诗歌的新变化》载《北京文学》1997年第2期。

5月 创作诗歌《面面相迎（五个片断）》。

诗学论文《当下诗歌走向》载《莽原》1997年第3期。

6月 创作诗歌《登山记》。

诗学论文《“带上自己的心”》载《文学自由谈》1997年第3期。该文对芒克的诗歌进行了感悟式评论。

诗学论文《现代？浪漫？或别的东西……——对三个文本的解读》载《名作欣赏》1997年第3期。该文分别对三首诗歌（张枣《望远镜》、西川《旷野一日——给召召》、柏桦《夏日读诗人传记》）进行了细读。

7月 2日，创作诗歌《孩子和猫》。

8月 诗学随笔《论诗与思》载《山东文学》1997年第8期。

诗学论文《写作者的魅力——我认识的铁凝》载《时代文学》1997年第4期。

9月 诗学对话《现代诗：生存、历史、个体生命话语的“特殊知识”》载《学术思想评论》第一辑。

10 月 组诗《并不暗示什么东西》发表于《诗神》。

本年 出席全国青年作家代表大会。

开始细读专著《当代外国诗歌佳作导读》的写作。

1998 年

4 月 8 日，创作诗歌《早餐》。

诗学论文《立场：略谈近年诗歌走向兼为 80 年代诗歌一辩》载《星星》1998 年第 4 期。

5 月 诗学论文《谈一首诗，说一些话——读陆忆敏〈我在街上轻声叫嚷出一个诗句〉》载《诗探索》1998 年第 2 辑。

7 月 长诗《本学期供职书》发表于《诗神》，并被收入北京师范大学出版社出版的《主潮诗歌》。

7 月至 8 月 创作长诗《案头剧》。

9 月 与许仁的诗学对谈《"愚人志"或"偏见书"——诗论家陈超访谈录》载《山花》1998 年第 9 期。

10 月 创作诗歌《秋日郊外散步》。

11 月 诗歌《风车》发表于《诗刊》1998 年第 11 期。

12 月 创作随笔《红色苍凉时代的歌声——谈"知青歌曲"》。

1999 年

1 月 评论《写作者的魅力——我眼中的作家铁凝》载《长城》1999 年第 1 期。

诗学论文《观点——略谈近年诗歌走向兼为 80 年代诗歌一辩》载《雨花》1999 年第 1 期。

主编的《中国当代诗选（上、下）》由河北教育出版社出版。该书选收了新中国成立以来一百五十多位诗人创作的六百余首诗作。

3 月 诗学论文《少就是多：我看到的臧棣》载《作家》1999 年第 3 期。

4 月 3 日，创作诗歌《流水 38 行：愚人初级读物》。

16日，参加由《北京文学》《诗探索》、中国社会科学院文学研究所、北京作协等单位共同主办的“世纪之交：中国诗歌创作态势与理论建设研讨会”（即“盘峰诗会”）。

6月　诗歌《一代人与写作》发表于《当代》1999年第3期。

7月　散文《懵懂岁月》发表于《长城》1999年第4期。

与李志清的诗学对谈《问与答：对几个常识问题的看法》载《北京文学》1999年第7期。

诗歌《夜烤烟草》等五首发表于《诗神》。

8月　诗歌《堆满废稿的房间》《一九六六年冬天记事》《1975年冬：夜烤烟草》发表于《山花》1999年第8期。

9月　评论《素描20家》载《文学自由谈》1999年第5期。该文对王蒙、阿城、张承志、史铁生、贾平凹、牛汉等20位作家、诗人进行了印象式点评。

10月　16日，创作诗歌《英格丽·褒曼：〈秋之奏鸣曲〉》。

11月　诗歌《博物馆、火焰或诗歌》发表于《诗刊》1999年第11期。

12月　诗学论文《平常心——为姚振函〈感觉的平原〉“定性”》载《作家》1999年第12期。

《20世纪中国探索诗鉴赏（上、下）》由河北人民出版社出版。该书系《中国探索诗鉴赏辞典》的增补版，辑入中国现当代131位诗人的探索性诗作423篇，并给予注解鉴赏。

2000年

1月　13日，创作诗歌《没有人能说他比别人更“深入时代”》。

诗歌《生命路上的歌》发表于美国《侨报》。

2月　11日，创作诗歌《除夕》。

3月　诗歌《风车》《一个新词》发表于《上海文学》2000年第3期。

组诗《诗艺或交谈》发表于《作家》2000年第3期。

4月　诗评《诗歌随谈》载《山东文学》2000年第4期。

5月　撰写诗学论文《我看当下诗歌争论中的四个问题》。该文对

“为什么诗歌读者如此之少”“某些诗评家为什么也说‘读不懂’”“为什么会有‘知识分子写作’”以及“‘身体性’是诗的福音还是末路”等四个问题进行了辨析。

创作诗歌《挥拍从兹去，或温和的离异》《日记：天亮前结束写作》《交谈》《凸透镜中两个时代的对称》和《正午：嗡嗡作响的光斑》。

散文《学徒记事——“脆弱青春”之二》载《长城》2000年第5期。

诗歌《我看见转世的桃花五种》《我寻找一个新词》发表于《当代》2000年第3期，。

6月 创作诗歌《小叔的前“后现代”》。

组诗《诗艺或交谈（四首）》（包括《毕肖普》《秋日郊外散步》《词：水仙》《史蒂文斯》）发表于《山花》2000年第6期。

诗学论文《少就是多：我看到的臧棣》载《文艺报》2000年6月20日第2版，原载《作家》1999年第3期。

7月 创作诗歌《译诗轶事》。

诗学论文《神奇的“望远镜”》载《人民文学》2000年第7期。该文对张枣的《望远镜》一诗进行了细读。

9月 创作诗歌《“所有的朋友都如此怪僻”》《“点彩”画家》。

参加由《长城》杂志主办的“刘建东、刘燕燕、李浩作品座谈会”，其发言内容见于《诚恳的赞叹与冷静的批评——本期新人作品座谈会纪要》一文，载《长城》2000年第5期。

本年 获2000年《作家》“最佳诗歌奖”。

10月 创作诗歌《推土机和螳螂》。

11月 1日，创作诗歌《未来的旧录像带》。

诗歌《秋日郊外散步》发表于《诗刊》2000年第11期。

诗学论文《生命的现身和领悟》载《人民文学》2000年第11期。该文对卞之琳《水成岩》一诗进行了细读。

2001年

1月 8日，撰写诗学论文《2000年的诗歌？》。该文从“背叛镜式诗学”“对综合创造力的挖掘”“都市诗歌的大面积耸起”三个方面谈论了 2000 年的诗坛。

作为《河北日报》特邀嘉宾与铁凝、王力平、关仁山、吕新斌等人共同发表《新世纪，河北文学的姿态》一文，载《河北日报》2001 年 1 月 12 日第 011 版。

散文《生命的减速》载《长城》2001 年第 1 期。

诗学论文《对神秘之物的敬意——麦城的诗歌方式》载《当代作家评论》2001 年第 1 期。

诗学论文《关于当下诗歌论争的答问》《当前诗歌的三个走向》收入王家新、孙文波编的《中国诗歌九十年代备忘录》。

2 月　创作诗歌《暖冬》。

3 月　诗学论文《2000 年的诗歌？》载《文艺报》2001 年 3 月 6 日第 2 版。

诗学随笔《塑料骑士如是说》载《诗刊》2001 年第 3 期。

4 月　3 日，撰写诗学论文《文学的“求真意志”》。

5 月　6 日，撰写论文《如此指斥是否性急》，为先锋文学声辩。

创作诗歌《论战试解》。

诗学论文《超级漫游者》载《诗刊》2001 年第 5 期。

诗学论文《林莽的方式》载《广播电视大学学报（哲学社会科学版）》2001 年第 2 期。

诗歌《正午：嗡嗡作响的光斑》《词：水仙》发表于《诗潮》2001 年第 3 期。

6 月　细读著作《当代外国诗歌佳作导读（上、下）》由河北教育出版社出版。该书是一部兼具专业性和可读性的诗歌导读专著，共收入 33 个国家 104 位诗人的 283 首诗作。

7 月　诗学论文《苞谷与孩子》载《人民文学》2001 年第 7 期。该文对昌耀诗作《热苞谷》进行了细读。

8 月　创作诗歌《苍岩山雨中羁留二日》。

9 月　1 日，撰写诗学论文《诗人的散文》。

诗学论文《令人欢愉的诗学启示》载《中华读书报》2001 年 9 月 19 日第 007 版。该文是对欧阳江河诗学文集《站在虚构这边》的评论。

10 月 14 日，创作诗歌《社稷坛后的小竹林》。

诗歌《正午：嗡嗡作响的光斑》发表于《山花》2001 年第 10 期。

12 月 2 日，撰写诗学论文《对有效性和活力的追寻》。

创作诗歌《天道远，吾道迩》《简单的前程》。

出席中国作家协会第六次全国代表大会。

2002 年

1 月 与莫非、西渡、桑克、朵渔等四位诗人一起接受《诗潮》杂志的访谈，访谈内容《答〈诗潮〉12 问》载《诗潮》2002 年第 1 期。

诗歌《词：水仙》发表于《诗刊》2002 年第 1 期。

2 月 诗文小辑《未来的录像带》发表于《莽原》。

3 月 诗学随笔《文学的精神大势或“求真意志”》载《长城》2002 年第 2 期。

诗学论文《对有效性和活力的追寻》载《诗刊》2002 年第 6 期。

4 月 17 日，创作诗歌《旅途，文野之分》。

诗学论文《诗人的散文》载《文艺报》2002 年 4 月 30 日第 002 版。

《山花》2002 年第 4 期刊登刘翔的论文《让灾难化为平稳墨迹的持久阵痛——陈超诗歌综论》。

5 月 诗学论文《诗人的散文》载《散文百家》2002 年第 5 期，原载《文艺报》2002 年 4 月 30 日第 002 版。

评论《如此指斥是否性急》载《文学自由谈》2002 年第 3 期。

6 月 《诗选刊》发表西川、臧棣、于坚、唐晓渡的《笔谈陈超著作——〈当代外国诗歌佳作导读〉》。

7 月 随笔《“开个会儿到北京”》载《文学自由谈》2002 年第 4 期，后被《杂文选刊》2002 年第 10 期选载。

9 月 《当代作家评论》2002 年第 5 期刊登西川与臧棣对《当代外国诗歌佳作导读》一书的评论。

11 月 评论《“学院派批评家”一议》载《文学自由谈》2002 年第 6 期。文中对“学院派批评家”这一概念提出了质疑。

12 月 诗学论文《回答四个傻问题》载《扬子江诗刊》2002 年第 6 期。

《诗四首》发表于《诗神》。

2003 年

1 月 31 日，创作诗歌《除夕，特别小的徽帜》。

诗学论文《诗的困境与生机》载《诗刊》2003 年第 1 期。

2 月 诗歌《流水 38 行：愚人初级读物》《小叔的前“后现代”》发表于《散文百家》2003 年第 4 期。

4 月 对罗伯特·潘·沃伦《未来的旧照片》一诗的导读，发表于《散文百家》2003 年第 8 期。

诗歌《案头剧：室内荒原》发表于《山花》2003 年第 4 期。

5 月 编选的《最新先锋诗论选》由河北教育出版社出版。该书选入的是 20 世纪 90 年代至 2003 年产生过较大影响的先锋诗学论文，力求史料性、专业性、时效性和可读性并举，阐述先锋诗的困境和可能前景、思想缩减时期的修辞策略、体验的亲历、本真的自明、生命诗学、新诗在历史脉络中等理念。

6 月 组诗《无端泪涌（六首）》（包括《除夕，特别小的徽帜》《牡丹亭》《无端泪涌》《特木里的甘霖》《早餐》《大淀的清晨》），发表于《诗刊》2003 年第 12 期。

评论《别把“另类写作”当回事》载《文艺报》2003 年 6 月 17 日第 002 版。

7 月 书评《读杨牧之的〈佛罗伦萨在哪里〉》载《光明日报》2003 年 7 月 23 日。

8 月 诗学论集《打开诗的漂流瓶——现代诗研究论集》由河北教育出版社出版，该书精选了代表陈超主要诗学思想且在诗歌界影响深广的论文三十余篇。

9 月 诗歌《挥拍从兹去，或温和的离异》《停电之夜》《慢》《轮转》《推土机和蟑螂》《北郊景色，或挽歌》《天道远，吾道迩》等诗七首，发表于《诗潮》2003 年第 5 期。

《陈超的诗（13 首）》发表于《新诗界》。

1 月 书评《游走中的守望——杨牧之〈佛罗伦萨在哪里〉读后》载《出版广角》2003 年第 11 期。

12 月 评论《文学的想像力与可信感》载《文艺报》2003 年 12 月 2 日第 002 版。

评论《别把“另类写作”当回事》载《雨花》2003 年第 12 期。原载《文艺报》2003 年 6 月 17 日第 002 版。

诗集《热爱，是的》由远方出版社出版。

本年 诗歌《无端泪涌》获第十届河北省“文艺振兴奖”。

2004 年

1 月 发表《散文百家》2004 年第 2 期卷首语《大家谈散文》。

2 月 对罗伯特·勃莱《冬天的诗》一诗的导读，载《诗刊》2004 年第 3 期。

《黑龙江日报》2004 年 2 月 27 日第 010 版刊登臧棣的《谁说当代诗歌确少批评？——读陈超的诗歌批评集〈打开诗的漂流瓶〉》。

3 月 对罗伯特·潘·沃伦《未来的旧照片》一诗的导读，载《诗刊》2004 年第 5 期。

对特朗斯特罗默《脸对着脸》一诗的导读，载《新作文（高中版）》2004 年第 3 期。

关于张丽钧、王虹莲散文的笔谈《美雅之趣，及其它》载《长城》2004 年第 2 期。

4 月 诗学论文《“反道德”“反文化”先锋“流行诗”的写作误区》载《文艺报》2004 年 4 月 3 日第 002 版。

诗学论文《情感、经验与智性的融会》载《清明》2004 年第 2 期。该文对伊沙、张岩松、阿毛、魏克等四位诗人的诗作进行了点评。

对米沃什《偶遇》一诗的导读，载《新作文（高中版）》2004 年第 4 期。

诗歌《是熟稔带来的伤感》《未来的旧录像带》《简单的前程》《拒马河边的果园》《美色折人》等五首，发表于《山花》2004 年第 4 期。

组诗《复信》发表于《星星》。

《诗四首》及论文《我说与它说》发表于《扬子江诗刊》。

6 月　诗学论文《“反道德”“反文化”先锋“流行诗”的写作误区》载《诗刊》2004 年第 11 期。

诗学论文《平原之子的追忆——读刘松林的诗》载《诗探索》2004 年春夏卷。

《诗探索》2004 年春夏卷刊登范云晶的《语词：诗歌和生命的双重敞开——陈超的〈堆满废稿的房间〉解读一种》。

7 月　诗学论文《谈现代诗的结构意识（上）——以五首诗为例》载《诗刊》2004 年第 13 期。

诗学论文《审慎的理想主义》载《诗潮》2004 年第 4 期。该文对李见心、宋晓杰、朱虹三位女诗人的诗进行了评论。

对罗伯特·勃莱《圣诞驶车送双亲回家》一诗的导读，载《诗刊》2004 年第 14 期。

8 月　诗学论文《谈现代诗的结构意识（下）——以五首诗为例》载《诗刊》2004 年第 15 期。

诗学论文《“反道德”“反文化”先锋“流行诗”的写作误区》载《绿风》2004 年第 4 期，原载《文艺报》2004 年 4 月 3 日第 002 版。

诗学论文《有限的叩击，无限的回声》载《清明》2004 年第 4 期。该文对古马、张洪波、李青松、洪哲燮、车前子等五位诗人的作品进行了点评。

诗学笔谈《自诩的“后现代”与新的独断论——“先锋流行诗”的写作误区》载《郑州大学学报（哲学社会科学版）》2004 年第 4 期。

9 月　诗歌《日记：天亮前结束写作》《安静的上午》《登山记》等诗三首，发表于《诗刊》2004 年第 18 期。

11 月　评论《对主流“知青”叙事模式的超越》载《当代作家评论》2004 年第 6 期。该文是对王小妮长篇小说《方圆四十里》的评论。

河北作协、河北师大联合举办“陈超诗歌朗诵音乐会”。

12 月　诗学论文《透明的隐秘》载《清明》2004 年第 6 期。该文对树才、郁葱、大卫、黄礼孩的诗作进行了评论。

诗学论文《让诗和诗人互赠沉重的尊严——谈郑单衣的诗兼谈先锋诗的抒情性问题》载《诗探索》2004 年秋冬卷。

《打开诗的漂流瓶——现代诗研究论集》获第三届“鲁迅文学奖”（文学理论与批评奖）。

本年　《中国诗人》第二辑开设《领略陈超》专栏，发表孙文波、臧棣、沈奇、西渡、陈仲义、霍俊明、李建周、沐之等人文章，评价、梳理陈超诗学的特点和价值。

诗作 16 首分别被译为英、日、俄语发表。

诗集《热爱，是的》获河北省政府第十届“文艺振兴奖”。

2005 年

1 月　诗歌《夜雨修书（组诗）》（包括《话语》《夜雨修书》《表弟》《怅惘》），发表于《诗潮》2005 年第 1 期。

诗评《佳篇生北国》载《诗潮》2005 年第 1 期。该文是对李松涛《黄之河》一诗的评论。

《关于当下诗歌的讲谈》被收入《在北大听讲座（第十三辑）》。

《中国诗歌研究动态》2005 年第 1 期刊登霍俊明对《打开诗的漂流瓶——现代诗研究论集》一书的评论。

《河北日报》2005 年 1 月 7 日刊登沈奇的《现代诗学研究的新收获——读陈超〈打开诗的漂流瓶〉》。

2 月　诗学论文《先锋诗的困境和可能前景》载《诗选刊》2005 年第 2 期。

诗学论文《“正典”与独立的“诠释”——论现代诗人与传统的能动关系》载《诗选刊》2005 年第 2 期。

3 月 《诗探索》2005 年第 1 辑刊登苗雨时的《陈超的现代诗学体系——评〈打开诗的漂流瓶——现代诗研究论集〉》。

4 月 诗学论文《质朴的敏感和判断力》载《清明》2005 年第 2 期。文中对徐芳、小海的诗歌进行了评论。

被聘为北京大学中国新诗研究所研究员、《新诗评论》编委。

《当代作家评论》2005 年第 2 期刊出霍俊明的论文《历史记忆与生存现场的震悚和容留——论陈超诗歌》。

5 月 诗评《平原之子的追忆》载《诗选刊》2005 年第 5 期，该文是对刘松林诗作的评论。

对穆旦《春》、洛夫《金龙禅寺》的推荐语，载《扬子江诗刊》2005 年第 3 期。

6 月 诗歌《秋日郊外散步》发表于《诗探索》2005 年第 2 辑，原载《山花》2000 年第 6 期。

接受深圳《晶报》采访，该报发表专版《打开漂流瓶是我的幸运——诗人、诗评家陈超访谈》。

8 月 参加在北京举办的“中国新诗一百年国际研讨会”，在会上做了题为《贫乏中的自我再剥夺：先锋“流行诗”的反文化、反道德问题》的发言。

《诗四首》发表于诗歌民刊《明天》。

9 月 诗歌《热爱，是的（组诗）》（包括《沉哀》《除夕，特别小的徽帜》《嶂石岩漫兴：日与月共在的清晨风景》《推土机和蟑螂》《牡丹亭》《日记：天亮前结束写作》），发表于《诗刊》2005 年第 17 期。

诗歌《暖冬（诗四首）》（包括《暖冬》《爬卡车》《译诗轶事》《论战试解》），发表于《山花》2005 年第 9 期。

诗学随笔《用具体超越具体》载《山花》2005 年第 9 期。

诗学论文《贫乏中的自我再剥夺：先锋“流行诗”的反文化、反道德问题》载《诗探索》2005 年第 3 辑。

10 月 赴新疆参加“帕米尔诗歌之旅”。

12 月 诗歌《博物馆或火焰》发表于《清明》2005 年第 6 期。

诗学论文《“既非永恒也非暂时”》载《清明》2005年第6期。该文对叶世斌、洪烛、刘川、陈超的诗歌进行了评论。

诗学论文《清晰中的“幽暗”——读简明诗集〈高贵〉》载《文艺报》2005年12月29日第007版。

本年 完成诗集《在这儿》的写作。

2006年

2月 诗学论文《欣然·茫然·释然——2005年诗坛印象》载《河北日报》2006年2月10日第011版。文中提到：“‘用具体超越具体’……对我而言在真正出色的诗歌中，功能与本体是无法分开的，就像‘舞蹈和舞者不能分开’一样。”

书评《方法论的自觉与创造性细读——郭宝亮新著〈王蒙小说问题研究〉》载《文艺报》2006年2月21日第003版。

诗歌《作品回放（1986—1999）诗八首》（包括《一个新词》《少年之忆：水仙镜像》《大淀的清晨》《夜烤烟草》《秋日郊外散步》《未来的旧录像带》《红黄绿黑花条围巾》《早餐》）、《新作展示（2000—2005）诗十一首》（包括《正午：嗡嗡作响的光斑》《暖冬》《“所有的朋友都如此怪僻”》《日记：天亮前结束写作》《孩子与猫》《除夕，特别小的徽帜》《劫后》《复信》《晚秋林中》《与西西逆风骑车经过玉米田》《在这儿》），发表于《诗刊》2006年第4期。该期同时发表《陈超创作年表》，以及沐之的《心智澄明的诗人——简论陈超诗歌》、周晓风的《朴素的先锋性——陈超诗歌印象》、梁艳萍的《读者之思与思者之诗——陈超诗歌管见》、霍俊明的《逆风劳作的诗人——陈超诗歌印象或潜对话》。

诗学论文《城市中的心灵之书——叶匡政的城市诗写作》载《江汉大学学报（人文科学版）》2006年第1期。

3月 诗学论文《抒情的“复活”——谈伊蕾的诗》载《诗刊》2006年第5期。

诗学论文《别具一格的“祭诗”写作》载《文艺报》2006年3月4

日第002版。该文对刘忠华的长诗《甲申印度洋祭》进行了评论。

诗学论文《孙基林的〈崛起与喧嚣〉读后》载《文艺报》2006年3月9日第003版。

诗学论文《重铸诗歌的“历史想象力”》载《文艺研究》2006年第3期。该文摘要：“主要围绕诗歌想象力在向度和质地上的变化展开论述，提出‘历史想象力’的确立是其主要成就。‘历史想象力’要求诗人具有历史意识和当下关怀，对生存、个体生命、文化之间真正临界点和真正困境的语言有深度的理解和自觉挖掘意识，能够将诗性幻想和具体历史语境的真实性作扭结一体的游走，处理时代生活血肉之躯上的噬心主题。‘历史想象力’不仅是诗歌‘写什么’的功能概念，同时也是‘怎么写’的本体概念……面对新世纪诗歌在误解或简缩的‘后现代’写作策略制导下所出现的平庸局面，本文提出重铸诗歌的‘历史想象力’这一写作理念，以使现代汉语诗歌重获并保持真正的历史生存承载力和艺术上的先锋品质。”

诗学论文《三种不同向度的“准确”》载《清明》2006年第2期。该文对于坚、庞培、洪哲燮的诗歌进行了评论。

诗学论文《深入生命、灵魂和历史的想象力之光——先锋诗歌20年，一份个人的回顾与展望》载《山花》2006年第3期。

5月　诗学论文《守旧者说——在一次诗歌研讨会上的发言》载《诗潮》2006年第3期。

《乡音》2006年第5期刊登林泉所撰的陈超专访《陈超：用诗歌捧回鲁迅文学奖》。

6月　诗学论文《城市中的“心灵之书”——叶匡政的诗歌方式及启示》载《文艺报》2006年6月8日第006版。

7月　对梅绍静《银钮丝》一诗的评语《阳光的聚焦》，发表于《诗潮》2006年第4期。

诗学论文《“表意”和“表情”》载《清明》2006年第4期，该文对马莉、宋晓杰、阿毛三位女诗人的作品进行了评价。

诗学论文《重铸诗歌的“历史想象力”》载《当代作家评论》2006年

第4期。此文为发表于《文艺研究》2006年第3期同名论文的缩减版。

对军旅诗人周承强的诗歌的点评，发表于《青年文学家》2006年第7期。

8月 诗歌《苍岩山雨中羁留二日》《日记：天亮前结束写作》《柏林禅寺》等三首，发表于《北大荒文学》2006年第4期。

10月 诗歌《日记：天亮前结束写作》《话语》等两首，发表于《岁月（燕赵诗刊）》2006年Z1期。

12月 诗学论文《纳兰性德的〈蝶恋花〉》载《名作欣赏》2006年第23期。

诗歌《安静的上午》，发表于《诗探索》2006年第4辑。

■ 2007年

2月 诗学论文《心灵对“废墟”的诗性命名——评胡丘陵长诗〈2001年，9月11日〉》载《文学报》2007年2月8日第004版。

诗学论文《别有天地的灵魂史诗——评胡丘陵长诗〈长征〉》载《青年文学》2007年第2期。后转载于《文艺报》2007年2月17日第002版。

《海燕》2007年第2期刊登霍俊明的《一场北京的秋雨怀想着怎样的诗歌情怀——关于陈超的随感》。

4月 与诗人大解的诗学访谈录，发表于《诗刊》2007年第7期。

诗学论文《传媒膨胀时代“为何要用诗的形式发言？”》载《星星（上半月刊）》2007年第4期。

诗学论文《从“纯于一”到“杂于一”——论西川晚近诗歌》载《山花》2007年第4期。

随笔《某‘资深编辑’审稿意见八则》载《美文（上半月）》2007年第4期。该文后收入花城出版社出版的《2007中国随笔年选》。

诗学专著《中国先锋诗歌论》由人民文学出版社出版。孙基林：“这本著作分为上、下两篇。上篇‘历史语境中的诗与思’，是对新时期以来，在不断变化的历史语境下，先锋诗歌发展中的几个彼此相关的重要理论问题的探讨。下篇‘先锋诗历时性线索中的范型’是对当代先锋诗歌发展史上的几位有重要‘坐标’意义的诗人的研究，著者在论述时并自觉地以个案带出了‘史’的线索。”(《中国先锋诗学的重要收获——读陈超〈中国先锋诗歌论〉》)

5月 评论《素描28家》载《美文（上半月）》2007年第5期。该文对王蒙、张洁、阿城、张承志、王小波、史铁生等28位作家、诗人进行了印象式点评。

参加由北京大学中国新诗研究所、北京大学中文系在北京主办的“新诗研究的问题与方法研讨会”，在会上做了《从“纯于一”到“杂于一”——西川论》的发言。这一发言收录在《新诗研究的问题与方法研讨会论文集》中。

诗学论文《“反诗”与“返诗”——论于坚诗歌别样的历史意识和语言态度》载《南方文坛》2007年第3期。

4月至5月 应纽约大学东亚系和比较文学系弗里曼讲席邀请赴美讲学。

6月 诗学论文《食指论——冰雪之路上巨大的独轮车》载《文艺争鸣》2007年第6期。

7月 诗学论文《先锋诗歌二十年：想象力模式的转换》载《燕赵学术》2007年第1期。

评论《打开铁凝的“后花园”——马云〈铁凝小说与绘画、音乐、舞蹈〉序》载《燕赵学术》2007年第1期。

随笔《某“资深编辑”审稿意见选》，发表于《杂文月刊（选刊版）》2007年第7期。

8月 诗学论文《当下诗歌精神和历史承载力的缺失》载《文艺报》2007年8月23日第003版。

诗学论文《北岛论》载《文艺争鸣》2007年第8期。

9月 诗学论文《谈蓝蓝的诗》载《诗刊》2007年第17期。

10月 诗学论文《海子论》载《文艺争鸣》2007年第10期。

《燕赵学术》2007年第2期刊登孙基林的《中国先锋诗学的重要收

获——读陈超〈中国先锋诗歌论〉》。

11 月　诗学论文《寻求“综合批评”的活力和有效性》载《文艺报》2007 年 11 月 15 日第 002 版。文中提到：“我们或许应该尝试转入一种有活力的有效的难以归类的‘综合批评’。它要求批评家保持对当下生存和语言的双重关注，使评论写作兼容具体历史语境的真实性和文学问题的专业性，从而对语言、技艺、生存、生命、历史、文化，进行扭结一体的思考。”

诗学论文《“X 小组”及“太阳纵队”：三位前驱诗人——郭世英、张鹤慈、张郎郎其人其诗》载《当代作家评论》2007 年第 6 期。

诗学论文《“融汇”的诗学和特殊的“记忆”——从雷平阳的诗说开去》载《当代作家评论》2007 年第 6 期。

12 月　散文《游荡者说》载《山花》2007 年第 12 期。

随笔集《游荡者说——论诗与思》由山东文艺出版社出版。

本年　《“X 小组”及“太阳纵队”：三位前驱诗人——郭世英、张鹤慈、张郎郎其人其诗》获《当代作家评论》年度优秀论文奖，《“反诗”与“返诗”——论于坚诗歌别样的历史意识和语言态度》获《南方文坛》年度优秀论文奖。

■ 2008 年

1 月　诗学论文《久久难以释怀——〈坚硬的记忆〉序》载《工人日报》2008 年 1 月 11 日第 007 版。

诗学论文《欧阳江河——精神肖像和潜对话之一》载《诗潮》2008 年第 1 期。

诗学论文《谈雷平阳的诗》载《诗刊》2008 年第 2 期。

与唐晓渡、耿占春合著的诗学论集《辩难与沉默：当代诗论三重奏》由作家出版社出版。

2 月　诗学论文《胡林声的短小纯情诗》载《文艺报》2008 年 2 月 5 日第 002 版。

诗学论文《韩东——精神肖像和潜对话之二》载《诗潮》2008 年

第 2 期。

3 月　诗学论文《柏桦——精神肖像和潜对话之三》载《诗潮》2008 年第 3 期。

诗学论文《大地哀歌和精神重力——海子论》载《文化与诗学》2008 年第 1 期。

诗学论文《贫乏中的自我再剥夺：先锋“流行诗”的反文化、反道德问题》载《诗选刊（下半月）》2008 年第 3 期，原载《诗探索》2005 年第 3 辑。

随笔《某“资深编辑”审稿意见摘抄》载《杂文选刊（下旬版）》2008 年第 3 期。

4 月　诗学论文《伊蕾——精神肖像和潜对话之四》载《诗潮》2008 年第 4 期。

评论《郭宝亮〈文化诗学视野中的新时期小说〉序》载《燕赵学术》2008 年第 1 期。

获第六届华语文学传媒大奖 · 年度文学评论家奖。

5 月　诗歌《除夕，特别小的徽帜》发表于《诗选刊》2008 年第 5 期。

诗学论文《对有效性和活力的追寻》载《黄河文学》2008 年第 5 期。

诗学论文《大解——精神肖像和潜对话之五》载《诗潮》2008 年第 5 期。

随笔《随笔二题》（《野性的思维与诗意的生活》《我想献给人类一件礼物——〈重读查拉斯图拉如是说〉》）载《西部》2008 年第 10 期。

6 月　诗学论文《郑单衣——精神肖像和潜对话之六》载《诗潮》2008 年第 6 期。

诗学论文《翟永明论》载《文艺争鸣》2008 年第 6 期。

7 月　诗歌《越野车下的诗行（组诗）》（包括《拒马河边的果园》《简单的前程》《醉酒》），发表于《诗刊》2008 年第 13 期。

诗学论文《骆一禾——精神肖像和潜对话之七》载《诗潮》2008 年第 7 期。

诗学论文《看似寻常实奇崛》载《文艺报》2008 年 7 月 30 日。该文是对刘福君诗集《母亲》的评论。

8 月　诗学论文《臧棣——精神肖像和潜对话之八》载《诗潮》2008 年第 8 期。

诗学论文《寻找通向传统的个人“暗道”》载《文艺报》2008 年 8 月 28 日第 002 版。

《南方都市报》2008 年 9 月 12 日刊登钟刚、陈乃琳《华语文学传媒大奖年度文学评论家奖得主陈超访谈录》。

9 月　诗学论文《“先锋流行诗”的写作误区》载《山花》2008 年第 10 期。

诗学论文《有关“地震诗潮”的几点感想》载《南方文坛》2008 年第 5 期。

10 月　诗学论文《论于坚诗歌别样的历史意识和语言态度》载《燕赵学术》2008 年第 2 期。

2009 年

2 月　诗歌《拒马河边的果园（三首）》（包括《拒马河边的果园》《简单的前程》《醉酒》），发表于《岁月（燕赵诗刊）》2009 年第 1 期。

3 月　诗学论文《在“祛魅”和“返魅”之间》载《诗选刊（下半月）》2009 年第 3 期。该文是对温建军诗集《无望之望》的评论。

诗学论文《大地？太阳？……这是个问题：海子 20 周年祭，重读海子》载《中华读书报》2009 年 3 月 25 日第 009 版。

4 月　诗学论文《“敲响的火在倒下来……”——纪念杰出诗人骆一禾逝世 20 年》载《诗选刊》2009 年第 4 期。

诗学论文《诗人眼中的李见心》载《诗潮》2009 年第 4 期。

诗学论文《对当下诗歌非历史化倾向的批判》载《廊坊师范学院学报（社会科学版）》2009 年第 2 期，后转载于《新华文摘》2009 年第 18 期。

参加由首都师范大学文学院、首都师范大学中国诗歌研究中心联合举办的“诗歌与社会学术研讨会”，在会上做了《有关“地震诗潮”的几点感想》的发言，该发言收入《诗歌与社会学术研讨会论文集》。

诗学论文《对网络“先锋流行诗”的质疑》载《燕赵学术》2009年第1期。

5月 《文艺报》2009年5月19日第002版刊登大解的《陈超：诗和理论的双轮车》。

6月 诗学论文《祝贺、观感和希冀》载《江汉大学学报（人文科学版）》2009年第3期。

与李建周的诗学对谈《回望80年代：诗歌精神的来路和去向——陈超访谈录》载《新诗评论》2009年第1辑。

《星星（理论卷）》2009年第6期“新诗地标”栏目刊出《陈超诗10首》，并有大解、唐晓渡、敬文东、霍俊明、沐之等人的评论。

7月 诗学论文《精确的幻想——从田原的诗说开去》载《当代作家评论》2009年第4期。

8月 诗学论文《重读海子》载《名作欣赏》2009年第18期。

9月 诗学论文《霍俊明和他的诗歌批评》载《南方文坛》2009年第5期。

10月 诗歌《秋日郊外散步》《沉哀》等两首，发表于《诗选刊》2009年第10期。

12月 诗学随笔《〈水成岩〉：生命的现身和领悟》《〈热苞谷〉：苞谷和孩子》载《名作欣赏》2009年第28期。

诗学论文《必要的“分界”：当代诗歌批评与文学史写作》载《文艺研究》2009年第12期。

诗学论文《论现代诗写作与传统的能动关系》载《廊坊师范学院学报（社会科学版）》，2009年第6期。

诗学论文《先锋诗歌20年：想象力方式的转换》载《燕山大学学报（哲学社会科学版）》2009年第4期。

本年 《打开诗的漂流瓶》获第十一届河北省“文艺振兴奖”。

获河北省教委、人事厅“河北省优秀教师”称号。

2010年

1月 诗学论文《〈我读着〉："我写出，我看到"》载《名作欣赏》2010年第1期。该文是对多多《我读着》一诗的细读。

3月 诗歌《晚秋林中》《特木里的甘霖》《与西西逆风骑车经过玉米田》《英格丽·褒曼：〈秋之奏鸣曲〉》《那些倒扣的船只》等五首，发表于《星星诗刊（上半月刊）》2010年第3期。

5月 随笔《素描10作家》载《晚报文萃》2010年第10期。

9月 诗学论文《〈银钮丝〉：冰河上的"银钮丝"》载《名作欣赏》2010年第25期。该文是对梅绍静《银钮丝》一诗的细读。

诗学论文《诗歌话语"进一步言说"的魔力》载《诗刊》2010年第18期。

对方石英诗集《独自摇滚》的短评，发表于《诗探索》（作品卷）2010年第3辑。

10月 与唐晓渡、张清华的诗学对话《对话三十年新潮诗歌：追忆与评说》载《新华文摘》2010年第19期。

《文学教育（上）》2010年第10期刊登杨会芳的《评陈超的〈博物馆或火焰〉》。

11月 诗学论文《别有天地的灵魂之诗——评指纹〈指纹诗选〉》载《社会科学论坛》2010年第22期。

对挪威诗人罗夫·耶可布森《向阳花》一诗的导读，发表于《诗刊》2010年第21期。

书评《走进雅斯贝斯生存美学大厦的"内室"——读孙秀昌〈生存·密码·超越〉》载《文艺报》2010年11月29日第002版。

12月 诗学论文《创构现代性的诗学话语——序苗雨时诗论集〈走向现代性的新诗〉》载《廊坊师范学院学报（社会科学版）》2010年第6期。

本年 获河北省第十二届社科优秀成果一等奖。

2011年

3月 诗学论文《〈告别云彩〉："因'赞美'而惊愕"》载《名作欣

赏》2011 年第 7 期。该文是对宋琳《告别云彩》一诗的细读。

诗学论文《〈蓝灯〉之光——2010 年冬天的对话》载《红岩》2011 年第 2 期。该文是陈超与伊沙针对伊沙诗作《蓝灯》进行的对话。

4 月　随笔《懵懂岁月》载《西部》2011 年第 7 期。

5 月　诗学论文《张烨的方式——读〈生命路上的歌〉》载《中国诗歌》2011 年第 5 期。

6 月　《中华合作时报》2011 年 6 月 7 日第 D02 版刊登王跃飞的《陈超：不甘沉默的灵魂挖掘者》。

7 月　诗学论文《"泛诗歌"时代：写作的困境和可能性》载《文艺报》2011 年 7 月 13 日第 002 版。

8 月　主编的《〈青铜调〉密码：十博士评鉴》一书由九州出版社出版。这是一部针对诗人谢长安文化史诗《青铜调》的评论集，选入了张立群、西风、曹霞、龚奎林、房伟、刘波、王士强、冯雷、冯强、张慧敏十位博士的文论。

9 月　诗学论文《霍俊明和他的诗歌批评》载《文学界（专辑版）》2011 年第 9 期。

诗学随笔《观点》载《诗刊》2011 年第 18 期。

应邀赴韩国出席第二届亚洲诗人节，做主题发言并朗诵诗歌。

10 月　诗学论文《汲取与掣肘——当代诗歌批评与文学（诗歌）史写作》载《燕赵学术》2011 年第 2 期。

随笔《击空明兮溯流光——外国文学与我的青少年时代》载《世界文学》2011 年第 5 期。

12 月　诗学评论《〈桥〉：现实、隐喻和玄思的扭结》载《星星（下半月）》2011 年第 12 期。该文是对刘洁岷长诗《桥》的评论。

对《诗探索》发起的《世纪初诗歌（2000—2010）八问》的回答，发表于《诗探索》（理论卷）2011 年第 4 辑。

本年　获《世界诗人》混语版颁发"首届中国当代诗歌奖·批评家奖"。

获中国桂冠诗歌奖评委会"首届中国桂冠诗歌奖（2000—2010）"。

2012年

1月 诗学论文《我眼中的今日中国诗歌——在“2011亚洲诗歌节”上的演讲》载《西部》2012年第1期。

应《扬子江诗刊》之邀推荐艾青《我爱这土地》、戴望舒《我的记忆》、李金发《弃妇》、鲁迅《野草·墓碣文》等19首新诗，载于《扬子江诗刊》2012年第1期。

诗学论文《西川的诗：从“纯于一”到“杂于一”》载《华中师范大学学报（人文社会科学版）》2012年第1期。

诗学随笔《蓝皮笔记本：诗与思》载《钟山》2012年第1期。

3月 诗学论文《警惕媒介语言对诗性的蹂躏消解》载《北京文学（精彩阅读）》2012年第3期。

诗学论文《新世纪诗坛印象：诗歌精神与当代言说》载《当代作家评论》2012年第2期。

诗学论文《“融汇”的诗学和特殊的“记忆”——从雷平阳的诗说开去》载《星星（下半月）》2012年第3期。

4月 评论《历史和当下的对话——〈别无选择〉序》载《社会科学论坛》2012年第4期。

诗学论文《试着赞美这残缺的世界——论大解的短诗和长诗》载《诗探索》（理论卷）2012年第1辑。

诗歌《陈超自选新世纪以来短诗十首》（包括《日记：天亮前结束写作》《毕肖普，刻刀》《未来的旧录像带》《暖冬》《简单的前程》《除夕，特别小的徽帜》《晚秋林中》《有所思》《奥依塔克谣曲》《柏林禅寺》），发表于《诗探索》（作品卷）2012年第1辑。

5月 诗学论文《女性意识及个人的心灵词源（节选）——翟永明诗歌论》载《江南诗》2012年第3期。

诗学问答《新世纪以来中国诗歌现状考察》载《诗潮》2012年第5期。

6月 诗歌《雪峰》发表于《西部》2012年第11期。

参加“吴思敬诗学思想研讨会”，其发言《新鲜·系统·扎实——读吴思敬的〈诗歌鉴赏心理〉》收入《诗坛的引渡者——吴思敬诗学研究论集》。

诗歌《秋日郊外散步》《回忆：赤红之夜》发表于《中国诗歌》2012年第6期。

7月 评论《想象力与可信感的“双赢”》载《深圳特区报》2012年7月12日第B04版。该文是对张楚小说集《樱桃记》一书的评论。

8月 诗学论文《危险而美丽的平衡：在“我说”和“语言言说”之间》载《名作欣赏》2012年第22期。该文是对诺贝尔文学奖获奖诗人特朗斯特罗姆诗歌的评论。

随笔《学徒纪事——我的师傅和文学启蒙老师》《击空明兮溯流光——外国文学与我的青少年时代》载《青春》2012年第8期。

9月 诗歌《暖冬》《未来的旧录像带》《除夕，特别小的徽帜》等三首，发表于《名作欣赏》2012年第25期。同期刊载陈超的诗学随笔《片面之辞》，以及大解的《我眼里的陈超》、耿韵的《拆散的笔记簿——读陈超诗集〈热爱，是的〉》。

10月 诗学论文《辛笛诗评析》《〈航〉评析》《〈风景〉评析》载《看一支芦苇——辛笛诗歌研究文集》。

参加由北京大学中国新诗研究所、首都师范大学中国诗歌研究中心在北京联合举办的“诗歌批评与细读学术研讨会”，其发言论文《近年诗歌批评的处境与可能前景——以探求“历史－修辞学的综合批评”为中心》收入《诗歌批评与细读学术研讨会论文集》。该文提出“历史－修辞学的综合批评”这一概念，认为“从历史话语与文体修辞学融渗的角度切入，或许就可以做到从形式到意义的层层剥笋式的整体研究，从而有效打通内容与形式、内部研究与外部研究的界限”。

诗学论文《论元诗中“语言言说”的魔力》载《燕赵学术》2012年第2期。

12月 诗学论文《近年诗歌批评的处境与可能前景——以探求“历史－修辞学的综合批评”为中心》载《文艺研究》2012年第12期。

本年 《陈超短诗选（英汉对照）》由香港银河出版社出版。

应邀赴台湾出席两岸诗会，在纪州庵文学会馆做诗歌讲座和朗诵诗歌。

2013年

1月　诗学论文《于坚的诗》载《红岩》2013年第1期。

诗学专著《精神重力与个人词源：中国先锋诗歌论》由台湾秀威资讯科技股份有限公司出版。

2月　诗歌《晚秋林中》发表于《西部》2013年第3期。

诗学论文《城市中的"心灵之书"——叶匡政的诗歌方式及启示》载《文学界（专辑版）》2013年第2期。

诗学论文《我看姚振函的诗》载《中国诗歌》2013年第2期。

诗学论文《传媒话语膨胀时代的诗歌写作问题》载《星星（下半月）》2013年第2期。

5月　诗学论文《论元诗写作中的"语言言说"》载《华中师范大学学报（人文社会科学版）》2013年第3期。

7月　参加由首都师范大学中国诗歌研究中心主办的"首都师范大学驻校诗人宋晓杰诗歌创作研讨会"，发表论文《"表意"和"表情"》，收入《首都师范大学驻校诗人宋晓杰诗歌创作研讨会论文集》。

诗学论文《诗与思札记》载《西部》2013年第13期。

9月　诗学专著《诗与真新论》由花山文艺出版社出版。

10月　诗学论文《我看近年来的中国诗歌——在第二届亚洲诗歌节上的主题发言》载《燕赵学术》2013年第2期。

12月　诗学论文《"泛诗"时代的诗歌写作问题》载《深圳特区报》2013年12月12日B09版。

本年　《传媒话语膨胀时代的诗歌写作问题》一文获"2013年中国·星星年度诗评家奖"。

因主持《河北文学通史》获河北省第八届社科成果特别奖。

被评为"河北省师德标兵"。

2014年

2月　《河北日报》2014年2月28日第11版刊登王永的《诗与真的协奏——读陈超新著〈诗与真新论〉》。

3 月 诗歌《秋日郊外散步》发表于《诗探索》（作品卷）2014 年第 1 辑。

5 月 诗学论文《精确的幻想——从田原诗歌说开去》载《延河》2014 年第 5 期。

诗学论文《作为一种思想方法和写作的诗学——耿占春的诗歌理论与批评》载《创作与评论》2014 年第 10 期。

6 月 《文艺报》2014 年 6 月 18 日第 002 版刊登霍俊明的《从“游荡”到“游牧”——关于陈超〈诗野游牧〉及其“现代诗话”》。

《哈尔滨学院学报》2014 年第 6 期刊登陈国元关于陈超《本学期述职书》一诗的评论《反抗沉沦——论〈本学期述职书〉的哲学价值》。

9 月 书评《开阔深邃的“个人史”——评大解诗集〈个人史〉》载《文艺报》2014 年 9 月 24 日第 003 版。

10 月 诗学论文《我和世界有过一场情人的争吵——论大解的诗》载《燕赵学术》2014 年第 2 期。

诗学专著《个人化历史想象力的生成》由北京大学出版社出版。

31 日，因抑郁症辞世，享年 56 岁。

11 月 诗学论文《对记忆的镌刻——读刘海星诗集〈走过记忆〉》载《当代文坛》2014 年第 6 期。

12 月 诗话集《诗野游牧》由陕西人民教育出版社出版。

《热爱，是的（珍藏版）》《打开诗的漂流瓶——陈超现代诗论集（珍藏版）》由河北教育出版社出版。

本年 获《诗刊》2014 理论批评年会特别奖。

《诗探索》（作品卷）2014 年第 4 辑刊出“诗人、诗歌评论家陈超纪念专辑”，包括《陈超诗 23 首》、霍俊明的《从先锋精神到日常生活——诗人陈超》。

2015 年

1 月 《诗选刊》2015 年第 1 期推出《纪念·诗人陈超——诗人、评论家陈超纪念专辑》，选登《我看见转世的桃花五种》《风车》《劫后》

《我寻找一个新词》《与西西逆风骑车经过玉米田》等五首诗。

《扬子江诗刊》2015年第1期选登《风车》《秋日郊外散步》《我看见转世的桃花五种》《沉哀》《与西西逆风骑车经过玉米田》《美色折人》《奥依塔克谣曲》《劫后》《未来的旧录像带》《晚秋林中》《霏雨中登石人山》《回忆：赤红之夜》《夜烤烟草》《是熟稔带来伤感》等十四首诗，并有大解、霍俊明的评论《诗人陈超》。

《南方文坛》2015年第1期刊登霍俊明的《乌托邦"桃花"与日常精神生活——诗人陈超》。

《当代作家评论》2015年第1期刊登霍俊明、韩少华的论文《"诗人批评家"：从"先锋游荡"到"诗野游牧"——陈超的诗学研究及作为一种批评的启示性》。

《文艺争鸣》2015年第1期推出"纪念陈超专辑"，刊有唐晓渡《陈超：忆念和追思》、耿占春《陈超的生命诗学与"绝望的激情"》、谭五昌《陈超：死亡幻象的审美书写与精神超越——对陈超诗作〈我看见转世的桃花五种〉的解读与阐释》、汪剑钊《陈超：穿越灰烬的诗歌之光》、大解《陈超：诗和理论的双轮车》等论文。

《诗书画》2015年第1期刊登霍俊明的《"诗人批评家"——陈超的诗学研究及作为一种批评的启示性》

2月 《社会科学论坛》2015年第2期推出对《打开诗的漂流瓶——陈超现代诗论集（珍藏版）》一书的宣传。

3月 《河北学刊》2015年第2期封底推出对《打开诗的漂流瓶——陈超现代诗论集（珍藏版）》一书的宣传。

《滇池》2015年第3期选登陈超《风车》《秋日郊外散步》《我看见转世的桃花五种》《博物馆或火焰》《沉哀》《美色折人》《奥依塔克谣曲》《劫后》《未来的旧录像带》《晚秋林中》《霏雨中登石人山》《回忆：赤红之夜》《夜烤烟草》《是熟稔带来伤感》《大淀的清晨》《安静的上午》《红黄绿黑花条围巾》《除夕，特别小的徽帜》《英格丽·褒曼：〈秋之奏鸣曲〉》《那些倒扣的船只》《停电之夜》等21首诗。同期还刊有霍俊明的《热爱，是的！——陈超访谈录》。

8月 诗集《无端泪涌》由中国青年出版社出版。这是迄今为止收入陈超诗作最全最具代表性的选本。包括日记、手稿中的诗以及从未公开发表的诗作，还有发表后从未收入以往诗集的诗作。

注： 本年谱参考了《陈超创作年表》(《诗刊》2006年第4期）中的部分内容，特此说明。

问题与事件

“历史意识”的变形记[①]

余　旸

1999年“盘峰论争”后，作为一种较有影响的诗歌现象，“九十年代诗歌”已告一段落。但进入新世纪以来，围绕近十几年涌现的诗歌现象展开的争议与思考，却仍然纠结在“九十年代诗歌”所呈现的问题意识与思路中。可以说，在变化的社会历史语境下，活跃着的还是“九十年代诗歌”的幽灵，而争议热点，与其最为核心的两个诗学概念——“历史意识”与“可能性”有密切关联。

“历史意识”，也即诗歌如何承担历史、介入现实的问题，有时又被理解为诗歌对“历史”的处理能力，在新诗史上，并不是个陌生的话题。无论是1940年代的九叶诗人，还是1990年代的部分诗人，通过积极的写作实践试图为这个问题提供某种解答。但就诗学意识与社会历史之间复杂的纠葛而言，由于中国新诗的特殊进程，“历史意识”这一概念又带有“九十年代诗歌”独特的历史印迹。具体来说，“朦胧诗”后，伴随着对意识形态的抗议与疏离，一种超越历史强调诗歌独立的审美功能的诗歌观念，在诗人中获得了普遍认同，但进入1990年代，社会历史语境的变动驱使部分诗人反思1980年代诗歌“非历史化”的纯诗倾向，表达了使文学恢复“向历史讲话”的共识。而诗歌对历史的处理能力，也即“历史意识”，就转变为“九十年代诗歌”最为核心的诗学观念，成为评价诗人创造力的一个尺度。随后十多年涌现的诗歌新倾向，无论是对之总结命名，提出一些代际概念并进行阐释建构，还是激烈地

---

① 本论文为中央高校基本科研资金一般项目（SWU2120121740）的阶段性成果。

抨击批评，众多评论往往都以“九十年代诗歌”的诗学观念为参照，牵涉的问题又总与“历史意识”有关。

以诗人批评家陈超为例，他批评当下诗歌写作“历史意识和生存命名能力的日益薄弱”，就以“九十年代诗歌”的“创造力状态”为标高，呼吁“重铸诗歌的历史想象力”[①]。2006年，林贤治试图推举包括打工诗人郑小琼在内的新诗人，与之对应，“九十年代诗歌”则被笼统指斥为“技术至上”，不能反映时代的苦难，表现出缺少“灵魂与良知”的状态。林贤治较为褊狭的批判，引起诗人臧棣激烈驳斥，中心也仍然围绕诗歌与“社会现实”也即“历史”的关系。与这一争论有关联，最近几年兴起的“底层写作”现象，往往引起相反的意见。在高度赞扬或激烈批评中，“九十年代诗歌”与“底层写作”往往构成两个极端，不是推举“底层写作”指责“九十年代诗歌”的技术至上主义，就是以“九十年代诗歌”的审美自律来抵制“底层写作”的粗鄙、简陋。如钱文亮捍卫诗歌自身的伦理法则，批评有些提倡“底层写作”的批评家，往往表现出“动辄以‘立场’、‘态度’、‘伦理’等庄严的大词臧否诗歌、褒贬文学的痼习”[②]，虽然文中没有具体涉及“九十年代诗歌”，但就其强调诗歌的“审美自律”相对于“底层写作”所谓的“时代精神”的优先性而言，其论述思绪、所用资源仍然紧紧关联“九十年代诗歌”的“历史意识”，不过在这里，没有挑明的“九十年代诗歌”却成为了“审美自律”的代表。2008年“地震诗”的热潮，引发了持续争论，同样也触及类似“诗歌如何承担历史”的思考。[③] 在众多批评中，批评家张桃洲的态度较

① 陈超：《重铸诗歌的历史想象力》，《文艺研究》2006年第3期。

② 具体批评见钱文亮《伦理与诗歌伦理》，《新诗评论》2005年第2辑，第14页，北京大学出版社，2005年。

③ 在诗人或批评家普遍正面聚焦于诗歌在类似“汶川地震”的重大事件中如何发声的问题时，冷霜注意到了这一现象的另外维度：“到了2008年的‘地震诗潮’，这种关切更广泛地显示出来。但‘地震诗潮’的情况比较复杂。在2003年‘为徐天龙写诗’的行为中，已经出现了商业运作的痕迹，最初提出倡议的发帖人是说要‘重金征稿’，如果有人为这个事件写诗，报酬由他和作者商议，并且希望授权由他来把这些诗出成一本诗集。这个事情最后怎样了

为微妙、谨慎，具有一定的代表性。当他指出并不是所有重大事件必然会催生优秀诗篇时，暗中辩驳的却是指责"九十年代诗歌"不能反映时代苦难的相关批评。随后他重申1990年代广泛引用的爱尔兰诗人希尼的名言，强调诗歌的审美自律对社会、道德、政治和历史现实的矫正压力的独立性，委婉地为"九十年代诗歌"辩护[①]，但在分化严重、问题错综复杂的社会现状前，他又和钱文亮一样，不禁表达出如下的焦灼："在现代诗歌的发展历程中，一个值得反复探询的问题是：时代的苦难向语言（文字）转换时为何常常'失重'？"[②]他的建议是，"诗歌重获自身尊严和力量的有效手段或许在于：如何建立诗歌与社会间的新的张力关系。"[③]

仅仅通过以上简单的勾勒就可以看出，无论陈超以"九十年代诗歌"的"历史想象力"为标准来批评新的诗歌现象，还是林贤治等推举"底层写作"与"打工诗歌"，指责"九十年代诗歌"缺少"道德、良知"，甚至张桃洲、钱文亮等强调诗歌"审美自律"相对"时代精神"的优先性，在指责与辩难、"吁请"与"澄清"中，因为反思1980年代诗歌的"非历史化倾向"，1990年代发展出来的"如何处理历史"这一诗学问题，不仅没有随着1990年代中期后社会语境趋向复杂而表现出对"历史"的开放性理解，反而逐渐脱离具体、复杂的社会语境，被脱脉络化地简化为"伦理与诗歌伦理""道德与诗歌道德""诗歌的艺术自律与社会、道德、政治和历史现实的矫正压力"这样二元悖反的诗学论题。

不清楚，似乎没有下文。但'地震诗潮'中，就非常明显地能看到出版商以及文学期刊的运作。我当时收到过一些邮件和短信，都是说急需诗稿，要求什么时间之前写出一首跟汶川地震有关的诗，会尽快出书或出刊。这里面也许不纯粹是为了经济利益，对于日渐衰落的文学期刊来说，也是希望能以这种方式重新进入公众视野。"详细参见冷霜：《近年诗歌中的社会关切》，《青年文艺论坛·第十三期——中国"新诗"的现状与前景》，该文收录于网上青年文艺论坛"博客，网址：http：//blog.sina.com.cn/s/blog_9d62141901010r03.html。

① 张桃洲：《诗歌与社会：新的张力关系的建立》，《江海学刊》2009年第5期。

② 同上。

③ 同上。

关于“历史意识”，在“九十年代诗歌”的自我阐释与建构中，诗人臧棣有一个被广泛接受的说法。他认为“九十年代诗歌”有两大主题，其中之一，就是“历史的个人化”。也就是说，“九十年代诗歌”的代表诗人，在“如何处理历史”这一问题上，摆脱了“历史决定论”下宏大叙述的控制，一定程度上向社会历史自由地敞开，呈现出类似于“新历史主义”的多重叙述面貌。[①] 但需要指出的是，在“历史个人化”这一“美学的多元主义”过程中，“当代诗歌虽然享有一种从‘大历史’中脱颖而出的权力，价值的批判与选取仍是不能回避的”。[②] 而“历史意识”，不仅指向包容“历史”所需要的特殊的语言技巧与想象力，同时也意味着透析现实所需要的历史视野与判断力。[③] 不同诗人彼时在处理历史时，虽然分享着某些基本的共识，其独特的诗学资源和关怀，导致其言述与处理方式也极为不同，而这种差异，随着社会现实也即“历史”剧变带来的认知深化，引发了更为根本的差异、分歧甚至剧烈冲突。甚至可以夸张地说，不同的历史认知态度，将不会仅仅停留在“历史的个人化”的论述表面，更是诗歌写作者“历史意识”中的关键

---

① 有些诗歌批评家试图用“新历史主义”的相关理论来概括“九十年代诗歌”中体现出的“历史意识”，如臧棣曾在访谈中提到他试图将“新历史主义”与“新批评”结合起来，用于当代诗歌批评（胡旭东：《诗歌 · 批评 · 文学史——访臧棣博士》，《北京大学研究生学志》，1998 年第 1 期）。他 1998 年提出“历史的个人化”这一说法，无疑受到“新历史主义”的启发。诗评家陈超也在“先锋诗歌”与“新历史主义”之间建立关联：“‘历史想象力’的提出，也与后现代思潮特别是‘新历史主义’的启发有关。这些诗人意在深度关注历史与人、历史与现实、历史与文化、历史与语言、历史与权力……之间的复杂关系，他们探询历史话语、历史修辞，就是为着实现更有效的对当下的文化批判和语言批判。”见陈超《重铸“历史想象力”》，《文艺研究》2006 年第 3 期。

② 张桃洲等：《重新深掘新诗批评的活力与效力——从臧棣对林贤治的反驳说开去》，《新诗评论》2007 年第 2 辑，北京大学出版社，2007 年，第 192、193 页。

③ 在讨论诗歌如何承担历史、介入现实时，冷霜辨析出常见的表述中存在微妙但重大的政治立场分歧：“我想当我们表述文学应该关心时代、关注现实的时候，它还是有很多左翼的性质，但当我们说诗歌能否参入中国的历史进程时，它不只是左翼的，还有右翼的成分在里面。”见张桃洲等《重新深掘新诗批评的活力与效力——从臧棣对林贤治的反驳说开去》，《新诗评论》2007 年第 2 辑，第 190 页。

因素，伴随着写作进程的持续，反会突破诗歌的审美层面，凸显出与变动的社会历史的纠缠关系。而根基于不同历史认知态度的诗歌，也会提供完全不同的关于文学生活的理解，而这样的理解，也将不再一如既往地陷入"伦理"与"美学"二元冲突的窠臼中。

如果对1990年代以来的诗歌批评继续审视，还可以发现，在"九十年代诗歌"自我阐释与建构过程中，诗人及批评家往往受限于彼时针对1980年代诗歌的辩驳、反思立场，更出于对50—60年代的社会主义现实主义文学提倡的"文学为政治服务"的警惕，过于谨慎地把"历史意识"仅仅理解为"诗歌审美为历史留出了空间"。这一自我阐释的保守性在1990年代以后的诗歌发展进程中尤其凸显，因为随着社会历史的自身变化，"历史意识"这一内涵模糊包容却又极为广泛、灵活的诗学概念，也不断扩展为一个具有生长性但兼具纲领性的视域，或者说"历史意识"有自己的变形记。从某种意义上，"九十年代诗歌"提出了"历史意识"这一概念，只不过是为诗歌写作处理"历史"的权利提供了合法性的辩护而已。彼时许多诗人或批评家并没意识到一旦诗歌试图处理包括改革开放后剧变的现实生活在内变动的"历史"，就不可避免地要纠缠在"历史意识"这个内涵含混、意蕴深藏且与时俱长的概念中。因为"历史意识"，不仅仅意味着诗歌要以一种明确的自觉意识讨论并认识当代生活的情感、经历、欲望，也为诗歌摆脱主宰1980年代诗歌的主流写作趋向，从而与当代社会思想意识的变动保持了一种较为紧密的同步联系提供了契机。同时，也因为介入并处理"历史"，也自然引发了一系列相关的新老诗学问题，比如曾经搁置不论、以种种变形方式存在的老问题：文学与政治、历史的关联与分歧，都以另外一种方式，在新的社会历史状况与政治结构中重回人们的视野，不妨说它提供了一种摆脱1990年代初就已成认识定势的文学/社会政治判断、重获社会想象力的契机。相比于1949年以后"左翼"话语逐步取得统治性地位且越趋僵化与单一的"历史叙述"，对应于学科规范分化在1990年代及其以后进一步强化，韦伯探讨的"理性化进程"带来的思想领域的专业分化问题深深影响到当代社会思想，如果不是视而不见的话，

“历史意识”又使文学与不断深进的“历史”“哲学”“政治”专业关联的老问题不可避免地纠缠在新的矛盾中。

此外，回顾1990年代以来的诗歌写作实践与相关批评，还可以看到“历史意识”，作为一个生长性兼顾包容性的总体性概念，在“九十年代代表诗人”的写作实践中有着一个不断变化发展的总体趋向：最初“历史意识”的提出，是作为对当时特定阶段的历史事件的自我反思反映到诗歌写作的调整上；随后也就是1995年前后，则转入了当下日常生活——粗略地说，是市场经济下的当代日常生活——的抒写，也由此从这一概念衍生出“日常生活”这一子概念；进入了21世纪后，伴随着社会生活语境的巨变，发生了种种上述已经提及的如“底层写作”等诗学探讨。尽管这些探讨针对种种特定的社会历史问题、诗歌现象，而且不同问题有着不同的概念表达方式，但其实都可以看作当初那个仅仅出于论辩而提出来的“历史意识”的扩充与发展。如同黑格尔的“世界精神”，在社会历史的发展变化中“历史意识”展开了它自身的逻辑运动：各种有关当代中国社会历史的活跃的思想，如女权主义、文化左派、儒家社会主义、基督教思想、自由主义……在不同年龄层的新老诗人中开花、结果，参与、融汇并激荡着诗歌写作与批评的进程，并在这一概念的运动过程中将隐含在“历史意识”背后的文学和历史的矛盾与关联展示出来。当然，这一概念的运动过程，并非如黑格尔的“世界精神”运动表现出正反合的有序进程，但这一运动过程，还是展现出一种试图打破区隔，重建文学和社会连带关系的总体趋向，而且也时刻呼唤着贴合情势、与中国社会正在进行中的现代历史进程相联系的成熟的“历史意识”。

尽管“历史意识”的逻辑运动已经进展如斯，但由于对其内涵缺少深入的、具有持续性与整体性的思考与把握，对“九十年代诗歌”的讨论批评始终停留在某种笼统性的自我辩护与正名的“遗产”维护状态，就出现了种种较为有趣的现象和问题。

首先，具体到“九十年代”代表诗人之间彼时的观念差异与分歧，虽已为少数批评家敏锐地意识到，却由于共同针对“80年代诗歌”的

“非历史化”倾向，讨论与批评的视野更多地被回收为有着共同的写作立场下风格的差异。比如臧棣，指出了“九十年代”代表诗人的“历史的个人化”倾向，对于如何的“个人化”，却语焉不详。由于对“历史意识”背后“文学”与“历史”的连带关系理解上的孤立与笼统，随着社会思想焦点的变化与转移，甚至出现了诗歌批评家以此时的“历史意识”指责彼时诗人所表现的“历史意识”落后、无关时代大局的“进步”现象，林贤治对以臧棣为主的“九十年代诗歌”代表诗人的批判就很典型。面临这一新的变动与挑战，“九十年代诗歌”的辩护者始终处于极其被动、尴尬的防卫境地，争论也往往陷入“伦理”与“美学”二元冲突的窠臼中。

与这个问题相关的则是从“历史意识”概念衍生出来的“日常生活”这一子概念。1995 年前后，绝大部分诗人往往将“历史意识”想当然地理解为社会的“日常生活”，这样的理解很少会引发“美学”与“伦理”的心理冲突。随着“历史意识”的逻辑在当代社会中的展开与运动，出自对诗歌最初遭遇社会重大历史事件的失语、焦虑与尴尬后形成的应激反应，众多诗人 2005 年前后又往往表现为对受媒体影响的社会重大历史事件与热点问题的各种情绪性的表态。无论积极强调诗歌与社会重大历史现象的关联，还是坚持诗歌伦理的优越性，或者摇摆在两极之间较为模糊、含混的暧昧地带，支配种种应激表象背后的内在逻辑触及了最初提倡“历史意识”这一诗学概念时没有明确意识到的思想前提。最初提出这一诗学概念时，众多诗人们的内在意识结构依然处于 1980 年代通常的“文学 / 专制政治”理解的延长线上。在“历史化”的名义下提倡“日常生活”，有针对 1980 年代“纯诗写作”趋向的反驳，但将“日常生活”理解为“历史”的普遍趋势，暗合了当时包括文学界在内的文化领域消解宏大历史叙述、提倡“小叙事”的整体氛围。与抒写的“日常生活”相对但没经挑明的是，在这一结构中，“社会重大历史事件”无形中就被略等于当时文学意识形态试图要消解或回避的“宏大叙事”。所以，作为“历史”进程不可分割的一部分，当社会重大历史事件以现代传媒为工具，癌细胞般突然包围了当代诗人及批评家时，他们都曾普遍地遭遇了失语、焦虑与尴尬。这一症状，突出地表明当时很多的诗人与批评家并不仅仅是诗歌技艺上，更是在社会历史的认知上缺乏准备与理解。在“日常生活”与“社会重大历史事件”之间，他们进行了分割，而不是放在同一历史视野下理解。因此如果不从褊狭的“文学/专制政治”的封闭角度而从深度的社会意识来理解，成熟诗人及批评家的“历史意识”，将不直接表现在对受媒体影响的社会重大历史事件与热点问题的应激反应，而是体现为一个身处变动发展社会中的个人/诗人，应该具备一种较为完整的社会意识与认知。这样的社会意识与认知，将内含着对社会重大问题与思想的连续性理解与建议。他们不受局部、偏激的社会情绪、认知的蒙蔽[①]，也不纠结于诸如“打工诗歌”“地震诗”“人民写作”这类看似重大而又有影响的孤立社会事件的表象中，而是对左右中国社会历史进程的问题与思想有着更为清醒、整全的认知。这样敏锐的社会认知，从诗歌写作的实践来看，往往有可能恰好通过并不那么吸引人的社会现象就能剧烈、集中地反映出来，甚至如冷霜曾极富辩证地指出的那样：“写作的‘历史意识’并不必然指向写作与历史之间的文本关联。”[②] 即便如此，对于成熟诗人，这样的“形式主义”写作的前提依然是成熟的“历史意识”：“我们注意到我们周围

① 已有诗人批评家关注到了当代社会思想状况与诗歌之间的互动。在《青年文艺论坛第十三期：中国“新诗”的现状与前景》中所作的报告——《近年诗歌中的社会关切》——中，冷霜谈到“当代诗歌对中国社会的这种关切背后所浮现出来的政治意识”：“近些年，一些诗人在写作中开始表露出更明确的政治意识，对中国当代社会的种种问题如何做一个总体判断，面对这些问题如何厘清自己的立场？可以看到，90年代末思想界的‘新左派’和‘新自由主义’的争论，也已经在诗歌界，至少是其中一些诗人中产生了影响，不同的诗人已经在运用不同的思想和话语资源来理解当代社会，并体现在各自的写作中。当代诗人在表达社会关切或表露政治意识的时候，很多时候能看到是一种泛自由主义的观念。但这些年也出现了另一种情形，也有一些诗人自觉地借用左翼的思想资源来书写现实。”引文来自“青年文艺论坛”的博客，网址：http://blog.sina.com.cn/s/blog_9d62141901010r03.html。

② 冷霜：《九十年代“诗人批评”》，北京大学中文系硕士学位论文，2000年。

的强硬的浑浊，我们完成了一场艰苦的清理工程。”[①]

此外，2011年前后，“九十年代诗歌”的几位代表诗人发表了他们写作史中极为重要的长诗，连同将近封笔前张枣的《大地之歌》(1999年)[②]，“历史意识”这一诗学概念的自身运动与发展，也出现了阶段性的高潮。这些长诗，无论是处理严格意义上的历史题材，还是勾连过去剖析当下，从容量广度、主题深度、处理手法上，都已经将其发展到了一个无以复加的地步，从而也最大程度地呈现出这一概念内在的矛盾与问题，为重新审视并深究“历史意识”提供了契机。[③]相对于诗人过去写作的表现当代社会生活的短制或长诗，如何处理历史文献材料的问题在这几部长诗中凸显出来，因而这使诗歌的写作与当下历史学的前沿的关系成为问题，而这样的问题意识尚未在过去的批评视野里出现。

上述理解“历史意识”时出现的种种问题，都意味着要突破已有的对“历史意识”越来越简化自明的叙述，不再泛泛地将之归类到统一的写作现象中去，而是重新历史化，回溯到“九十年代诗歌”代表诗人具体的诗歌实践与观念阐释中去，探究在“九十年代”这一共同的历史语境下他们之间观念与实践上具体的差异与分歧。这些差异与分歧，在新世纪变化的历史语境下，得到了更为清晰的呈现，导致1990年代归属于同一写作团体的诗人，对诗歌功能与构想的认识截然不同，甚至相互冲突。因此，排除时间与社会经历带来诗学意识调整的影响外，诗人们的差异并不能仅仅用风格加以容纳，反倒可以在他们对待“历史”不同的、有所调整的立场中获得更为准确的理解。

---

① 萧开愚：《当代诗歌的一些文化触角》，见臧棣、萧开愚、张曙光主编《中国诗歌评论：力争上游》，上海文艺出版社，2013年，第8页。

② 诗人批评家张伟栋对张枣的《大地之歌》表现出的“历史意识”进行了解读，详见张伟栋：《“鹤”的诗学——读张枣的〈大地之歌〉》(《山花》2013年第13期)；《当代诗中的“历史对位法”问题——以萧开愚、欧阳江河和张枣的诗歌为例》(《江汉学术》2015年第1期)。

③ 有关这几部长诗的讨论，可参见姜涛：《“历史想象力”如何可能——几部长诗的阅读札记》，《文艺研究》2013年第4期。

诗人研究

通往父亲的路

——谈多多诗歌中"父"的意涵

吴丹鸿

多多（1951— ）1972年开始写诗，1982年开始陆续发表诗作，是典型的在"文革"中发生蜕变的诗人之一。多多有时仍被归入朦胧诗人或白洋淀诗人群，但其诗作强烈又险峻的个人风格和极具原创性的意象组合都使得他的诗成为那个时代的"异质"。他也与当时许多在"文革"中出现信仰真空的知青一样，在"文革"结束后迫切地想要结束自己精神孤儿的命运。这种焦虑使得多多诗作中的"父"成了一个顽固而复杂的意象。

多多在克服"孤儿焦虑"的过程中，相比起同辈的作家，他的突破之处就在于从不宥于个别知识分子的时代命运，而是从人类的精神根源去挖掘自己的"祖先"。这就使得我们对多多的诗作作原型解读成为可能。也正是因为这种对于源头的想象，诗人得以深入挖开了自我的潜意识，获得了大量极具原创性的神话意象。这些意象所构筑而成的多多世界，是自足的野蛮的不负责任的。为了进入这个充满谜语与狂想的个人世界，笔者动用了神话原型与梦理学的相关知识对其诗作进行解读。

本文将从三个方面探讨多多诗作中"父"的意涵：一、由于"文革"特殊的时代背景，在"国家""父辈"与"个人"这三者的关系中，"父"的政治意味长期覆盖了人伦亲情。诗人对"父"的书写方式是试图将其纳回个人家族的体系中。二、诗人运用“大海”“马”等古老意象建立起了一个内部的神话时空，笔者试图在神话的语境下探讨“父”与“我”的关系的演变以展现出一个英雄的成长历程。三、在诗人的“梦”语境中讨论以集体出现的“父们”所具有的文化象征。

一、“父”的缺席

如果说断裂是一种深刻的联系，那么缺席就是突兀的在场。

在“文革”中成长起来的一代[①]，由于“文革”造成的个人生活方式的中断，导致个体生命的连续性和一致性的断裂，在《历史与叙述》中被孟悦称为“无父”“无根”的一代。这种断裂给知识分子造成的思想包袱是深重的，以至于时至今日他们在讨论许多历史或文学问题时仍三句不离“文革”。这种现象或许可以反映出真正从这种价值观的“断裂”中生还的人其实是很少的。不管他们如今是否已经习惯了这种“断裂体验”，就作品来看，已经没有像80年代那样努力在文本内作“寻父寻根”以“缝合断裂”的努力。这种努力是在“国家”“父辈”与“个人”这三重关系中重新做自我主体定位的努力，其中“父”也就成了“个人”与“国家”关系的接榫点。鲁伊基·肇嘉说：“我们在用‘祖国（Fatherland）’——家长统治——一词时，并没有真正理解它的意思。希腊词‘pater’的意思是父亲（来源于词根pa-，意思是拥有、繁荣或命令），patra或patris gaia并不是‘我的国家’，而是指‘我父亲的国家’，而我自己，只有当我也成为父系中的一员时，才是祖国的一分子。”[②]所

① 根据赫尔穆·马丁的界定“文革一代人”指的是约在15—25岁的青年时代，“文革”记忆成了他主要的成长经历。详见《代沟——几代人，八十年代的中国作家》，《香港文学》第三期，1985年3月，第4页。

② 鲁伊基·肇嘉：《父性：历史、心理与文化的视野》，张敏、王锦霞、米卫文译，中国社会科学出版社，2006年，第143页。

以当个人试图重新建立与祖国的精神纽带时，“寻父寻根”就成了最为自然的心理需求。

在“文革”期间，“父”在“我”的私人生命图景中是模糊乃至缺席的，“父子”关系被置于“革命阶级关系”之下。祖国和毛泽东在某种程度上取代了个人生命中父亲本该占据的精神高位。题目中所谓“父”的缺席，其实指的是“父”在个人成长史中的缺席，一个传统的“父威”与“父爱”的缺席。如果要纳进“国家”“父辈”与“个人”这三者的关系来看，毋宁说是“父”在这两者之间的摆荡。而在“文革”期间，“父”的位置无疑是向前者摆荡而去的。

多多在1973年就写道：

从哪个迷信的时辰起
祖国，就被另一个父亲领走
在伦敦的公园和密执安的街头流浪
用孤儿的眼神注视来往匆匆的脚步
还口吃地重复着先前的侮辱和期望

——《祝福》[1]

“祖国被另一个父亲领走”可以理解为祖国被另一种意识形态接管。从这个国族陷入“迷信的时辰”起，诗人既失去了原先的“祖国”，也失去也原先的“父亲”。这个在异国流浪的孤儿可能是指诗人自己，也可能是指上一行的“父亲”。这种歧义性是诗人故意造成的，“父”既与“祖国”这一庞大的象征有重叠之处，又与弱小无助的“孤儿”后代有同一性。个人主体正是通过这种与“父亲”与“我”的一体化书写，来将“父亲”从大写中拯救出来，以恢复肉身与血脉。这又何尝不是一种对“父亲”的争夺？将个人的“父亲”从化身为阶级与祖国的暴戾父性中争夺回来。从这个角度看的话，下面的这首《致情敌》中的情敌指的

① 多多：《诺言：多多集1972—2012》，作家出版社，2013年，第2页。

不是别人，正是过去那个由革命理想化身而成的精神之父。诗人要将一切被“充公的”生命体验恢复为“个人的”。他写下：

> 在自由的十字架上射死父亲
> 你怯懦的手第一次写下：叛逆
> 当你又从末日向春天走来
> 复活的路上横着你用旧的尸体
> ……
>
> 1973[①]

在这一节诗中，自由之必要，勇敢之必要和复活之必要，造成弑父之必要。“弑父”可以看作背叛前期信仰的一种极端修辞，但有论者质疑这种文本内部的弑父行为是否“只是一种表面的血腥，内心深处仍潜隐着承受弑父惩罚的焦虑。知识分子表面上的断裂与内质上的接受在知识分子的精神世界中产生了无法弥合的裂隙”[②]。表面的决裂在多多身上是显而易见的，他的诗在未出国之前就开始了内心的“流亡”，出现了大量的外国意象，句法险峻、语汇欧化。不管多多是不是刻意在他的诗作中去中国化，他自己并不否认毛泽东对他的影响：“我们也是毛培养的前期信仰的，培养了勇气、造反、反抗——非常硬的一代……没有毛的诗词，我们也不会有诗歌早期的一些起码的觉醒。”[③] 吊诡的是，“我”从这位精神之父身上获取的非常硬的性格遗产——“勇气、造反、反抗”——正是“我”用来“弑父”的武器，韩冷确实有理由说这只是表面的反叛与血腥。至于“弑父”带来的焦虑，我想并不仅表现为表里不一的冲突，更多还是对于“父”这一精神空位如何填充的焦虑。诗人通过大量阅读外国经典，确实找到了不少指引他创作的榜样，但这些远远

① 多多：《诺言：多多集 1972—2012》，第 25 页。

② 韩冷：《中国式的俄狄浦斯情结》，载于《集宁师专学报》2008 年 01 期。

③ 多多：《忍冬花诗丛：多多诗选》，花城出版社，2005 年，第 268 页。

不能弥补“父”的缺席。在《通往父亲的路》中我们就可以看到多多对于重建这种精神谱系的迫切：

屋内，就是那块著名的田野：
长有金色睫毛的倒刺，一个男孩跪着
挖我爱人：“再也不准你死去！”

我，就跪在男孩身后
挖我母亲：“决不是因为不再爱！”
我的身后跪着我的祖先

与将被做成椅子的幼树一道
升向冷酷的太空
拔草。我们身后

跪着一个阴沉的星球
穿着铁鞋寻找出生的迹象
然后接着挖——通往父亲的路……[①]

王东东认为引诗中的头两节并不是出自同一个叙述主体：“这两个画面可以看作出自两个不同的叙述视角的同一幅画面，一个出自‘我’，一个出自‘父亲’，‘我爱人’中的‘我’指的是‘父亲’，这是从他的视角看到的画面。‘挖我爱人’、‘挖我母亲’就成为有意的重复并置，由于‘我’和‘父亲’的同一而成为可能。”[②] 在这种解读策略下，“我”接续了父亲做的同一件事情，“通往父亲的路”是指通过这种方式渐渐和父亲同一起来。这一个个叠加的向下挖掘的动作，体现的是世代的一种

---

① 多多：《诺言：多多集 1972—2012》，第 158 页。

② 王东东：《多多诗艺中的理想对称》，见《新诗评论》2008 年 01 期，北京大学出版社，2008 年。

“垂直”关系（vertical relationship①）。诗的最后却忽然把这种向下的挖掘翻转为向上的观看，因为我们的祖先居然是一个个跪着的星球，生命被赋予了“天体”形态（celestial body②）。这正是多多在追祖溯源时两个向度的体现：一个是对尘世血缘的追寻。这个向度所开辟的风景是村庄，土地和父母儿女的生息。“父亲”给予的家世、家乡和家庭是需要弥补的首要空缺，正如孟悦分析《红高粱》时写的：“从家族关系中剔除了法律规定‘父’的权利或权力中心的亲子关系，而留下以血缘、品性为联系的亲子关系。”③；另一个向度是人类史的大视野，是向人性的起源、原型和死亡的探寻。

在这首诗里，诗人停下了之前在《祝福》中“孤儿”般流浪的脚步，开始挖掘通往父亲的路。这种世代循环的挖掘多少带着点西西弗斯式的虚空无止，却是在抵抗着成为“孤儿”的命运，并且让人开始明白了鲁伊基·肇嘉所说的父亲的职责：“父亲的职责确切地在于对抗时间：他的职责就是建立一种责任的原则，不受时间的影响，为了创造延续性与记忆，为了阻止每一代将不得不面对的、回归到零的状态的出现。”④当多多这一代人面对这种“零”的状态时，他们需要这种职责被履行，所以他们在文本中不断挖掘通往“父亲”的路——或者说让“父亲”回到自己身上。

① Maghiel van Crevel（柯雷），*Language shattered：contemporary Chinese poetry and Duoduo*，The Netherlands：Research School CNWS，1996，p.206.

② Maghiel van Crevel，*Language shattered*，p.209.

③ 孟悦：《历史与叙述》，陕西人民教育出版社，1991年，第120页。

④ 鲁伊基·肇嘉：《父性：历史、心理与文化的视野》，第130页。

二、“父”的象征与英雄的历程

神话，从不更新
时间，便从一只似曾相识的大盆里
溢出

——《通往博尔赫斯书店》[①]

除了神话，全是虚构

——《大蛇的消逝》[②]

宋海泉在忆述白洋淀往事时曾经提到这样一个细节，多多曾严肃地对他说过：“你知道吗，我有犹太血统。我外祖家是世居开封的犹太人。”[③] 多多此言是否为真，我们难以考证。但他自认为犹太人，或许是认为自己身上确实具有犹太人的特质，或是想把个人纳入犹太人充满神话和苦难的民族史中去。宋海泉根据多多所谓的“犹太血统”，联系他的诗歌说道：“毛头诗中强烈的赎罪情结，便可以得到一个人类文化学上的解释：古代希伯来人‘原罪’和‘救赎’的观念，通过一种现代的方式，表现在诗的形式中。”[④] 如此说来，多多的诗作中“流放”“罪”“十字架”“上帝”和“教堂”这些意象的反复使用，都反映出多多在承担他自认为的血统里的应有之罪。不管他的技巧有多现代，他诗作中体现出来的溯源追祖的情结，就使得对多多的诗歌进行原始神话性解读也不那么过分。我对多多的这种理解，基本上也符合耿占春的观察：“80 年代的诗歌写作，具体看待许多诗歌文本的话，会发现诗歌

① 多多：《诺言：多多集 1972—2012》，第 283 页。
② 同上书，第 298 页。
③ 宋海泉：《白洋淀琐忆》，见廖亦武主编《沉沦的圣殿》，新疆青少年出版社，1999 年，第 255 页。
④ 同上。

的想象力完全不是一个民主思想和话语的空间，而是原始神话与神学的空间，似乎是民主浪潮的潜在的反动暗流。”①

多多诗歌内部的时空也是一个包纳原始神话与神学的空间，首先是多多所使用的时间副词都非常大手笔，动辄“百年”“一千年”“两万年”乃至“亿万年”，如：“等飞翔中的鸟眼睑紧闭再现恒星 / 亿万年前的模样”（《等》）、“火，尚未被发明 / 头骨，开始一样了 / 歌声中，有了悲哀 / 两万年前，我们学会埋葬 ”（《我留在这里干什么》）、“一只大脚越过田野跨过山冈 / 史前的人类，高举化石猛击我们的头 / 在我们灯一样亮着的脑子里 / 至今仍是一片野蛮的森林”（《北方的夜》）等等。柯雷在解读《北方的夜》时写道：“我们仿佛感受到一种对于我们的起源的乡愁，不止是空间上的，还是时间上的。”② 但当这种对于精神原乡的乡愁没有具体的人事予以载托时，就弥漫成这些时间副词背后的悲哀和苍凉。

另外，多多的情诗如《蜜周》和《感情的时间》，其中恋爱的场景经常是树林中、河岸边和草地里，恋人之美与情爱之罪成了抒情的主要内容。这与希腊神话中美少年或英雄进入森林邂逅水边女神的模式也颇有相似之处；多多在诗中具有一副桀骜不驯的嗓音，经常用的句型是一种“英雄双行体”，颇多陈述与重复，以两句为一大顿。这种体式在英语诗中常被用于史诗与叙事诗，在 18 世纪的西方最为流行。它简洁有力，有着箴言式的庄重威权。多多在这些整饬的诗行之间所树立的姿态，毋宁说是一个既要赎罪也要荣耀的英雄。

陈志锐在他的博士论文中统计过多多在 1989 年出国后的作品中常见意象出现的频率，其中动物和人物最多的是马（22 次）和父亲（16 次），而景物则是大海（23 次）、田地（27 次）、树（32 次）和光（39 次）③，“太阳”在诗集《里程》中就出现了 18 次。在多多构筑的这个神

---

① 耿占春：《失去象征的世界——诗歌、经验与修辞》，北京大学出版社，2008 年，第 113 页。

② Maghiel van Crevel，*Language shattered*，p.207. 原文是：We seem to feel nostalgia for our origins，not only in space but in time.

③ Chee-Lay Tan，*Constructing a System of Irregularities*：*The Poetry of Bei Dao, Yang Lian and Duoduo*，PhD Dissertation（Cambridge University，2007），p.208.

话空间中，方位一直是向北的。“北”意味着“上”，是一个人精神纬度的象征；而大海和太阳是象征黑暗与光芒的太初意象，马、“我”和父亲则构成了主要的原型。

大海在神话里是与天地同等的创世意象，坎贝尔将原初宇宙大海称为“世界性子宫”“第二位母亲的子宫”[①]。在多多的诗中，大海是古老的暴戾的，是他这个风暴之子[②]的原始乡愁所在：

北方的海，巨型玻璃混在冰中汹涌
一种寂寞，海兽发现大陆之前的寂寞

——《北方的海》[③]

诗中将时间推移到“发现大陆之前”，大海的荒芜粗莽以及古老海兽的寂寞，既是神话景象，也是内心景象。诗人自认是属于大海的，他在风暴里尚能桀骜不驯，却在大海前显出难得的谦卑与归服：

你是一把椅子，属于大海
要你在人类的海边，从头读书

——《里程》[④]

一个有趣的现象是，多多在写到“麦地”“田野”时，往往是静立站定的；而在海上时，就是移动的“航行”和“漂流”。这多少意味着诗人的“里程”其实是“航程”，海浪与河流带给他离去与归来的乡愁：

“谁来搂我的脖子啊！”
我听到马边走边嘀咕

---

① 约瑟夫·坎贝尔：《千面英雄》，朱侃如译，立绪文化事业有限公司（台北），1997年，第329页。

② 在《北方的的声音》中，诗人写道：“我，是在风暴中长大的/风暴搂着我让我呼吸”。

③ 多多：《诺言：多多集1972—2012》，第103页。

④ 同上书，第128页。

“喀嚓喀嚓”巨大的剪刀开始工作
从一个大窟窿中，星星们全都起身
在马眼中溅起了波涛

噢，我的心情是那样好
就像顺着巨鲸光滑的脊背抚摸下去
我在寻找我住的城市

——《冬夜的天空》[①]

诗人在海上的夜空俯瞰大海，寻找着自己居住的城市，其中马是英雄体力与智力的象征，巨鲸则代表着大海中未知而巨大的困难。这是英雄出海的两种模式之一：俄底修斯从特洛伊返回希腊的归乡模式；另一种则是出征历险，海上航行往往带来历险的高潮，是英雄壮大和重生的关键性情节。这一情节被荣格归纳为“夜海航行”（The Night Sea Journey），他认为：“大海的阴暗和深度象征着一个投射的、看不见内容的无意识状态”，离开土地进入大海这个世界性子宫，是为了“恢复生命、再生和战胜死亡”[②]。英雄往往会通过与鱼怪搏斗被海怪吞噬，再次进入胎腹之中来获得重生。如旧约中的约拿先知就在鲸鱼腹中困了三天，悔改不该违抗上帝的任命后安然脱险；印第安人传说中的英雄神拉文也曾被鲸鱼吞进过；爱斯基摩人故事中的雷文在鲸鱼腹中被困四天后被渔民救出。这类故事的模型又可以追溯到创世神话中，天空之父乌拉诺斯不断将自己的孩子塞回地母盖娅的肚子里，只有克罗诺斯重新冲出盖娅的身体阉割了残暴的乌拉诺斯；宙斯害怕自己的孩子会击败自己，也开始吞噬他们，雅典娜被宙斯吞下后却从宙斯的脑颅里冲了出来。这种被吞噬的情节，其实是反而将英雄从一个险恶处境推入另一个相对安全的处境，在黑暗和孤独中获得强大的自性以迎接辉煌的重生。

① 多多：《诺言：多多集 1972—2012》，第 121 页。

② 田俊武：《纳撒尼尔·霍桑作品中的夜行叙事》，《国外文学》2012 年 04 期。

我们在多多的诗中也可以找到类似的被鱼吞噬的描写：

在海浪的每一次冲击中说：不
它们的孤独来自海底
来自被鱼吃剩的水手的脸
来自留恋惊涛骇浪的人

——《那些岛屿》[①]

类似船沉在鱼腹中的情景
心，有着冰飞入风箱内的静寂

——《北方的夜》[②]

但是诗人的航程仍旧没有结局，他仍在漂流仍在徘徊，并且质问着大海：“没有任何生命/值得一再地重生？”（《过海》）。值得一提的是，荣格所说的“夜海航行”和“回到鲸鱼之腹”的模式在多多笔下有所变形，“回到鲸鱼之腹”被置换成“回到马腹”（“我读到我父亲把我重新放回到一匹马腹中去”《我读着》）。对于多多来说，“马”替代了“鲸鱼”成为核心的动物意象，不仅联结了英雄与大海，也成为“我”与父亲的原型与血缘的象征。

多多写马经常只写马的局部，如马蹄、马皮、马肺、马臀等等，他充分使用了这个意象各个部位所能承载的象征。其中马蹄声或许代表着他对诗的音响的理解，马的左肺则代表着受难者的忍受与生存，臃肿的马臀或许象征着一代人心灵的沉重与壅塞。但马的眼睛却被赋予了充满灵性的世界窗口的地位，它正是坎贝尔所说的——“宇宙的象征性圆心”[③]。

诗人透过马眼，看到了整个大海：

---

① 多多：《诺言：多多集1972—2012》，第209页。

② 同上书，第127页。

③ 约瑟夫·坎贝尔：《千面英雄》，第38页。

忧郁的船经过我的双眼
从马眼中我望到整个大海
一种危险吸引着我——我信
分开海浪，你会从海底一路走来
……
我不信。我汲满泪水的眼睛无人相信。
就像倾斜的天空，你在走来
总是在向我走来
整个大海随你移动
噢，我再也没见过，再也没有见过
没有大海之前的国土……

——《火光深处》[1]

船在“我”的眼中，大海在“马眼”中，“我”的眼睛实际上与马的眼睛是重叠的，于是下文中大海的移动就等同于“我”的眼睛和马眼的移动。“分开海浪，你会从海底一路走来”则轻易让人联想到摩西分开海水让红海让路的典故。这仍是在国土出现之前的大海，与我们前文讨论的一样是太初的海洋。在这首诗里，“马眼”等同于“大海”，同时也与“我”的眼睛是对等的。在这种互相注视中，“马”与“我”存在着某种同一性。“我”对“马眼”的注视还可以在这些诗行中看到：

马儿合上幸福的眼睑
好像鱼群看见渔夫美丽的脸

——《寿》[2]

大地还会移动，马眨眼时

① 多多：《诺言：多多集 1972—2012》，第 123 页。
② 同上书，第 99 页。

整个大草原，还能再翻一个个

——《小麦的光芒》[①]

“马眼”就这样成了一种超自然的力量，放到英雄成长的脉络中讲的话，它象征着英雄与凡人的迥异之处。眼睛的神力在东方神话中较为常见，二郎神和印度湿婆都有充满法力的第三只眼。叶舒宪将神话中的英雄分为“战马英雄”与“太阳英雄”，“前者以象征着流动和战争的战马为原型，后者以象征着固定的时空秩序和宇宙和谐的太阳为原型。”[②]“英雄”对“太阳”追随在多多的《致太阳》《被俘的心永远向着太阳》等诗作中可以见到；而在下面这几句诗里，“马”就被赋予了末日英雄的形象。

黑暗原野上咳血疾驰的野王子
旧世界的最后一名骑士

——马
一匹无头的马，在奔驰……

——《马》[③]

一匹无头奔驰的马，壮烈到几近恐怖，但如果把这个空间看成死后世界的想象与延伸的话，却不难获得一种鏖战之后的大自由与大宁静。这个末日的精神贵族化身而成的“马”的意象跟“我”与“父亲”之间又是什么联系呢？多多的诗中不止一处线索透露出这三者是同一血统。首先是“我”与“马”的关系，在下面几处引诗中就可以推出这两者之间是可以互换的主体。

---

① 多多：《诺言：多多集 1972—2012》，第 230 页。

② 叶舒宪：《英雄与太阳》，陕西人民出版社，2005 年，第 34 页。

③ 多多：《诺言：多多集 1972—2012》，第 112 页。

这时候，我开始嫉恨留在马棚中的另一匹
这时候，有人骑着我打我的脸

——《钟声》[①]

马儿取下面具，完全是骨头做的

——《寿》[②]

我仍戴着马的面具
在河边饮血……

——《父亲》[③]

《钟声》中就明显表明“我”也是马棚里一匹被奴役的马；《寿》中取下面具的马，与《父亲》中戴着马的面具的“我”又形成了一种互相转化的同一关系：“我”戴上面具就成了马，马取下面具就成了“我”。马是“我”在人间的形象，甚至就是“我”的血统——饮血的野王子。在《我读着》中，我们看到“我”的父亲也是马，“我”的族群就是马群：

十一月的麦地里我读着我父亲
我读着他的头发
他领带的颜色，他的裤线
还有他的蹄子，被鞋带绊着
一边溜着冰，一边拉着小提琴
阴囊紧缩，颈子因过度的理解伸向天空
我读到我父亲是一匹眼睛大大的马

在第一节中父亲的形象既是一个打领带拉小提琴的知识分子，又

① 多多：《诺言：多多集 1972—2012》，第 163 页。
② 同上书，第 99 页。
③ 同上书，第 308 页。

是一匹蹄子踉跄阴囊紧缩的马，马的实像与学者的表象互相重叠。“父亲是一匹眼睛大大的马”是被“我”读到的，而不是被“我”看到的，所以“马”也是一种文化象征，而不只是一种形象譬喻。王东东写道：“(在这首诗里)父亲既是历史积累和文化的象征(精神分析)，也是人的自然性和死亡的象征”[①]，当然我们把这句话中的主语“父亲”换成“马”也是可以的。衰老与死亡的象征则在诗的下半部分更能体现：

> 我读到我父亲曾经短暂地离开过马群
> 一棵小树上挂着他的外衣
> 还有他的袜子，还有隐现的马群中
> 那些苍白的屁股，像剥去肉的
> 牡蛎壳内盛放的女人洗身的肥皂
> 我读到我父亲头油的气味
> 他身上的烟草味
> 还有他的结核，照亮了一匹马的左肺
> 我读到一个男孩子的疑问
> 从一片金色的玉米地里升起
> 我读到在我懂事的年龄
> 晾晒壳粒的红房屋顶开始下雨
> 种麦季节的犁下托着四条死马的腿
> 马皮像撑开的伞，还有散于四处的马牙
> 我读到一张张被时间带走的脸
> 我读到我父亲的历史在地下静静腐烂
> 我父亲身上的蝗虫，正独自存在下去

多多的父母在40年代曾出国求学，“短暂地离开过马群”可能指的就是父亲短暂地离开过他在中国的集体。可是这项经历却在“文革”爆

① 王东东：《多多诗艺中的理想对称》，见《新诗评论》2008年01期。

发后被批判：栗家因此被查封，多多父母被送去一所干部学校进行再教育；多多既当不上红卫兵，又无家可归，就和同学搭上火车开始在中国游历①。第一节中“马”的“阴囊紧缩”代表着一种禁欲与谨慎，向天空引颈则是一个沉思与固执的理想主义者的象征。这样一个自律克己又笃定的老知识分子，从相对体面的戴着领带拉着小提琴的时期，到了第二节时，却成了生病又忧郁的老人。多多对“马群”所代表的群体是不友善的，讽刺他们为苍白的马屁股和女人的肥皂，多少也是出于对父亲这个历史受害者的同情。晾晒谷粒时下雨，种麦季节时犁田的马死去，农事的荒废既是不祥的征兆，又表明历史事件破坏了世代相传的生活秩序。父亲与这匹在田中死去的马又再次重叠，马的腐烂是父亲的历史与壮年的消逝，而马（父亲）身上的蝗虫，这些寄生在创伤上面的记忆，仍在加速父亲生命的流逝。

> 像一个白发理发师搂抱着一株衰老的柿子树
> 我读到我父亲把我重新放回到一匹马腹中去
> 当我就要变成伦敦雾中的一条石凳
> 当我的目光越过在银行大道散步的男人……

最后一节中“父亲把我放回马腹”的动作表明“我”也来自于“马腹”与“马群”。但“我”此时已经离开中国离开父亲来到“容不下我的骄傲”（见《在英格兰》）的英格兰，对于流亡国家和“马群”我都没有归属感，于是产生了重新回到马腹这种对于生命源头的乡愁。与前文提到的“鲸鱼之腹”对英雄的意义一样，“马腹”既是一个历练的场所，又是一个提供荫蔽的世界性的子宫，更是一种重新回到婴儿状态的精神净化。

不同于在《通往父亲的路》中，父亲的形象是模糊的地下的；在《我读着》中父亲的形象由于与马的联结而鲜明起来，而“我”与父亲

---

① 参考 Maghiel van Crevel 在 *Language shattered* 中对多多的介绍，第 102—107 页。

的关系又因为同样是“马”而获得了血脉的象征。一个尘世的父亲，一种命运与血缘深深联结的亲子关系，正是这一代恐惧成为“孤儿”的知青所急切需要的。我们也读懂了《在一场只留给我们的雾里》的张望：

当所有孤儿的脸都那么相似
在一场只留给我们的雾里停止张望……[①]

这雾中对亲人的张望与在《四合院》中的对先人的张望又是多么相似：

把晚年的父亲轻轻抱上膝头
朝向先人朝晨洗面的方向
胡同里磨刀人的吆喝声传来

张望，又一次提高了围墙……[②]

这是游子回到祖屋看望父母的场景，“我”朝向先人的方向将晚年的父亲抱上膝头。这一姿势本身就是主体对家族体系的一种强烈地嵌入——提前接替了父亲的位置，以和自己的家族更紧密地扣合。这种做法很像莫言在《红高粱》中的隔代叙述，为了直接参与祖父辈的英雄史叙述，“我”的视角替代了“父亲”视角，祖辈关系因此受到了“折叠”。在诗中将父亲抱上膝头这一动作同样也取消了“我”与“父亲”的代际（甚至把“父亲”还原成孩童），而缺少主语的“张望”应该是“我”与“父亲”同样在张望，无论在视线还是位置上，“我”与“父亲”都是同一水平的。鲁伊基·肇嘉在《父性》一书中分析过象征父子关系的两个画面，一个是赫拉克勒斯在特洛伊城墙上抱起他的儿子举向天空，从此父亲对小儿女的托举都成了充满助力和期待的父爱象征；另一个是特洛伊城沦陷之时，英雄埃涅阿斯从前线跑回自己的家中背起父

① 多多：《诺言：多多集 1972—2012》，第 253 页。

② 同上书，第 242 页。

亲逃生。鲁伊基·肇嘉说“这种行为象征着那些由年少战士、横向力量成长为父亲纵向力量的人。埃涅阿斯肩上的父亲的压力是垂直的”[1]。多多诗中将“父亲抱上膝头”则是这两个动作的折中，既有替代父亲的托举，又有父亲垂直的压力，最终呈现的就是一种平等和同一的关系。这是第三次我们在分析诗作时推导出父与子的同一性，这已经与垂直接替的世代结构有所差别，但多多却还这样写过：

> 做马背上掠过的痉挛
> 做可能孵化出父亲的卵
>
> ——《从不做梦》[2]

这种“生出父亲”的修辞显然比“把父亲抱上膝头”更翻转了父子的关系。这里其实是多多寻父溯源的向度从尘世向度到远祖向度的切换。卵生也是神话中的创世方式之一，“父亲”在这里已经由坐在四合院中张望的老人演变成人类的始祖，而这一个孵出始祖的卵可能就包含着鸡生蛋蛋生鸡的生命之源的辩证。

王家新这样概括多多写诗的主题变化：“从早年青春和语言的双重叛逆，到对盲目、黑暗命运的深度挖掘，到后来对家园神话的铸造，这就是诗人多多所走过的‘里程’。”[3]他的叛逆，他对命运的黑暗之心的深入，对家族神话空间的构建，与其说是里程，不如说是一个诗歌内部的英雄历程。这段历程开始于对“太阳”的迷信，摇撼于北方太初的大海，又经历了“马”的变形和对“父亲”的寻求与合一。这其中包含了回到“马腹”的重生与进入“孵出父亲”的宇宙循环大序，可以说已经是古老神话中的一个完整的英雄历程。

---

① 鲁伊基·肇嘉：《父性：历史、心理与文化的视野》，第189页。

② 多多：《诺言：多多集1972—2012》，第219页。

③ 王家新：《当人民从干酪上站起——读多多的几首诗》，《上海文化》2012年04期。

三、关于“父们”的大梦

我们所做的充其量是梦见以前的神话并给它穿上一件现代的外衣。

——荣格

神话是公众的梦，梦是私有的神话。

——约瑟夫·坎贝尔

“马”的意象为“我”和“父亲”作出了“亲子证明”，正如希腊神话中的国王迈诺斯是化生公牛的宙斯与欧罗巴结合所生，而他的妻子帕西芙伊也被一只公牛吸引生下了米诺托，“牛”成了这两代人的遗传密码。“梦”则为“我”和“父亲”提供了一个对话的场所。无论是荣格还是坎贝尔的观点，“梦”都既是一个无意识的空间，也是一个神话空间。正如耿占春认为80年代以降的诗歌“更多的是无意识与直觉的书写，好像诗歌发起了一场古代神话与现代人无意识互相结盟的联合起义。”[①]“梦”也代表着与往事的距离，毕竟很少人会梦见刚刚发生的事情。多多关于梦的诗作主要在80年代中后期开始出现，梦就成了他重回往事现场的一个手段，但就像田晓青在《十三路沿线》中写的：“当普鲁斯特试图穿过某一细节重返故地时，他重返的可能是另一个地方。同往事会面，如同与死者会面。”[②]而这种时空任意门的失误其实带来了更为意想不到的穿越，所以刘禾在序言中补充道：“穿过某一细节不能重返故地，却意外地抵达了另一个彼岸，这个过程也许就暗示了某种意义。”[③]我们在下面这首诗中，就可以看到诗人是如何在梦中挖开了自己的潜意识，并非仅仅是回到过去，而是回到源头：

威士忌在昏暗的脑袋里酗酒，帮我
挖开了我的睡眠：

① 耿占春：《失去象征的世界——诗歌、经验与修辞》，第113页。
② 田晓青：《十三路沿线》，见刘禾编《持灯的使者》，广西师范大学出版社，2009年，第29页。
③ 刘禾：《序言》，见刘禾编《持灯的使者》，第10页。

置身一场盲人梦到的大雪
父亲，我梦到了梦的源头。

梦，是一个农夫站定
金属的马粪堆成了道路
多余的黑云从头发间长出
用灌了铅的脚踩着，踩着脚底的重量
——里程，被勒紧了
我，被牵着，向
桦树皮保留的一个完整的人形——扑去
父亲，另一个人生在开始。

父亲，那是同一个人生。
靠手在墙上涂抹前进
死人的脚，在空气中走上走下
脚印被砌进墙里
先从男人开始，奶水
就是呜咽的开始
父亲，我听到他们没羞的哭声
就来自云的人形大悲悼。哭声是：
　　“在你的遗忘中，我们已经有了年龄。”

树木倦于悲悼。死人
把它们困在当中。死人的命令是：
　　“继续悲悼。”

1987

——《授》[1]

多多的“云”指的是“灵魂”或“幽灵”，比如在这首诗中他给

① 多多：《诺言：多多集 1972—2012》，第 150 页。

“云”赋予“人形”，也在《小麦的光芒》中写过“一片左手写字的云，父亲的灵魂”；这个死人、灵魂聚集的场所，自然会让人联想到这个浮动的空间也许是天堂或冥府。这要看“梦”是在光亮中出现（天堂、伊甸园），还是这样充斥着“黑云”和“呜咽”（冥界）。但如果将本章的几首写梦与父亲的诗作联系起来看，我们就没必要将梦境区分为天国或地狱，因为他的梦境本来就包含了这两重含义。安东尼·史蒂文斯在《梦的生态学》中提到，梦境中的“光芒”“金色”很可能“暗示到维吉尔（古罗马诗人）的金色年代，指涉到人类堕落之前伊甸园的纯真”[1]。这种含义可以在多多的这几句诗中得到印证：

逆着春天的光我走进天亮之前的光里
我认出了那恨我并记住我的唯一的一棵树
在树下，在那棵苹果树下
我记忆中的桌子绿了

——《我始终欣喜有一道光在黑夜里》[2]

这首诗描述的场景是早晨诗人刚刚醒来，看见了一道射进了死亡的光。人走进光亮之中，其宗教含义是灵魂走进神的怀抱。诗人走进光里，“认出了”那棵人类记忆源头的苹果树，这些描写都是典型的对人类童年的伊甸园的描写。诗人是“醒”在了一个“死后的世界”，这跟柯雷在解读下面这首《早晨》时说的一样：“害怕醒来就是害怕死亡”[3]。

是早晨或是任何时间，是早晨
你梦到你醒了，你害怕你醒来
所以你说：你害怕绳子，害怕脸
像鸟儿的女人，所以你梦到你父亲

① 安东尼·史蒂文斯：《二百万岁的自性》，杨韶刚译，中国社会科学出版社，2003年，第57页。
② 多多：《诺言：多多集1972—2012》，第186页。
③ Maghiel van Crevel，*Language shattered*，p.213.

说鸟儿语，喝鸟儿奶
你梦到你父亲是个独身者
在偶然中而不是在梦中
有了你，你梦到你父亲做过的梦
你梦到你父亲说：这是死人做过的梦。

你不相信但你倾向于相信
这是梦，仅仅是梦，是你的梦：
曾经是某种自行车的把手
保持着被手攥过的形状
现在，就耷拉在你父亲的小肚子上
曾经是一个拒绝出生的儿子
现在就是你，正爬回那把手
你梦到了你梦中的一切细节
像你父亲留在地下的牙，闪着光
笑你，所以你并不是死亡
只是其中一例：你梦到了你梦的死亡。

1991[①]

这首诗中的主语用“你”其实更符合梦见自己时对自我的旁观视角。诗人梦见父亲，又说“梦见父亲梦过的梦”“仅仅是梦，是你的梦”“梦到了梦的死亡”，这些梦与梦之间的嵌套都在抵抗着对梦的解读。柯雷认为这首诗并不是想写庄周梦蝶的辩证：“当你和父亲相遇，既不是在你的梦里，也不是在他的梦里，而是在一个他生命的尽头与你生命的开端所重叠的地方。”[②] 诗人靠做梦一再想闯入生命长度以外的世界，出生之前或人死之后。在梦中他虚构了父亲的死亡（多多此诗写于1991，而

① 多多：《诺言：多多集1972—2012》，第181页。
② Maghiel van Crevel，*Language shattered*，p.213.

在 1997 年他还曾回国探望过父亲），也将自己变为一个“拒绝出生的孩子”，在这种“生”与“死”的临界点试图突破梦的圈套，以解读父亲的一生，解读死亡。父亲从深陷于现实泥淖的“马”，到了洁净光亮的梦境里，变得智慧而平静。“我”拒绝着这个死后的世界，却又需要父亲的解答。在下面这首诗中，父亲再次在梦中出现：

站在越来越亮的光里挥手
希望我，别再梦到他

我却总是望到那个大坡
像被马拖走的一个下颚那么平静
用小声的说话声
赶开死人脸上的苍蝇
我从未如此害怕
我知道，太阳一经升起
这些脸就会变黑
我不敢害怕

从一根绳子的长度
无限的星光驰远了
父亲，你已经脱离了近处
我仍戴着马的面具
在河边饮血……

父亲，噩梦是梦
父亲，噩梦不是梦

2011

——《父亲》[1]

---

① 多多：《诺言：多多集 1972—2012》，第 308 页。

诗的最末两句："父亲，噩梦是梦/父亲，噩梦不是梦"与《授》中的"父亲，另一个人生在开始。/父亲，那是同一个人生。"是一样的矛盾并置。这种关于"梦"与"真实"、"结束"与"开始"的相对问题，是父亲留给诗人的困惑。他在梦中寻求解答，而潜在的回答对象就是"父亲"。肯定与否定的并置并不会互相抵消，而是互相同一成生死的一纸两面。对诗人的梦作神话原型解读的话，那应当是埃涅阿斯去冥府会见父亲安喀塞斯的灵魂的故事。特洛伊沦陷后，埃涅阿斯带领着幸存的人出发去意大利重新建国，他们在途经哈尔皮埃岛时被一群可怕的鸟身女妖攻击。这与诗人在《早晨》中的梦境也很相似："所以你说：你害怕绳子，害怕脸/像鸟儿的女人，所以你梦到你父亲/说鸟儿语，喝鸟儿奶"；埃涅阿斯在途中还被先知带去了阴间看望父亲，他所见到的冥府也是一个有着天堂影子的生命过渡地带。他看到可怕的飘满幽灵的渡船，却也看到了幸福者居住的春天的小树林。最后他和父亲站在一个山谷旁，看到了将要被投生为牛马蛇羊的坏人们，幽灵们飘荡在宁静的忘河边喝着忘河的水以洗清记忆往生。这就让人想起在《授》中幽灵们害怕遗忘和被遗忘的哭声："在你的遗忘中，我们已经有了年龄。"；忘河边小山上的前去投生的野兽，是不是《父亲》中"我望到的那个大坡"，"有着被马的下颚拖走的平静"？而"我"戴着马的面具饮血的河边又是否就是冥界中的忘河？埃涅阿斯还在阴间见到了老年的自己，这与诗人在梦中一再幻想的死后的自己是一样的。最终埃涅阿斯听取了父亲的预言和祝福，回到世间建立了罗马。但诗人的抱负却不在现实的理想，他"拒绝出生"也拒绝让父亲真正消失，因为梦中象征着生命的自然性和命运先知的父亲，并不能像安喀塞斯一样开口启示儿子，而是以"埋在地里的马牙"象征的永恒沉默，折磨着儿子对父亲的想象。

在多多的诗中，父亲有时还以复数形式出现——"父亲们"。比如"一层一层的父亲们，邀歌手、匕首/从具有麦田气质的碑文上/斩高过斧头的美"（《轮上鞭子挥舞》），"面有窘相的父亲们/所站立过的那些地方"（《忍受着》）。"父亲们"的形象既是曾经孔武有力的劳动者，有着昂扬尖锐的男性之美；却又是被命运摆弄过后，衰老又沮丧的长者。这些父亲被聚集起来，在诗人的梦中出现：

梦到我父亲，一片左手写字的云
有药店玻璃的厚度
他穿着一件蓝色的雨衣
从一张老唱片的钢针转过的那条街上
经过洗染店，棺材行
距离我走向成长的那条不远
他蓝色的骨骼还在招唤一辆有轨电车

我梦到每一个街口，都有一个父亲
投入父亲堆中扭打的背影
每一条街都在抵抗，每一个拐角
都在作证，就在街心
某一个父亲的舌头被拽出来
像拽出一条自行车胎那样……

我父亲死后的全部时间正全速经过那里
我希望有谁终止这个梦
希望有谁唤醒我
但是没有，我继续梦着
就像在一场死人做过的梦里
梦着他们的人生

一锹一锹的土铲进男子汉敞开的胸膛
从他们身上，土地通过梦拥有新的疆界
一片不再吃人的蝇
从那边升起好一会儿了
一望到鱼铺子里闲荡的大钩

他们就会一齐嚎啕大哭……

我接受了这个梦
我梦到了我应当梦到的
我梦到了梦的命令

就像被梦劫持——

——《我梦着》[①]

诗人所做的这个梦是清明梦："所谓清明梦，是指做梦者自知在做梦的梦。"[②]，所以诗人才会在梦中希望有谁能够叫醒他。在清明梦中，做梦者可以主动做控制梦的主人和析梦者。安东尼·斯蒂文斯认为积极动用梦中的清醒意识去改变梦的走向是很好的自我治疗。但诗人在梦中显然没有这么做，他接受了"梦的劫持"。梦中聚集起来的"父亲堆"，是难以辨析的高密度的原型聚集，但如果将这些父亲看作自我在不同面向不同时期的结集（上一部分中我们已经讨论过在多多诗中父亲与"我"的同一性），那这个梦就正好符合莫瑞·史丹的描述："无意识会在原型层次中被干扰，自性被聚集以发出信息：大梦、清晰有力的直觉、幻想，以及共时与象征的时间。"[③]

荣格在上世纪40年代曾经帮苏黎世一个青年罗伯·强生解析过一个奇怪的梦。那时罗伯还很年轻，却做了一个"老人才有的梦"："我做了一个非常庞大的梦，这些巨大、划时代的梦之中，有一个梦对我这一生实在太重要了，它简直是我一生的总结。"[④]但这与其说是老人才有的梦，还不如说是这首诗里的"就像在一场死人做过的梦里/梦着他们的

① 多多：《诺言：多多集1972—2012》，第250页。
② 安东尼·史蒂文斯：《私我的神话》，薛绚译，立绪文化（台北），2000年，第331页。
③ 莫瑞·史丹：《中年之旅：自性的转机》，魏宏晋译，心灵工作坊文化（台北），2013年，第54页。
④ 史帝芬·赛加勒、墨瑞儿·博格：《梦的智慧》，龚卓军、曾广志、沈台训译，立绪文化（台北），2000年，第86页。

人生”。荣格将罗伯的梦与一般人日常的可解的梦区分开来，前者称为“大梦”，后者称为“小梦”。他给罗伯的回应也非常简洁，让他独自活着，不要参与任何事情。原因是罗伯所做的这个“大梦”反映出他心灵里能浮现深层的“集体潜意识”的能力，而荣格希望他不要在世俗的纷扰中丧失这种能力。“大梦”来自于集体乃至种族流传下来的心理经验，它不仅具有过去属性，也具有未来属性，一方面它是一个权威的梦的预言，另一方面却也造成了强烈的宿命感。这种代代流传的大梦特性，就如同多多诗中“父”的集聚，本来是一个源远流长的世辈谱系，却被急剧地压缩在一个梦的空间里：“我梦到每一个街口，都有一个父亲 / 投入父亲堆中扭打的背影”。这些街口是历史的街口，这些父亲是公众的父亲也是个人的父亲，是斗争的发起者也是受害者。在这个梦中他们却同时出现，被诗人看做一团模糊的难解难分的背影。这就是荣格所说的，在梦中“与死者的总体建立起联系”，“因为无意识相当于死者的神秘国度，祖先之所在”①。

如果要对应起多多这一代人的精神经历，他对于父亲们的惊恐与同情，很可能是来自庄柔玉所说的“文革”后遗症之一——对群众运动和群众压力的恐惧②；而潜意识对古老原型的召唤正是这种内心创伤的治愈方式：“文化象征替患者所承受的各种痛苦提供脉络，使患者能够认同与他承受相同痛苦的神话人格。”③在这首诗中第一节对父亲“蓝色骨骼”在街上游荡的描写，以及第四节中将“土铲进男子汉敞开的胸膛”，都暗示出这个梦对埋葬与哀悼仪式的要求。《伊利亚特》中普里阿摩斯为了抚平丧子之痛，在赫密士的引领下出发去阿卡亚人的营地寻找儿子赫克特的尸首，赫克特的尸首就成了一种过去伤痛的文化象征。诗人梦中对尸体的寻找和埋葬都反映出潜意识中想向过去告别的强烈愿望。莫瑞通过

① 莫瑞·史丹：《中年之旅：自性的转机》，第192页。

② 庄柔玉：《中国当代朦胧诗研究——从困境到求索》，大安出版社（台北），1993年，第38页。文中庄柔玉总结了“文革”一代的三点后遗症：历史创伤、信仰真空、关系失调。

③ 史帝芬·赛加勒、墨瑞儿·博格：《梦的智慧》，第246页。

《伊利亚特》中这个原型故事说明“人们需要先去‘寻找尸体’，然后埋葬它：也就是确认痛苦的来源，然后经由失落、哀悼，然后安葬它。”[①]

在多多的这个梦中，父亲游荡的骨骼以及父亲们扭打的背影正是他痛苦的来源。对父亲的反复书写既是为了理解“我”与父亲同一的命运，也是为了埋葬。这种梦是关于整整两代人之间的文化大梦：“它是一种文化模式的梦。所有的梦中都隐含着某种原型成分，但是有些梦更具有原型特征，其中它们是很不同的——神秘而且可怕。它们激起了梦者的情感，因为它们提出了最重要的关于生和死的问题。这些梦是私人的神话。”[②] 通过这些梦，诗人重返故地与死者会面，抵达了自己内心更为幽微的深处——与人类集体的潜意识与古老的神话人格获得了联结。

四、结语

在词的热度之内，年代被搅拌，而每一行，都要求知道它们来自哪一个父亲。

——《诗歌的创造力》[③]

徐晓在一篇怀念丈夫周郿英的文章末尾说：“我必须跨越生与死、男人与女人、过去与现在的界限，重新翻阅他人生的全文，咀嚼他，品味它，不管那会使我怎样地痛苦和心酸，除了面对，我别无选择——这是一个男人能留给一个女人的全部财富，这是一个父亲能留给一个儿子的真正遗产。”[④] 多多对于父辈执着的回溯，简直就像是一个不愿意相信自己没有分得“遗产”的子孙。“父亲”对于多多的意义，从尘世血缘

① 莫瑞·史丹：《中年之旅：自性的转机》，第36页。

② 安东尼·史蒂文斯：《二百万岁的自性》，第56页。

③ 多多：《诺言：多多集1972—2012》，第286页。

④ 徐晓：《永远的五月》，见刘禾编《持灯的使者》，第166页。

扩散到了对自己的神话人格的塑造。在他后期思考“语言”的诗作中又抽象成为指引他创作的直觉力量，他才会说“每一行，都要求知道它们来自哪一个父亲”。但这一层次由于篇幅限制，笔者并没有讨论。从父亲的这些意义就可以明白，这份“遗产”确实非常必要。然而我们在解读的过程中发现，多多在对“父亲”追寻的同时，也有僭越和埋葬，这才是他得以确立主体身份的关键。

鲁伊基·肇嘉对这个时代提出了一个新的忧虑：“一种全新的事物将被证明比父亲的缺失更加严峻，那就是对父亲的追寻的缺失。”① 当一种普遍的虚无感碎片感取代了那一代的知青特有的“断裂感”时，我们似乎也放弃了弥合的努力，而只是沉浸其中描述当下。多多那一代人如今也已步入中老年，年轻的一代青年又该如何建立自己的精神谱系？

我想多多的看法会是：“去那里，先人并入先人，现在是空缺，缺少当下。”②

① 鲁伊基·肇嘉：《父性：历史、心理与文化的视野》，第371页。

② 多多：《诺言：多多集1972—2012》，第284页。

身体地理学与“间歇”的诗意

——肖开愚90年代诗歌论

贾　鉴

80年代末，肖开愚在一文中谈到“中年写作”，此后，这成为塑造“90年代诗歌”话语的一个核心语汇。据肖开愚后来的解释，他当初只是借此说明“经验”在写作中的意义：“中年的提法既说明经验的价值，又说明突破经验的紧迫性。”这一观念也反映在他当时的长诗写作中：“1989年，我回到在写作中去发现自己在现实生活中的经验的道路上”，其中就包括他“个人心目中的史诗”《公社》。[①]从80年代末到整个90年代，“经验”都是非常重要的诗学概念。比如，王家新90年代初说：里尔克“促使我由抒情的表现转向经验的开掘和感悟”。几年后他阐述自己的长诗《回答》时也说：“‘史诗’(这里当然指的不是它在历史中的典范，而是指具有史诗性质的作品)乃产生于‘回忆’，史诗的主角乃是一种沉淀的经验、一种漫长的个人经历和集体经历即‘历史’而非诗人自己。”[②]这其中有两点值得注意，首先，对“经验”内容强调的同时也包含着诗歌如何处理“经验”的技术意识。在肖开愚这里具体表现为对“叙事的条件”的自觉：叙事不仅关涉“陈述句”的表达问题，更

---

① 肖开愚：《90年代诗歌：抱负、特征和资料》，见陈超编《最新先锋诗论选》，河北教育出版社，2003年，第338页；《个人写作：但是在个人与世界之间——肖开愚访谈录》，见西渡，王家新编《访问中国诗歌》，汕头大学出版社，2009年，第126页。

② 王家新：《冯至与我们这一代人》，载《读书》1993年第6期；王家新：《从一首诗的写作开始》，见《没有英雄的诗》，中国社会科学出版社，2002年，第21页。另参见王家新：《阐释之外：当代诗学的一种话语分析》，见《没有英雄的诗》。

关涉诗歌“综合的写作才能”（他特别讲到诗歌的“戏剧性”）。[①]其次，“经验”最终指向个人生命与历史主题的关联，由此，“史诗”接通了中国古代的“诗史”传统。[②]这是对80年代文化史诗观念的一次重大扭转，并使其最终区别于里尔克的“经验”和“回忆”概念。（里尔克说：诗不是情感，“诗是经验”。其中“经验”既指回忆也指对回忆的忘记，这也是他后来所说的那种“持续的转化”：“把可见之物变为不可见之物，后者不再依附于可见与可即的此在，一如我们自己的命运在我们心中不断变得既更实在又不可见”。90年代，臧棣曾对里尔克诗学有过准确阐述——尽管他的用语是“体验”而非“经验”。臧棣本人论诗也提到过“经验”，但用法更近于艾略特。后者的“经验”内涵偏重于“感情”和“感觉”，且强调“经验”转化为诗的途径和效果：诗是许多经验“集中后所发生的新东西”，“这些经验不是‘回忆出来的’，他们最终不过是结合在某种境界中”。[③]）

《公社》对事物和历史的观察分析更倚重个人的传记性经验，到90年代中后期的《向杜甫致敬》，诗歌中的经验展开在更加广阔的现实和历史视域内，视角选择变得从容、多元，思辨也呈现出更加自由丰沛的能量。《公社》的某些写作特征比如围绕“身体”展开的诗歌想象力，在此时也几乎发展为一种“诗歌修辞动力学”（这是肖开愚对古典诗歌中的“色情”功能的论断，此处借来论述肖开愚诗中的身体问题）。[④]在《向杜甫致敬》第七首中，“我”和“你”在苏州河边看着混杂的景物，

① 肖开愚：《90年代诗歌：抱负、特征和资料》，见陈超编《最新先锋诗论选》，第338页。

② 参见张晖：《中国“诗史”传统》，生活·读书·新知三联书店，2012年。

③ 里尔克：《布里格随笔》，见《给青年诗人的信》，上海译文出版社，2005年，第93—94页；《穆佐书简》，华夏出版社，2012年，第216页。艾略特：《传统与个人才能》，见《传统与个人才能（艾略特文集·论文）》，上海译文出版社，2012年，第10页。臧棣：《汉语中的里尔克》，见臧棣编《里尔克诗选》，中国文学出版社，1996年；《后朦胧诗：作为一种写作的诗歌》，见陈超编《最新先锋诗论选》。

④ 萧开愚（肖开愚）：《〈被克服的意外〉选章》，见《此时此地：萧开愚自选集》，河南大学出版社，2008年，第457页。

听到年轻人在小酒店热烈谈论着过时的美国故事：

我听不清，孩子的声音谁
听得清呢！六十年代制造的运粪船
突突驶来，我的阴囊重重地
挨了一脚：我知道你的后脑勺
热衷于挨拳头，你的肩颈和柔软
霉湿的思想肯定地偏向左边，
你信仰你的苏州河。它接纳
革命政策的大小便，本地老年机器的
勉强的分泌物。污秽它的清澈的
人面兽的贪欲单独为此负责。
就像我们的肠子，为百事可乐的
褐色苏打而排气，为年夜饭
而绞痛，电视节目为我们的舌头，
为腐败的味觉单独负责。多么好，
苏州河的蛇毒的舌尖舔着
我的鼻孔，舔吧！[1]

在肖开愚90年代初的《下雨》一诗中，“苏州河”还只是楼廊外的一小片历史风景（“这是五月，雨丝间夹着雷声，/我从楼廊俯望苏州河”）；[2]而此处它已被隐喻为一个巨大而残破的躯体，盛放着本地的（也许还有美国的——如果孩子们谈论的是美国六十年代的故事！）革命残

① 本文所引肖开愚诗歌，出自肖开愚诗集《动物园的狂喜》，改革出版社，1997年；《学习之甜》，中国工人出版社，2000年；《肖开愚的诗》，人民文学出版社，2004年。许多诗在收入《此时此地：萧开愚自选集》时有较大改动。

② 对《下雨》的分析，参见姜涛：《巴枯宁的手》，见《巴枯宁的手》，北京大学出版社，2010年。

余物。尼采说“只有不断引起疼痛的东西，才能留在记忆中”，[①] 某些空间的存在也属于城市之痛，顽固地提示着一些正被努力抹去的历史痕迹，它们是勒菲弗所说的城市空间中对城市本身构成“否定”和“揭发”的“隔离”性因素。[②] 某种意义上说，诗歌也是人类心灵中的这样一处空间，它承载着如肖开愚所说的某种特殊的“历史作家”的记述功能：“我像历史作家一样拘谨地处理材料，可是我的文字之间隐隐可见的，是历史作家要嘲笑的那种怪异的龟纹。[……] 我们没有神学。但是我们有类似神学的历史。无神论者的历史无法不是复杂的和鬼魅的。”[③] “怪异的龟纹”是历史秘传智慧的象征，是对纪念碑化的历史——它将历史凝结在“风景化”的彼岸——的瓦解。在其怪诞而野蛮的“兽”的形象中，也许预示着一种恢复人性的激烈力量，但也蕴藏着无法回避的困境——既指向消化历史的那种野蛮力量（或者，历史的自我吞噬的力量），也指向自我在历史交界处的恍惚。

权力“规训”身体的同时也为身体留下某些反“规训”的机会，就如“年夜饭”引起的“绞痛”无法覆盖记忆中“阴囊重重地挨了一脚”之痛。身体上的驯化标记未必那么简洁明了，倒是经常呈现出暧昧的面貌，当身体处于“色情”氛围时尤其如此。比如《向杜甫致敬》中的句子：“她的短裙迫使楼层的高度 / 低于美腿，她的睫毛 / 打开了备用的电力系统，/ 她的舌头弹射轻巧的炸弹 / 征服高耸的玻璃帝国”；“如果我需要她开口她就会说，/ ‘新牌子的啤酒爽口呢！’/ 如果我需要她坐下她就会说，/ ‘今天申花输给了大连。/ 今天晚上……’。”色情是语言的施为也是语言的退化，它以语言的增多表达了语言禁忌的深广。色情不把握对象，而是对象的悬空，是只将关系维系在想象和表达的瞬间。在色情中，禁锢与自由、激情与空虚、生产与耗损奇妙地扭结在一起，这本

① 尼采：《论道德的谱系 善恶之彼岸》，谢地坤、宋祖良、刘桂环译，漓江出版社，2000 年，第 40 页。

② 亨利·勒菲弗：《空间与政治》，李春译，上海人民出版社，2008 年，第 70 页。

③ 肖开愚：《个人写作：但是在个人与世界之间——肖开愚访谈录》，见《访问中国诗歌》，第 129 页。

身就是当代社会的“人间喜剧”：它不是禁欲的，也不是纵欲的（因此它甚至够不上“恶”的激情），它是时代精神的“半裸体的奇异性”（巴塔耶），是“一切都在寻求交换，希望相互逆转，并在某个循环中自我废除”（波德里亚）的饥渴症反映。[①]

“身体”在当代思想讨论中的意义，不在于它是祛魅工具，恰恰在于它是复魅的新领地。欧阳江河早在《1989年后国内诗歌写作：本土气质、中年特征与知识分子身份》中就已注意到了当时诗歌中的色情主题。他分析了1990年代政治话语和经济（金融）消长模式中的“色情”癖性，也揭示了色情话语作为“一种由来已久的倦怠，一种严重的受挫感”的历史转折期的含混氛围。[②]欧阳江河的判断已经表现出某种历史视野，如果放在整个“当代文学史”背景中，有关“身体”叙述的变迁将显现出更丰富的历史意味。蔡翔先生曾说：“在一种并不是最为严格的意义上，恰恰是在这一‘本能’或者‘欲望’的问题上，1980年代开始了它对这一总体性理论想象［五六十年代意识形态确立的“更高的原则”］的突破，甚至不惜夸大‘情欲’在人的历史进程中的作用。也正是在这一突破的过程中，个体被重新解放出来。当然，它也为这一解放付出了另外的代价。”[③]简单地说（冒着简化历史复杂性的风险），50—70代年代诗歌的空间想象通常遵循“以圆规改造地图”的乌托邦主义，[④]

---

① 乔治·巴塔耶：《色情史》，刘晖译，商务印书馆，2004年，第151页。波德里亚：《论诱惑》，张新木译，南京大学出版社，2011，第72页。

② 欧阳江河：《1989年后国内诗歌写作：本土气质、中年特征与知识分子身份》，见《站在虚构这边》，生活·读书·新知三联书店，2001年，第76—77页。

③ 蔡翔：《革命/叙述：中国社会主义文学-文化想象（1949—1966）》，北京大学出版社，2010年，第166页。另参见波德里亚的论述：色情的失度是“新阶级”的“庆祝的符号”，也是“徘徊在没落社会中的死亡符号的幽灵”；“阶级或社会的解体总是通过其成员个体的溃散以及（包括）通过某种把性欲当做个体动力和社会野心的传染病的真正蔓延来完成的”。波德里亚：《消费社会》，刘成富、全志钢译，南京大学出版社，2001年，第160页。

④ “像蚂蚁一般，一砖一瓦地、一代一代地、不易察觉地建设街区和街道的做法，将被按照地图和使用圆规的大规模的城乡建设所代替。”托洛茨基：《文学与革命》，刘文飞、王景生译，外国文学出版社，1992年，第233页。

80年代文化史诗中的身体神学是对上个时代革命话语的突破，但支撑它的“框架”依然来自上个时代的文化想象，个体解放也是聚集的革命能量的最后一次大规模爆发。90年代，以肉体痛苦、器官和污秽物形象出现的物化和自我贬损的身体地理学取代了身体神学。身体碎片上闪动着已然消逝的总体性精神的记忆，在肖开愚这里，它也是“生命的饥饿状态”——诗歌写作的起源力量之一——对于谵妄的历史时刻的隐喻。[①]《向杜甫致敬》第十首结尾处出现了“旋转的虚无的空间”，“飞碟”把人带入“强光的地方”：

> 也许就是机器里的房间，一种靠近真理的感觉
> 　迷糊了已经动摇的信心，
> 　　光晕和光斑，蝴蝶纷纷，
> 马上让我相信外星人的坏主意，
> 　在键盘上眺望他们的星球。
> 　　和我们的灵魂的天堂。
> 在我的房间里进行我的星际旅行。
> 　在我们的地狱，我们的银行，
> 　　抓住上帝之手是可能的。
> 而在夜总会，在我走神的当儿
> 　一位小仙女会在面前出现
> 　　把我带回我的房间。

《向杜甫致敬》中，“身体”作为“诗歌修辞动力学”分别衍生出不同主题或论题类型，它们在几个故事板块分别形成向心力，众多事物、细节和议论围绕这些中心运转。由此，肖开愚提供了一种不同于视觉主义和乐章模式的长诗结构方式，这也是他对现代汉语诗歌的一个重要贡

① 肖开愚：《个人写作：但是在个人与世界之间——肖开愚访谈录》，见《访问中国诗歌》，第129页。

献。但在上述结尾处，这一切事物和形象都处于变异的力量中，它们在眺望的瞬间翻转为虚拟空间的一个个表象。这是一派簇新的宇宙风景的诞生，是数字技术时代的崇高美学。真实与“仿真”，自然与技术，信仰与狂欢，上升与下坠，疆域与解域都处在对穿的运动中，个人和历史的经验在光学碎片中迷乱，时间绵延中的事物压缩在空间曲面上。它提供了“从历史的噩梦中醒来”（乔伊斯）的契机，[①] 但也像站到了神秘无边的视窗之梦的新入口：“啊，我崇拜海的蓝色，它的汹涌。/ 它使我们像鱼，像健忘症。”（《向杜甫致敬》第十首）它也许是一场有关未来的废墟的梦。

自我迷失在色情和数字技术的新境界中（就此而言，数字技术本身是色情性的）。但诗人也说：“从幽微与迷离找到自我和自我的影子，或能获得通向他人的起点。”[②] 先在的“他人”意识并非通向他人的有效道路，因为他人依然是“我”的授权对象。而“幽微与迷离”是意识和感觉从“我思”的认识论中挣脱出来的瞬间。正如《在公园里》一诗所叙述的“间歇”或“间隙”状态，它既牵涉诗歌形式塑造的破与立的辩证关系，也指向自我丧失的体验以及他人之可能性的问题。《在公园里》全诗如下：

> 今天，如愿以偿，下午四点，
> 靠在中山公园的长椅上，我深深地
> 睡了一觉。醒来感到若有所失。
>
> 并不是从那些打木兰拳的女人，
> 和那些踢足球的孩子身上，而是从我，
> 从我在草坪边睡觉的那个惬意的间歇，

① 乔伊斯：《尤利西斯》（上卷），金隄译，人民文学出版社，1994 年，第 55 页。

② 萧开愚：《相对更好的现实》，见《此时此地：萧开愚自选集》，第 426 页。

一些东西消失了。我从孕妇的肚子，
击球声，蝉声，和飞过公园上空的飞机的
嗡响中听到越来越多的间隙。

我曾经认为，天空就是银行
会失去它的财富，它的风暴，它的
空洞；但我，没有什么可供丧失。

我所有过的，在我看见的时候，
就不属于我。我所有过的，在我说话时，
就已经消失；没有形状，没有质量。

我甚至知道吹乱葬礼上哭泣的亲人的衣服的
并不是死者的呼吸，
和歉意。噢，不是。

这是一首为“间歇”赋形的诗。“间歇”对应的形象是孕妇的肚子、球、蝉、公园、飞机、天空、银行、吹乱的衣服，它们具有某种封闭形式或循环节律；但另一方面，它们本身又蕴含某种生长（“孕妇的肚子”）或突破（诸种声音如“击球声”“蝉声”“飞机的嗡响”）的趋势。第四、五节内容涉及对表达、言说的反思。（这只是笼统说法，进一步细读仍能分辨出两节内容针对的言说模式——尤其是它们处理自我的方式——的区别。）这里需要解释“银行”一词的用法。肖开愚在同时期的文章中曾用银行和货币词汇比喻诗歌写作（尽管语境与此处不同）。[①]《向杜甫致敬》结尾也出现过“银行”，代表相异事物之间空洞的兑换机制：“在我们的地狱，我们的银行，/抓住上帝之手是可能的。”这也算得上现代主义文学的一个偏僻传统，詹姆逊论述现代主义与金融资本的

① 肖开愚：《90年代诗歌：抱负、特征和资料》，见《最新先锋诗论选》，第333、335页。

关系时说：金融资本“能高高在上地生活在自身的内在共生状态之中，并在不援引旧的内容的情况下流通。”[①]就此而言，“银行”可视为对资本和消费时代纯诗的世故的绝妙比喻：“天空”作为纯诗想象力和意象类型的代表性符号，其功能在当下不啻非时间性的、不及物的、自转的，且可以从中不断提取美学利息的“银行”。最后一节，“噢，不是。”在语音上回应前一句的“并不是……”，并使整首诗的形式也即那个“间歇”形状更加完满（甚至“噢”的发音效果也回应了前面各种封闭形象）；但语义上它是对“我曾经认为”所统领内容（直到“……和歉意”）的否定。也就是说，“噢，不是。”最终反对了诗歌的“银行”美学，也肯定了“死者的呼吸和歉意”的真确性。

正是“死者的呼吸和歉意”吹开了闭合的生命与诗，并使其与外部的或记忆的世界勾连起来，这是一种列维纳斯意义上的“迫近的诗意”：“世界的诗意不可能与极其迫近或者说是邻人的极其迫近分开。正是由于感到了它们源于某个绝对他者，某些冰冷的、矿物质般的接触才没有由于被剥夺了这些温暖的感觉而凝固为一些信息。感到了它们源于某个绝对他者，这种感觉乃是感性的最高结构。”[②]诗意存在于对“他者”的伦理意识中，如对死者“呼吸”的敏感，或如列维纳斯所激赏的策兰的将诗歌视作“握手”的那种承诺，[③]而“间歇”传递的“幽微与迷离”也许正是“感性的最高结构”的别一种说法。但是“间歇”中的他者想象在肖开愚这里只是一种自我指涉的方式（如第二节中的表述：“而是从我，/从我在草坪边……”）；在另一篇文章中，他更将“间歇”引向深远的文化诗学传统：“中国诗人擅场颇多，其中之一是睡觉，浑然不觉

① 詹姆逊：《文化与金融资本》，见《文化研究和政治意识（詹姆逊文集·第3卷）》，王逢振译，中国人民大学出版社，2004年，第367页。另参见：“继马拉美之后，庞德把货币设想为一个象征价值系统，或者说一种语言。”（若纳唐·波洛克：《论埃兹拉·庞德〈诗章〉题目的分裂与解体》，见蒋洪新，李春长编选《庞德研究文集》，译林出版社，2014年，第284页。）

② 转引自刘文瑾：《列维纳斯与“书”的问题：他人的面容与“歌中之歌”》，生活·读书·新知三联书店，2012年，第219页。

③ 参见刘文瑾：《列维纳斯与“书”的问题：他人的面容与“歌中之歌”》，第313—333页。

时时过境迁，时过境迁时浑然不觉。醒来，是醒在啼鸟中间。这个心想境至的传统表明对人的厌烦。[……]诗于人，辞藻辐辏的信念所诱发的休息，就是从此时此地、从‘我’的倏忽脱离。”[①] 这一思路与传统诗学范畴如“物化”或“顿悟”的关联，使其与列维纳斯的“绝对他者”有了本质区别。（后者正如利科所论，不仅与自我保持“不对称性”，形象上也更近于“正义导师”；而利科本人则试图从“自身解释学”的进路证实“作为一个他者的自身”的可能。[②]）

“间歇”的他者意识归根结底指向自我，而“死者”，某种程度上讲，首先不是一个对象化的客体，而是自我作为有死者的“即生即死”的体验。[③] 这也与90年代后部分诗人对诗歌意义和诗人身份等问题的认识变化有关，肖开愚在《90年代诗歌：抱负、特征和资料》一文中陈述了某些变化趋势，比如：追求“新而合适”的形式，触及广泛的社会生活题材，写作由此“获得了一个广阔、往往以损坏的方式贡献活力的语境”。特别是针对80年代诗人的高蹈形象，90年代诗歌的“反讽”追求显示了某种自我抑制的愿望，“经验”“叙事”以及肖开愚特别谈到的诗歌“戏剧性”问题都与此相关。“戏剧性”需要更多样化的处理人称问题的方式，但又不仅仅只是一种修辞法，按肖开愚的说法，“戏剧性——很多人物的出场——将诗的舞台提供给了更多陌生的、新近出现在世界上与我们生存息息相关的东西”[④]。这一要求同样反映在他自己（张枣诗歌对此有更自觉的实验）的特别是长诗写作中。比如《向杜甫致敬》接纳了众多身份各异的说话者，形成某种类似小说中“复调”的叙事效果。[⑤] “复调”在巴赫金那里多指思想声音的丰富性，这对诗歌同样重要，但诗歌声音强调的重点毕竟不同。诗歌声音既与诗中捕捉和分

---

① 萧开愚：《安特卫普大学讲演稿》，见《此时此地：萧开愚自选集》，第393页。

② 保罗·利科：《作为一个他者的自身》，佘碧平译，商务印书馆，2013年，第281—283页。

③ 萧开愚：《安特卫普大学讲演稿》，见《此时此地：萧开愚自选集》，第394页。

④ 肖开愚：《90年代诗歌：抱负、特征和资料》，见《最新先锋诗论选》，第332、337—339页。

⑤ 巴赫金说：“复调”中主人公的他人意识“没有对象化，没有固定化，亦即没有成为作者意识的单纯客体。”M. 巴赫金《巴赫金文论选》，中国社会科学出版社，1996年，第4页。

析的声音形象有关，也与诗歌借助的音韵或音乐形式有关。此外，诗歌还在其情感和思想展开中生成某种内在的声音调性，它是说话方式和口吻本身构成意义隐语的声音，正如唐·伯德说的："诗歌的音乐就是声音开始意指事物的经历"。[①]《向杜甫致敬》中自我反诘的、克制到呈现出沉默属性的声音意味着，恰恰是这种声音构成了对杜甫的致敬。《在公园里》介于独白与交谈之间的、带着隐晦的自省气息的"中间语态"，使"死者"的时间－历史伦理显现为一种叙事的伦理。声音的"意指"也是声音的允诺，它以回忆的形式如同"死者的呼吸"那样重新在场，所以帕斯说，诗歌声音代表流逝但"又变成了一些清澈音节返回来的时间"。[②]

诗歌声音关联因素众多，这使其常常变得复杂而无法获得单一判断。但当我们说某诗人拥有自己的声音时，总是意味着在其诗歌中可辨出某种较稳定的音质。它既得自个人禀赋的创造，更是历史文化现象的一部分；因此，它的意义也需放在历史特别是同时代文化的主导声音类型中加以判断。许多诗人拥有自己的词语和语法系统，甚至也具备清晰的声音特征，但有时那声音仍像公共声音的巧妙再现。当代中国文学中流通的那种移情语调，常常轻易替换死者的道义位置，正如《向杜甫致敬》中评论的"幸存者"："那幸存者的委屈所控告的飘逸／构成了妖媚的判词，／'句法，风骨'，／简直就是稀泥。我恶心／你们发明的中国，慢速火车／缀结起来的肮脏国家，／照着镜子毁容，人人／自危，合乎奖赏。"臧棣90年代初曾说，幸存诗学是"从历史的诡计那里购买到发亮的诺言"，[③]相比较某些"幸存"诗歌的自我圣化语调（不是说"幸存"诗歌必定伪善或褊狭，而是书写的姿态太过轻巧），肖开愚在"间歇"中感知的"死者的呼吸和歉意"里包含更多内省的经验。尼采曾说"愧疚"是"被迫潜匿的自由本能"，且视其为现代人"非自然"处境的表

① 转引自查尔斯·伯恩斯坦:《语言派诗学》，罗良功译，上海外语教育出版社，2013年，第24页。

② 奥·帕斯:《批评的激情》，赵振江译，云南人民出版社，1995年，第48页。

③ 臧棣:《霍拉旭的神话：幸存和诗歌》，《延边大学学报》1993年第1期。

现。尼采的发现类似黑格尔在自我（反讽自我）构成中发现的“坏的无限物”或“精神上的饥渴病”。尼采为此推荐的拯救者正是“查拉图斯特拉”。[①]尼采思想和文风的健朗让人欣羡，但中国当代文化中“查拉图斯特拉”式的声音太过尖利，相较而言，肖开愚诗歌式的声音反讽在当下也许更值得听取。比如，同样是“火车”物象，它不只是“缀结”或通往某个目的地的工具，它也可以是将叙述者重新带入“怪异的龟纹”式的流动的、冲突的历史经验的媒介：“哪座车站的剪影闪现在啤酒/泡沫里，哪些人的灰色形象/就卷入苍白或漆黑的火车”（《向杜甫致敬》）；而同时期的《北站》中有如下句子：

> 我感到我是一群人。
> 走在废弃的铁道上，踢着铁轨的卷锈，
> 哦，身体里拥挤不堪，好像有人上车，
> 有人下车。一辆火车迎面开来，
> 另一辆从我的身体里呼啸而出。

“北站”与“苏州河”相似，是中国近现代历史多重经验和记忆的交叠场地，只是它的荒芜本身更具寓言意味（按原比例缩小建成的博物馆耸在原址，历史的微缩景观也许恰好说明了那段历史本身在当下的含混处境）。与此对照鲜明的是身体场地的拥挤，“我是一群人”并非认识论和心理学层面的自我分解，诗中画面暗示了那“一群人”的社会身份：“在附近的弄堂里，在烟摊上，在公用电话旁，/他们像汗珠一样出来。他们蹲着，跳着，/堵在我的前面。”由此，身体（主体）地形图的剥蚀和分裂最终只是历史和社会的剧烈变革的表征。这群人“他们哼着旧电影的插曲，/跨入我的碗里”，“他们聚成了一堆恐惧”。诗中的人物群像确实像旧电影的定格画面，这是对曾经和现在的双重记忆的虚构性

---

① 尼采：《论道德的谱系 善恶之彼岸》，第63、71—72页。黑格尔：《逻辑学》（上卷），杨一之译，商务印书馆，1996年，第137页；《美学》（第一卷），朱光潜译，商务艺术馆，1996年，第83页。

的警觉，也是对叙事本身的自反意识；进一步说，它警示：作为绝对他者的逝者世界同样构成了对主体的询唤。但另一方面，电影介质的暧昧性（电影的灵韵），又使每一帧画面的姿态从过去的时间跃出，仿佛那姿态中尚有未被耗尽的、吁请着未来作出某种因应的激情元素。它们是时间中的一个个“间歇”但依然保存着有关事物和意义的踪迹，是虽被指认为失败但“总是要到来或复活的鬼魂”（德里达）。[①] 因此，重叙并非为了澄清真理并寻获情感平衡，更不是政治立场的选边站，而是要将它们持续地带入思想和意义的争执中。叙事象征性地构成了死亡的延缓（另一些时候则可能是死亡的象征），这正是诗歌向未来承诺（作为幽灵返回的写作本身）的一种规划的力量。“正如波浪是一种力量而非它所构成的水”，史蒂文斯说，“它是想象返身压向现实的压力。它似乎——在最后的分析中——与我们的自我保护有关；而那，毫无疑问，就是为什么它的表现，它的词语的声音，有助于我们生活我们的生活。”[②]

---

① 德里达：《马克思的幽灵：债务国家、哀悼活动和新国际》，何一译，中国人民大学出版社，2008 年，第 97 页。

② 史蒂文斯：《必要的天使》，见《最高虚构笔记：史蒂文斯诗文集》，陈东飚、张枣译，华东师范大学出版社，2009 年，第 300 页。

台湾诗人夏宇的装置诗学

刘　奎

1995 年，夏宇（本名黄庆绮，1956—　）出版了诗集《摩擦，无以名状》，当时台湾三大副刊之一的《联合晚报》分两次集中刊发了该诗集的 45 首诗。然而，在白灵所主编的《八十四年诗选》（1995 年年度诗选）中，不仅没有收录夏宇的诗歌，而且还在编选说明（即《诗的梦幻队伍——〈八十四年诗选〉上场》）中介绍了选编的过程及不选夏宇诗作的原因："联合月刊在第一二六、一二七中刊出了夏宇的四十七首诗，刊载篇幅之长，可谓少见，本年度诗选在初选及复选过程时，均选了她其中的两首，最后编审会议上也遭与会编委讨论、投票后删除，'对既有语言规则怀有恨意，蓄意破坏''经常形成一堆无意义的文字'是对她近年若干诗作的评语。"[①]

如果说此事对夏宇本人有影响的话，那么只是让她的"恨意"变本加厉而已；但对于评论界的影响则较为明显，甚至可以看作一个小小的事件，之后被评论家一再提及，以此作为将夏宇离析出现代派、划归后现代的例证。因为夏宇本从现代派阵营起家，她 1970 年代末即在《蓝星》《创世纪》等现代派诗风明显的刊物上发表作品，她的成名也与张默等现代派诗人的肯定有关，并曾获得《创世纪》创刊三十周年诗创作奖。因此，现代派色彩浓厚的年度诗选对她的否定，确实形成了风格判断的一个标准。

就目前的研究来看，无论是从现代诗学出发对夏宇的批评，还是后

---

① 白灵：《诗的梦幻队伍——〈八十四年诗选〉上场》，《八十四年诗选》，第 6 页。

现代诗学对她的接纳，大都是从语言层面着眼，如“语言诗”或“达达主义”等，这都为夏宇的诗美学找到了阐释的空间。问题是，夏宇的诗歌创作，并不仅仅关系到语言，而是一种全方位的变革。如《摩擦，无以名状》的制作，其写作方式是剪贴，而且剪贴的是自己的诗集《腹语术》，而她诗集的制作也颇具匠心，这使得夏宇的实验带有强烈的行为艺术色彩，尤其是具有装置艺术的美学特征。因此，要考察夏宇的“匠”心何在，或许需要引入艺术，尤其是装置艺术的视角。

引入装置艺术的概念，不仅在于夏宇诗歌本身越出了诗歌轨范，将语言、设计与实践结合起来，也在于其背后美学理念的一致性。同时这也具有方法论意义，装置艺术为我们提供了一个视角，可以对现代与后现代这种非此即彼的诗歌阐释略作反思。另外，这也将那些为诗学所遮蔽的部分，如诗歌的拼贴、诗集的制作等行为，纳入了考察范围。笔者所关心的核心问题是，夏宇如何“制作”诗歌，及其内在的美学机制问题。

一、如何制作诗歌 / 诗集

还是从《摩擦，无以名状》说起，这部诗集无疑让当初的评论者颇为绝望，因为在第一部诗集《备忘录》中，夏宇就已经开始挑战公众的阅读趣味，如《社会版》与《歹徒丙》，前者是一幅“无名男尸招领公告”，后者则是一幅漫画头像。简政珍在《夏宇论》中，对此采取忽略不计的方式，按他的说法：“整本诗若除掉两‘首’有图无文诗的《歹徒丙》和《社会版》外，计五十首”[①]，从而剥夺了其“诗格”。就这两首诗来看，图案与文字并不混淆，作为普通插图对待未尝不可，但既然列入诗集目录，至少表明夏宇是将图案作为诗歌来设计和理解的；到 1991 年的《腹语术》中，图案便不再是点缀式的，而是作为意符，参与了诗

① 简政珍：《夏宇论》，见简政珍、林耀德主编《台湾新世代诗人大系》(下册)，书林出版有限公司(台北)，1990 年，第 525 页。

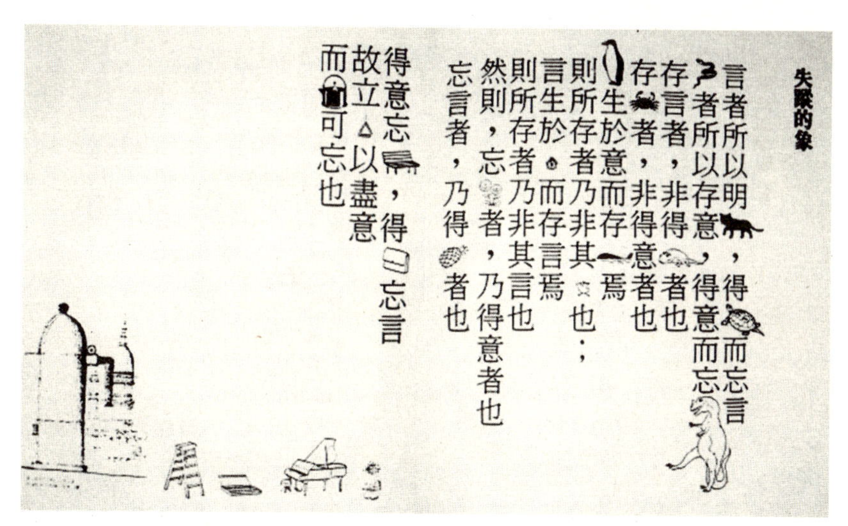

图 1　夏宇《失踪的象》(1989)

歌意义的生产，对阅读的线性时间和意义的生成都有阻断作用，如《失踪的象》一诗（见图 1）：

该诗选录王弼《周易略例》之《明象》篇，但夏宇将其中的“象”字全部用动物图案替代，因此题为“失踪的象”，更有意味的是，图案中也未选择大象的图案，这应该算是双重的失踪。

虽然夏宇的实验对读者的阅读趣味构成了挑战，但这类实验性强的诗歌在《备忘录》与《腹语术》中毕竟还是少数，《摩擦，无以名状》则不一样，这里的实验不再是个案，而是一种全方位的规划和设计。这部诗集也为夏宇带来了“拼贴”的名声，因为该诗集是夏宇从上一部诗集《腹语术》中剪贴而来的。

夏宇的诗集基本上都由自己设计，在设计《腹语术》时，她原本设计了一种大开本，最终这种开本只印行了一百册，且基本上未进入发行渠道，后来夏宇就将其中的文字剪开，重新拼接，组装了 45 首诗，这就是《摩擦，无以名状》，印制时又采取了影印的方式，从而保留了剪贴的人工痕迹。限于材料的有限性，这部诗集不仅是反抒情的，也是反叙事的，如论者孟樊所指出的：“当中收录的四十五首诗作，除了少数

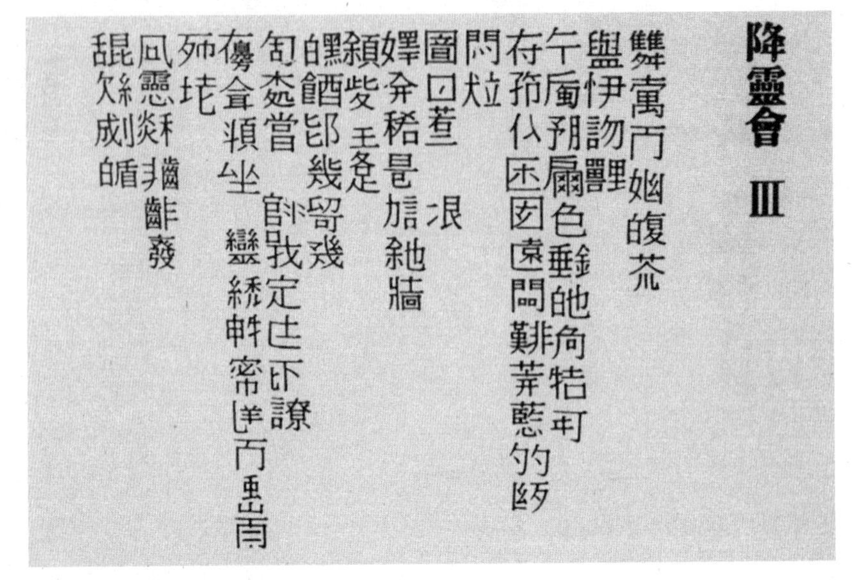

图 2　夏宇《降灵会 Ⅲ》(1990)

作品（如《夏天的印象在冬日的手记中翻涌》《要求举例》《回顾的惋惜》《春天的夜晚》《一件黄色的雨衣》《饱》《秘密结社》《舌头》等）可以找到较为清晰的叙事线之外，多半的反叙事诗作显现的都是一堆飘忽的意符"①。

这意味着夏宇形式层面的实验，对传统诗学的情感和意义的生成与传达机制构成了挑战，而与普通的文体或语言创新不同，她自限了她的方式和素材，这使得她的写作更像一次表演，一次行为实验。而她的诗歌，也与同时期的装置艺术风格形成了某种巧合，或者说对话性，如收入《腹语术》的《降灵会Ⅲ》（图 2）一诗就与大陆装置艺术家徐冰的《天书》（图 3）颇为相似：

二者都是利用了汉字的结构特点，将常见的部首重新组合，生成了全新的汉字。不同的是，徐冰将其做成了书的形式，《天书》的命名也

① 孟樊：《夏宇论——夏宇的后现代语言诗》，见《台湾中生代诗人论》，杨智文化事业股份有限公司（台北），2012 年，第 280 页。

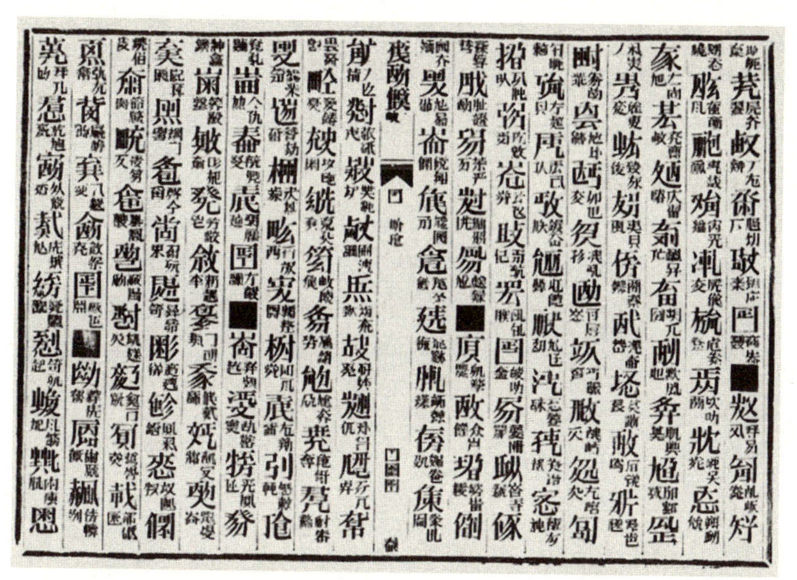

图 3　徐冰《天书》(1987)

颇有意思，即表明这些字无法读解，也带有一些神秘的意味，让人想起“仓颉造字鬼夜哭”的故事，因而凸显了“造”的行为意义；夏宇则将其组装为诗的形式，诗题《降灵会》也带着神秘感，但较之徐冰之书的庄严，夏宇的作品则带点妖气，这是其女性特质的独特性所在。但二者在重新组装汉字、挑战既有的汉字意识这一点上又是相通的。

除了制作诗歌，夏宇更喜欢制作诗集。她的诗集大多是自己设计的，对于她来说，诗集并不仅仅是诗歌的载体，而是与诗歌文本同样重要，正如鸿鸿所指出的：“夏宇的诗不言志，诗集却言志”①。因此，夏宇如何制作诗集，也是她装置诗学的一个重要部分。就《摩擦，无以名状》来说，她尝试了传统的毛边本，即不切边，阅读时需要读者动手裁剪，看起来颇为古雅；同时又采用了大开本，与时尚杂志颇为相似，但封面却杂乱排列着字体大小不等的诗题，较之时尚杂志的通俗，又带有浓厚的实验色彩。这种杂糅风格不仅与时下所谓的诗集不同，与毛边本

① 鸿鸿：《没有前戏，只有高潮——读夏宇〈粉红色噪音〉》，《诗歌月刊》2010 年第 3 期。

的传统文人情调也大异其趣。而这种风格在她接下来的诗集《salsa》与《粉红色噪音》中则更为极端:《salsa》依旧是毛边本,但册页则故意装得参差不齐,看起来如文件夹中的一摞草稿;《粉红色噪音》的特点可借用鸿鸿的感受和描述:

> 《粉红色噪音》则更"变本加厉",完全用透明塑料片,以粉红色和黑色油墨交替印出三十三首中英对照的诗,页页字迹迭复,全书看来像一块内藏无数密码玄机的半透明版,翻阅时且会产生静电。必须在页面下插一张白纸(或任何图案的垫板)才可能阅读。就跟前两本要求读者边读边裁一样,这本书也继续要求读者的互动参与才能"进行"阅读。[①]

除此之外,或许还应该加上没有页码,这都与我们所见的传统意义上的诗集不同,也与我们既有的版本概念不同,夏宇将"副文本"提高到了与正文本的同等高度,同时,这也直接影响到阅读的方式、进程和感受。

除了诗歌写作与诗集设计等具有装置意味外,夏宇对装置艺术的兴趣也可从她的阅读和经历中找到实证。夏宇对装置艺术并不陌生,她在诗中就曾直接引用马塞尔·杜尚(Marcel Duchamp,台湾译为杜向)的话:"善于引述的猪肝色/幽灵体贴地再度为我们引述一段话作为结束,/马塞尔·杜向,关于,就是关于厌烦:/'偶发艺术将一种前所未有的元素/引进艺术里:厌烦。/故意做一件使人感到厌烦的事/这个观念是我从来没想到过的/真可惜。/这是个很美的意念。'"[②] 杜尚是现代装置艺术的鼻祖。

除此之外,身处巴黎的经验,也为夏宇近距离了解西欧艺术提供了机会,她有一首较长的诗《梦见波依斯》,描述了她所参观的博伊斯

---

① 鸿鸿:《没有前戏,只有高潮——读夏宇〈粉红色噪音〉》。

② 夏宇:《降灵会Ⅱ》,见《腹语术》,现代诗季刊社(台北),1997年第2版,第44页。

（Beuys，台湾译为波依斯）装置艺术展。博伊斯是 20 世纪后半期著名的装置艺术家，夏宇的这首诗以博伊斯的生平和装置艺术展览为对象，且有与之对话的性质，博伊斯的装置艺术无疑对诗人有所触动，如诗中就重点描述了博伊斯 50 年代的一件装置艺术："1959 年，你构想中的一个作品 / 是想像一个'进不去的工作间' / 但看起来你什么也没做 / 把一个梯子搬到另一个地方 / 爬上去——爬得很慢——站在上面一下下 / 又爬下来把一个什么东西用毛毡 / 包起来把一块冷冻油脂放在膝背 / 压扁突然逼近镜头"。夏宇于 1994 年夏参观了巴黎蓬皮杜中心举办的博伊斯装置艺术作品展，并在她的诗中融入了"装置"的经验。

或许对于夏宇来说，写作的过程与装置艺术的设计，从本质上就有相通的地方，她确曾构想过一个装置艺术：

> 我构想的一个装置作品，20 世纪初期巴黎氛围的密闭房间，四壁钉着隔音软木，垂下厚重蓝色帷幔，玛德兰饼和椴花茶的气味在幽暗中浮动着，投影机软木墙上分别投现两件文本，一件是原文的普鲁斯特 A la Recherché du Temps Perdu，另一件则是翻译软体同步进行的中文自动翻译。那会不会是一个无与伦比的极端壮观的每一行都自行毁灭重生的普鲁斯特？[①]

用自动翻译机将普鲁斯特的《追忆似水年华》翻译为中文，得出的可能是一个完全陌生的文本。其实这不仅是她的构想，她也付诸实践了。她曾写过一首题为《她沉睡如一双木鞋》的诗：

> 她沉睡如一双木鞋
> Elle dort comme un sabot
>
> 她演奏得很烂像一双木鞋

① 夏宇：《问诗——语言谋杀的第一现场》，见《粉红色噪音》，无页码。

Elle joue comme un sabot

一眼就被看穿她穿着
Je l'entends venir

她的木鞋
avec ses gros sabot[①]

诗末有注："sabot 木鞋；整块木头中心挖空成鞋状 / 另有熟睡工作拙劣被看穿之意 / 此诗四行取自法汉词典皆寻常用法"[②]。这实际上是利用 sabot 在翻译中的不同意义，形成诗的张力效果。由此可见，装置艺术的方式之所以能生成诗歌，或诗歌具有装置艺术性，其结合点在于内在的审美机制。

二、美学的"装置"

夏宇诗集与装置艺术之间的这种关联所在多有，除了上文所探讨的装帧、设计等物理层面外，更重要的是夏宇诗歌在思维特征、美学机制等方面所具有的装置性。装置艺术是战后西方的主流艺术，是基于雕塑、建筑、诗歌与音乐等传统艺术的方法，同时又完全在打破这些艺术门类的基础上生成的，具有"场地性""参与性"与"实验性"三大特征[③]。而研究者尤其强调的是装置艺术的参与性，正如论者所指出的："传统艺术形式将观众想象为非具体化的观看者，他们要隔着一段距离来审视作品，装置艺术则预先考虑到观赏者的具体性，并将观众的触

① 夏宇：《沉睡如一双木鞋》，见《Salsa》，第 124 页。

② 同上书，第 125 页。

③ Claire Bishop，*installation art*，London：Tate publishing（2005），p.6.

觉、味觉和听觉提高到视觉的同等水平"[①]。朱莉·瑞斯甚至认为，只有观众的参与才能使艺术最终完成[②]。而对于夏宇的诗歌来说，其装置诗学的特征，除了上文所述，在制作诗歌、诗集过程中的实验性以外，更为重要的则是他对读者参与的重视。

对读者参与的要求，首先表现在她的写作方式上，拼贴使她可以毫无逻辑地将不同意象并置起来，形成一种颇为晦涩的诗风，如《八项》便是八个意象的拼贴："四月微冰的海水/昔日谈情的楼窗/粗糙的折磨/看电影的人/每一个人的分配/我的自私/长久的睡眠/反对着彼此的光"[③]。夏宇这种风格与波伊斯的装置艺术同出一辙，波伊斯装置艺术的最大特点便是将不同的物品进行陈列，如将草、木头、玻璃瓶、金属等物品任意摆放到一起（如图4、图5）。

这种制作装置艺术的方式，也转化为了夏宇的诗艺，她在《梦见波依斯》一诗中，便用诗歌的形式模拟了博伊斯艺术的组织："这个午后乃是稀有当我/站在一面大窗漏进的光里与/所有你的物品相遇//我承认我的确被迷惑。这些石块木板/蜡烛瓶子锡罐电线电池雪橇/干草麻绳。变压器。电话机。/布偶。脚架。水桶。提琴。/我凝视一个衣架一个纸箱/纸箱里一块油脂油脂上插着/温度计它们可是/你那简洁疏离而又戏谑的/灵魂转世——但尽可能地/予以改装和倒置以绷带和熨斗的方式/出现//就这样我走过那架被包起来的钢琴"。仅仅将物转化为词，便生成为诗中的意象；从诗美学的角度来看，这生成的是一种独特的图案诗学，而语言的线性与图案的平面毕竟不同，这便要求读者转换阅读习惯。除了拼贴词语，她还拼贴句子，如其《十四首十四行》，不仅每首都极为晦涩，而她的实验性更在于，她将十四首十四行的诗题组合起来又形成了一首新的十四行，因而总计是十五首。

---

① Claire Bishop，*installation art*，London：Tate publishing（2005），p.6.

② Julie H. Reiss，*From Margin to Center: The Spaces ofInstallation Art*，Cambridge：MIT Press（1999），P13.

③ 夏宇：《八项》，见《摩擦，无以名状》，无页码。

图 4　Joseph Beuys，untitled Ⅱ，MOMA，刘奎摄

图 5　J. Beuys，untitled Ⅳ，MOMA，刘奎摄

同时，她确实有意地“破坏”句子的结构，追求一种过渡的精简化，如她的《耳鸣》一诗，该诗结尾的诗句为：“在这样的下午 / 这是譬如的第 6 次方 / 有人呼唤我的名字 / 遗失三颗纽扣”①。分开来看每句都不难解，并置在一起却不容易参透，原来，夏宇是故意将其中的连接词省略了，她自陈道：

> 这样的两个句子“有人呼唤我的名字”和“遗失三颗纽扣”，一个绝大的诱惑是找一个“像”字把它们连在一起让它们“产生意义”。我必须承认意义是极端恐怖的诱惑。意象尤其是。最后我以我终究不是一个画画的来自圆其说，意思是，我实在无能抗拒这些诱惑。
>
> 这也是它们最后被当做一本诗集看待的原因，而不是一本画册。
>
> 但是最后我还是把“像”字拿掉了。②

对意义的抗拒，使她的实验看起来不仅不是对读者的召唤，反而是对读者的拒绝。但如果从读者主体性的角度来看，只有在阅读过程被打断、意义的接受产生障碍时，读者才会抬头思索，从而意识到作者、文本与读者各自的独立性。

至此，一个不可回避的问题是，无论是夏宇诗作本身的晦涩，还是她对意义的拒绝，这并非装置诗学所独有。尤其是她从语言层面对诗句进行的诗学处理，现代诗学或后现代诗学完全可以应对，如论者陈义芝将其描述为“达达主义”便不无道理③，与博尔赫斯等人所实验的极限主义也不无相似处。实际上我们从更熟悉的象征主义或意象派诗学对此也能进行解读，如夏宇故意去掉连接词，这其实是现代派诗人的熟套。如上世纪 40 年代朱自清便曾指出，象征派为了表现微妙的情境，而采取了“远取譬”的方式，而“所谓远近不是比喻的材料而指比喻的方法；他们能在普通人以为不同的事物中间看出同来，他们发现事物之间的新

---

① 夏宇：《耳鸣》，见《摩擦，无以名状》，无页码。

② 夏宇：《逆毛抚摸》，见《摩擦，无以名状》，无页码。

③ 陈义芝：《声纳：台湾现代主义诗学流变》，九歌出版社有限公司（台北），2006 年，第 204 页。

关系，并且用最经济的方法将这些关系组织成诗；所谓‘最经济的’就是将一些联络的字句省掉，让读者运用自己的想象力搭起桥来。没有看惯的只觉得一盘散沙，但实在不是沙，是有机体"[1]。这未尝不能用来解释夏宇的《十四首十四行》或《耳鸣》。此外，上世纪初庞德等人的意象派实验，也早就提出"直接处理'事物'"，"绝对不使用任何无益于呈现的词"等诗学理念[2]。

装置艺术所强调的参与性，与诗学视域中的读者反应理论之间的这种内在一致性，并未取消装置艺术美学的独立性或有效性，它恰恰提醒我们注意现代艺术的内在联系。就夏宇诗歌来说，这要求我们在关注其后现代特征的同时，也要注意其与现代诗学的深层联系，也就是说，她很多看似后现代的艺术风格，其背后的美学理念可能是现代的，而现代与后现代显然也不是一种简单的时序更迭，也可以是两种并存杂糅的美学风格，而装置诗学的方法论意义，正在于它能超越现代与后现代的分野，从这种杂糅中发现夏宇诗学的独特性。

那么，夏宇装置诗学的独特性又是什么呢？夏宇的试验并不止于语言形式，从美学理念层面调动读者，她的方法更为粗暴，也更为直接。读者在进入阅读、理解的环节之前，或许已遭遇了装置的挑战，正如上文所引鸿鸿的话，夏宇的诗集要求读者的互动参与才能阅读。对读者参与的召唤，不仅是接受美学层面的期待心理，更为重要的是实践行为，对读者阅读行为的重视是夏宇的自觉追求。她除了借鉴毛边本这种传统方式以外，还创造了一种新的方式，这就是2011年出的《诗六十首》，该诗集封面有纯白与纯黑两种，但如果将表层涂料刮开，则又会露出另一种黑底白字的封面。这对有版本收藏癖的人来说，可能要面临失去初版本或无法观看底面的两难，或者只能买两本，这对读者既有的版本意识构成了冲击。

---

① 朱自清：《新诗杂话》，生活·读书·新知三联书店，1984年，第8页。

② F. S. 弗林特：《意象主义》，见彼德·琼斯编《意象派诗选》，裘小龙译，漓江出版社，1986年，第150页。

其诗歌的装置性，也体现于具体的写作过程，她自己就曾用“组装”来形容自己“写作”《salsa》的经历：“修改润饰排列装置直到每一个片段找到它们最好的位置有些片段不停地走远迷路到了最远变成另一首诗”[①]。对夏宇诗歌评述较多的鸿鸿，最早将夏宇的诗歌创作与装置艺术联系起来：“的确，至今没有人像夏宇那么在意作品表现的‘舞台设计’，但这并不代表她重视设计就轻忽文字内容——这种形式/内容的传统二分法，委实无法应付夏宇的创作。应该说，印刷形式是她文字创作的延伸，一本成形。这种概念相当接近行动艺术和装置艺术。”[②]在鸿鸿看来，夏宇的版式设计、形式实验与她的诗歌创作理念是一体的，是类似装置艺术的综合艺术，应该结合起来全面考察。

综合性或许是其装置诗学的一个突出特征，这不仅是指从诗集的版本、装帧到阅读行为，也在于阅读理解的过程与方法之中。夏宇除了要求读者裁剪册页这种基本的参与外，更为重要的是呼唤精神参与，要求读者参与到文本意义的生产过程之中。如《摩擦，无以名状》，诗人就要求“把字当音符当颜色看待”[③]，《粉红色噪音》则把颜色与声音融入诗歌中，这不仅是对传统的阅读观念的挑战，更为重要的，是读者需要综合调动官能，才能真正理解诗歌的意义。

读者参与文本意义的生产，这更集中地体现在其诗作的未完成性上，这也是夏宇装置诗学的核心。如早期的《连连看》一诗，学者多从形式层面加以解读，其实这也可看作一首“未完成”的作品，等待着读者去“连连看”。如果从接受美学的角度看，这正是简政珍所说的空隙美学[④]，空隙美学通过留白给读者留下想象的空间；也是孟樊所说的“要读者来参与文本的游戏”，[⑤]只是孟樊更强调这种形式的反叙事性及其与

---

① 夏宇：《后记》，见《Salsa》，唐山出版社（台北），2011年第2版，第142页。

② 鸿鸿：《没有前戏，只有高潮——读夏宇〈粉红色噪音〉》。

③ 夏宇：《逆毛抚摸》，见《摩擦，无以名状》，无页码。

④ 简政珍：《台湾现代诗美学》，杨智文化事业股份有限公司（台北），2004年，第171—172页。

⑤ 孟樊：《夏宇论——夏宇的后现代语言诗》，见《台湾中生代诗人论》，第290页。按：游戏说，简政珍在《夏宇论》一文中已论及。

后现代“语言诗”的关联；而笔者更重视这种形式所带来的诗学革新，尤其是它所形成的互动式阅读对理解夏宇诗歌的意义，以及它所带来的认识论角度的启示。即这种参与性不仅打破了作者的中心意识，也与对版本中心的反思一致，都质疑了原作中心主义，读者不再是被动的体验者，而是以更为积极的姿态参与到意义的生产中，经由参与性阅读有可能生成所谓的“交互主体性”（intersubjectivity）。

这种未完成的形式除了“连连看”式的游戏形式，还有一种诗句的选择性组合，如《摩擦，无以名状》中的《跳舞，到死为止》：

（不）特别想虚掷
并（不）知道传递
（不）做任何辩解
（不）证明颠覆
（没）有办法再画那些对角线
（不）想软软下陷
（不）能凶猛
彻底地（不）感觉不忠
（永远不）寄出入场券
（完全不）把帽檐拉低
（不）能拴着
永远（不再）又开
（不）喜欢（不）寻常
（不）想侵入
（不）能贴上书签
（制止）转弯
也（不）流下
（不）反对早起
（不）能相遇
（避免）再见

这首诗看似已经完成，但当我们开始阅读时，却发现每一句都有两种完全相反的选择。因而，如果从排列组合的角度看，这首诗的可能性要远远大于《连连看》，而不同读者的不同选择，无疑也会创造出完全不同的诗歌。

三、装置视域中的拼贴

夏宇诗歌的装置性，很大程度上是由拼贴造成的，这也为她赢得了拼贴诗人之名，在学者的研究中，拼贴大多是一个负面的词汇。它给人的印象往往是消费性的，是对既有价值的耗损而非创新，尤其是随着网络与个人电脑的普及，复制加粘贴变得极为容易的前提下，拼贴也成为消费时代的文化症候。但如果先搁置这种价值判断，而是将拼贴作为装置诗学的创作行为，那么，夏宇的拼贴又有何特性，对诗歌写作创新有何贡献，而这种消费性行为又是如何产生诗意的呢?

夏宇将拼贴作为一种制作诗集 / 诗歌的方式，始于《摩擦，无以名状》，她拼贴的是前一部诗集《腹语术》; 后来在《粉红色噪音》中，则开始直接剪贴广告传单新闻等。但有意思的是，无论是剪贴的手工业形象，还是将社会新闻引入诗中，都使她的拼贴与普通的复制不同，与其说她是在拼贴，毋宁说她以拼贴的方式中止了拼贴。她的很多诗歌因带着手工的痕迹，因而无法再次复制，如《摩擦，无以名状》的影印文字，《降灵会》中的组合字均是如此。其背后的美学机制，正如她的《疲于抒情后的抒情方式》所显示的，带有反抒情的抒情意味; 而她对读者参与、对写作印记的保留，更像是以后现代的姿态，去完成她现代主义的乡愁。《摩擦，无以名状》序言所展现出来的，就是一个身处消费时代的感伤抒情形象，因此，拼贴对于夏宇来说，反而是她对社会事件做出选择与回应的方式，她以拼贴的方法将劳动和自我的印记带回到写作和阅读现场，甚至要求读者也参与进来，同时，她的方式看似对社会事件和历史价值的消费，但经由她组合、装置，这些破碎的文本（社

会事件 / 个人情绪 / 字词）却重新生成了诗意。玩世不恭与积极参与、手工制作与大众消费之间的杂糅，是拼贴所带来的多元复合的主体姿态和美学形式。

拼贴除了体现于剪贴复制外，还在于其诗歌的跨文体特征，《Salsa》中收录了两首长诗：《排队付账》与《带一篮水果去看她》，这两首诗既可以看作极浅白的叙事诗，也可看作独白体小说（夏宇曾翻译自白风格极为明显的诗人西尔维娅 · 普拉斯 [Sylvia Plath] 的诗歌），如《排队付账》是叙事者在超市排队时看到前面一个人而产生的幻想，而《带一篮水果去看她》则记述了一次爱情经历。这两首诗叙述清晰而不晦涩，更类似小说而非诗歌，但夏宇不仅以诗歌的形式排列，而且还以分行的间隔号“/”对全文进行断句分栏，使之看上去更像一首诗，如《带一篮水果去看她》的起始部分：

> 今天我去一个地方有人告诉我下次不要再来了 / 我告诉他反正我也不想去了 / 有人会去但那是另一回事 / 我回到租来的公寓蒸一条鱼 / 一个朋友来和我一起吃鱼 / 吃完鱼他说他最近不好 / 丢了工作 / 又错过一班火车南下找工作 / 那些工作都花力气花精神花光所有的存在他说 / 然后你就分期付款买房子和买车子然后找到一个女人 / 你们生一些小孩小孩长得太像你不好意思不像你也不好意思[①]

从形式上看，它具有双重的诗歌形式，整齐的方块与分隔符，但它完全是叙事的，而且“缺乏”诗意，是流水账似的记录，即使从叙事的角度来看也不算高明，这就让人不得不对诗歌文类的概念存疑。由跨界而反思既有的文类与文化秩序格局，正是装置艺术的美学政治。夏宇不仅打破了既有的文类格局，而且也将不同的风格杂糅到一起，如语言创新与陈词滥调（cliché）的融合，崇高与媚俗（kitsch）的并置，都生

① 夏宇：《排队付账》，见《Salsa》，第 126 页。

成了一种不无张力的反讽美学。如《颓废末帝国Ⅱ——给秋瑾》一诗：“不无互相毁灭可能的华尔兹 / 如你的革命 // 我发现我以男装出现 / 如你 // 舞至极低 / 极低的无限 // 即将倾倒 / 一个溃烂的王朝 // 但我只不过是雌雄同体 / 在幽暗的沙龙里 // 释放着华美 / 高亢的男性”，诗末有注“秋瑾奔走革命 / 偶以男装出现”[①]。熟悉音乐的夏宇在这首诗中采用了二重奏的方式，秋瑾的革命形象与自我的舞蹈形象交互映现，崇高与世俗的这种组合，产生的是一种美学上的奇观。

以拼贴的方式并置媚俗与崇高，是装置诗学反叛既有意识形态的政治意识，是对崇高诗学的反叛，这既可以解读为放逐乌托邦想象的后现代精神，同样也可解读为夏宇对 1987 年解严之后台湾社会心态的书写。这在《Salsa》一诗中体现得更为明显，诗中她将切 · 格瓦拉（Che Guevara，1928—1967）这个革命符号、“解放南美”的政治口号与杰克 · 凯鲁亚克（Jack Kerouac，1922—1969，台湾译为加洛克）这个垮掉一代的代表人物引入诗歌，同时又以蒙太奇的方式将作为 T 恤头像的切 · 格瓦拉引入，从而将革命理想的剩余激情与时下的流行文化奇妙地结合起来。正如她诗中的秋瑾既不是为了革命也不是为了女权，切 · 格瓦拉的神圣性也让位给了诗人的世俗想象：“像许多女人会爱上的切 · 格瓦拉说的 / 我穿上印有他头像的 T 恤睡觉 / 对那种再也爱不到的男人只能如此 / 真想去摸摸他的头发 / 替他点一根烟 / 为他找治气喘的草药”[②]。诗人对革命与日常生活的这种拼贴与混淆，不仅颠覆了革命叙述中的英雄形象，而且对革命叙事本身有所批判，是台湾解严后的时代症候。

如果说对于崇高美学，夏宇的应对方式是将日常生活与革命叙事、世俗与崇高并置，这种拼贴的轻松姿态，不仅生成了一种审美上的奇观，也达到了瓦解政治意识形态之重的目的；那么，在解构了革命的崇高之后，诗人又如何面对消费社会自身的意识形态呢？这或许可从她对陈词滥调的处理略窥一斑。

---

① 夏宇：《颓废末帝国Ⅱ——给秋瑾》，见《腹语术》，第 52—53 页。

② 夏宇：《Salsa》，见《Salsa》，第 91 页。

夏宇不回避陈词滥调向为人所熟知，这或许与她的流行音乐歌词创作者的身份有关，她在流行歌曲与现代诗歌之间的滑动，使她超越了雅与俗的界限，如《侦探小说疏忽的细节》《继续讨论厌烦》《降灵会Ⅱ》都带这种特点，如《降灵会Ⅱ》便将词典引入诗中：

> 小单字本，记下让他大为亢奋的新单字：fudge
> Fudge：①梦话；胡话
> ②报纸中套色印刷的记事
> ③伪造邮票
> ④一种由巧克力牛奶做成之软糖。
> ⑤做为动词则是规避、躲闪之意[①]

词典的释义往往是最中规中矩的，而夏宇将其引入诗歌，在具体的情境中化腐朽为神奇。另外如前揭《沉睡如一双木鞋》，其新意则在于通过词语不同义项之间的变换，同样的句法生成了不同的意义，而翻译的转化过程，又在两种语言之间，习惯用法与新的翻译之间，都形成了一种共存的紧张关系，似乎是不同的词义在争夺同一个表达。

但这种纯粹游戏性的做法却渊源有自，从现代文学的谱系来看，张爱玲是始作俑者，收入小说集《传奇》中的《年青的时候》一文，就大量援引德语教科书中的句子，将书中那些简单而庸俗的对话与人物心境结合起来，甚至借助教科书上的情节反衬主人公潘汝良与沁西亚之间微妙的情感关系，教科书上教条式的句子与人物复杂变化的内心对照，形成了一种反讽效果。夏宇对张爱玲并不陌生，她在《给时间以时间——pour Yan Mcwilliams（1966—2009）》这首诗中就曾引张爱玲的语录[②]，而夏宇这种将崇高与俚俗并置的写作方式，也可从张爱玲超越雅俗的角度来理解。但夏宇自己并未祖述张爱玲，她提及的是另一位现代派大师

① 夏宇：《降灵会Ⅱ》，见《腹语术》，第43页。

② 夏宇：《给时间以时间——pour Yan Mcwilliams（1966—2009）》，见《Salsa》，第7页。

尤奈斯库（Ionesco，台湾译为伊欧涅斯科）:

> 用 copy 来创造 original 最著名的例子应该是伊欧涅斯科的《秃头女高音》吧。我发现他写这个剧本的过程很有意思，他说在 1948 年他决定开始学习英文，在一本初级的英文读本里，却找到了整出戏的语言和架构。英法对照的语言读本里用了一种笛卡尔式的、全然无可反驳的、公理式的方法告诉我们读者一些“令人惊异的真理”：“一个礼拜有七天，天花板在上，地板在下，乡村比都市安静，但是都市更繁荣有更多的店铺等等事情。”伊欧涅斯科说：“我没有办法分辨他们是真的还是故意的，史蜜斯先生和太太，一对英国夫妇，史太太告诉史先生，他们有七个孩子，他们住在伦敦郊外，他们的名字叫做史蜜斯，他们有一个女仆叫做玛莉……”“就在那个时刻我看到了光，我不想学英文了……我变得更有野心：我想要和我同时代的人沟通这个英法对照会话课本里提醒我的基本真理……我要做的就是写出戏。”于是整出戏就像课文一样的开始，完全机械、陈腔滥调，却惊人的“原创”。[①]

后来夏宇自己开始学法语的时候，也“发现”了这种情况，不无巧合的，他们的课文正是关于尤奈斯库的，而课文对尤奈斯库的评价在初学者的反复诵读中再次成为陈词，夏宇由此体会到了一种语言自身的悖谬:“我突然懂得了一些非常神秘的东西，关于人，关于语言、形式，关于生命。‘就在那个时刻我看到了光’……要把这整段课文以及整个课堂的情景 copy 成一出戏想来也是无不可的，parody 里的 parody，双重，甚至三重的引号，永恒的 cliché。伊欧涅斯科那篇文章叫做《语言的悲剧》，我感觉到的却是‘语言的喜剧’，是不是我们身处于某一个时代，某一个关系或形式里，只是为了表达对那个时代关系和形式的反讽

① 夏宇、万胥亭:《笔谈》,《现代诗》复刊第 12 期，1988 年 7 月。

呢？这是悲剧还是喜剧呢。"①

这里我们看到了一种自觉的copy姿态，从"语言的悲剧"到"语言的喜剧"并非意味着夏宇没有尤奈斯库式的焦虑，相反，她的方式与尤奈斯库是一致的，即，尤奈斯库是对笛卡尔式的本质主义的反思，而夏宇遭遇到的是当尤奈斯库的反叛本身又成为潮流，成为时代的流行文化，成了剧院里的消费品和人们的谈资，甚至也成了教科书上的定理时，她只能反叛"反叛"，"以暴制暴"，也就是copy的copy，"parody里的parody"，甚至是反讽的反讽。这看似决然的姿态，却透露了她所陷入的困境与悖论，即她的写作从一种诗艺的创新，沦为了一种反抗的"策略"。

余论：消费时代的反讽

虽然夏宇自身都无法确定，她这种以反讽的姿态回应时代是悲剧还是喜剧，但这种以彼之道还诸彼身的方式确实带有二律背反的意味，尤其是在消费主义时代。她的努力很容易被商业逻辑归化，实际上她和她的诗集本身已成为商家的卖点，连批评家也不得不承认"'夏宇现象'已成为文学界的一则传奇"②，但诗歌最终成了商业噱头，这恐怕也是夏宇自己所始料未及的。如她最受欢迎的短诗《甜蜜的复仇》："把你的影子/加点盐/腌起来/风干//老的时候/下酒"，在诗集《备忘录》出版后，这首小诗一时风靡台湾，但正如夏宇自己的观察："又没多久，我在一些新开的手工艺品店看见《甜蜜的复仇》，被写在笔筒、杂志架和椅垫上，用一种夸张的美术字体，造成一种极为廉价做作的休闲文化气氛，大量出售。"③

---

① 夏宇、万胥亭：《笔谈》。

② 陈义芝：《声纳：台湾现代主义诗学流变》，第197页。

③ 夏宇、万胥亭：《笔谈》。

这是夏宇在上世纪 80 年代的遭遇，但在 21 世纪也并无多大改观，大陆的“豆瓣”网可能是大陆“小清新”的集散地，该平台的“夏宇的诗歌”小组有 6550 个成员（截止 2014 年 3 月 21 日），其小组宣言便是《甜蜜的复仇》，只简单加了一句“读来读去还是这首经典”[①]。在该网站置顶的帖子中有一个调查问卷，题为“调查：大家是怎么知道夏宇的”。共 370 条回复（截止 2014 年 3 月 21 日），有效信息约 300 条，据笔者大致统计，其中因流行歌曲而认识夏宇的有 162 条，占了绝大多数，其他较为集中的方式按数量多少排列如下：一是席绢的小说，二是广播节目，三是诗歌，四是城市画报[②]。可见，夏宇是以流行文化的形象被大众接受的，这固然有夏宇以李格弟的笔名写歌词，且多为流行歌手写词的缘故，但也与夏宇诗歌自身的素质不无关系，如《甜蜜的复仇》这首诗，其虐恋的外表下，其实是一种带点狠劲的小资情调，与时下的流行文化可谓不谋而合。这是她欲以媚俗反抗媚俗，欲以艺术的反讽对抗时代的反讽，最终却难分彼此的苦果。

正如装置艺术是要打破艺术部类间的分界，夏宇也是自觉地消除文体界限，甚至批判流行文化与精英文化之间的壁垒，但她有时候还是有所保留。如她所说：“其实我喜欢通俗文化，流行歌、推理小说、立体停车场、垫肩西装等等，但我就是不想把自己的诗变成椅垫，这不过分吧？”[③] 这表明诗歌在夏宇这里与通俗文化毕竟不同。李格弟与夏宇这两个不同的笔名，她们各司其职（文类）的格局，以及夏宇将写歌作为谋生的方式，将写诗作为自己的事业，并在诗集的制作上花费如此心力，这在在表明诗歌在她这里并不完全是一个轻松的话题。因此，诗人与商业、写诗与作乐之间的离合关系是夏宇身处消费时代的又一重悖论：她既想打破这些文化体制间的分野，同时又要借助诗歌文类的相对封闭性来对抗商业对主体经验的归化。

---

① 网页：http://www.douban.com/group/18107/。

② 网页：http://www.douban.com/group/topic/1603024/。

③ 夏宇、万胥亭：《笔谈》。

夏宇的第三重悖论与她的诗学实验有关。当夏宇初次尝试拼贴的时候，她的确造成了某种本雅明所谓的“震惊”效果，也有些类似布莱希特的“间离效果”。但当她将创作称为“parody 里的 parody”的时候，就已经存在两种可能，一是无限地戏拟下去，不断寻找反讽的对象；二是这种方式本身均质化，成为一个固定的思维和创作模式，这当然也是解构主义本身的困境。但对于夏宇来说，这个问题可以具体转化为拼贴如何能继续生成诗意的问题，很显然，仅仅靠不断追求陌生化的“新意”是无法继续维持诗意的，这同样也是装置艺术面临的问题。当“装置”从艺术的背景走向前台的时候，也意味着艺术内部的自足世界被打破或被放弃了，对方法和观念的展览本身成为艺术的目的。正如论者所指出的：“艺术和建筑已经飞向理念和抽象的王国（这在新绘画运动和后现代建筑返身怀旧的情形中可以看到），在那里，语言以一种幻觉的状态存在着，其基础就是已经被编码的文化的闪亮登场。……理想主义的记忆——源自一种怀旧的心态——不能走得太远，这就是说，在那里，‘奇观’昙花一现的机制是重要的，奇观孕育且支撑着统一性和总体性这些事实上已经消亡的概念。”[①] 杰曼诺·切兰依旧将艺术家当作文化理想主义者，他们在宏大叙事瓦解之后，只能借助理论本身来生产艺术的奇观，这正是艺术家的悖论。夏宇或许不是一个文化理想主义者，但她的诗学实验的美学基础与现代的乡愁却并未完全分离。但从她的装置诗学来看，且不说她所设计的版本是一次性的（如裁剪册页），单就她的拼贴实验来看，形式的新奇固然吸引读者（如《摩擦，无以名状》与《粉红色噪音》都获得了发行量上的成功）。但文本对意义的拒绝，也有使诗集成为装饰品的可能，如果说还存在诗意，那么这种诗意也只是瞬间的诗意，是接触“奇观”的瞬间所带来的新奇感受，不可重复，但也难以持久。

因此，“装置诗学”带有某种时代现象学的意味，它通过自觉的

---

① 杰曼诺·切兰：《视觉机器——艺术装置及其现代原型》，见王逢振等编译《视觉潜意识》，天津社会科学出版社，2002 年，第 112 页。

“模拟”而对时代的消费景观构成了批判，但同时，这种模拟自身所带有的“否定的辩证法”，又使装置本身陷入了自我模拟的怪圈，不仅缺乏稳定的意义，也导致价值判断的缺失，从而与时代具有形式上的同构性；也就是说，面对消费社会的归化逻辑，她始终只能以策略性的姿态，游走在先锋与媚俗之间的地带。

按：该文曾提交新竹清华大学2014年10月举办的“两岸新诗研究国际论坛”，与会学者李癸云、刘正忠、陈柏伶等对拙文提出了诸多宝贵的意见和建议，特此致谢。

“抒情的寓言”：英培安、希尼尔现代诗中的认同抒写[①]

[新加坡] 张松建

引言：理解“现代认同”

1960 年代，新加坡华文现代诗异军突起，其精致微妙的抒情技艺为人乐道。当然，在现实主义的话语霸权下，新华现代诗亦因其复杂晦涩的前卫美学，饱受质疑和批判。英培安（1947— ）与希尼尔（谢惠平，1957— ）乃新华现代诗的中坚，二人的文学才华颇获学界好评。相关论著把焦点放置在他们对文学性的创新实验上，可不难理解。因为长期以来，抒情诗被认为是表现个人情绪、主观体验甚至神秘幻想的绝佳体裁。[②] 不过，阿多诺（Theodor W. Adorno，1903—1969）认为，抒情诗表面上是个人情绪与主观体验的载体，但在艺术社会学的视野下，却是社会总体性的反映和对于现代世界不言自明的批评。后来，德曼（Paul de Man，1919—1983）亦深刻指出，较之于其他文类，抒情诗更

---

① 本文是新加坡南洋理工大学科研启动基金（Start-Up Grant）项目 Historical Memory and Cultural Identity：A Critical Inquiry into Chinese Singaporean and Malaysian Literature 的阶段性成果，项目编号 M4081260.100。

② M. H. 艾布拉姆斯：《文学术语词典》，吴松江等译，北京大学出版社，2009 年，第 293—295 页；胡戈·弗里德里希：《现代诗歌的结构：19 世纪中期至 20 世纪中期的抒情诗》，李双志译，作家出版社，2010 年。

能见证现代性的历史变迁[①]。因此，我们有必要超越英美新批评的模式，去检讨抒情诗与种族、国族、族裔、阶级、性别、文化认同之间的错综复杂的关联。

本文借镜文化批评、社会学和政治哲学的理论概念，以英培安、希尼尔为个案，针对其现代诗的认同主题展开探索。何谓现代"认同"？在国族、文化与自我的层次上，如何理解认同概念的内涵、流变？在此，有必要对相关理论概念，稍作疏解和介绍。

有关现代认同的探讨，西方学界已有不少成果。根据英国文化理论家霍尔（Stuart Hall，1932—2014）的研究，认同与主体密不可分，迄今共有三个类型的认同概念："启蒙主体"（the Enlightenment subject）的认同概念、"社会学主体"（sociological subject）的认同概念、"后现代主体"（post-modern subject）。启蒙主体的人的概念认为，人是充分中心化、统一的个体，被赋予了理性、意识和行为等能力，它的中心由一个内在核心构成，这个核心在主体出生后首次出现，且与主体一道展现在个人的整个生命历程中，保持不变。自我的存在中心就是一个人的认同。社会学主体的认同概念认为，主体的内在核心不是自主自足的而是透过与有意义的"他者"之关系而形成的，这些他者把他/她生活于其中的世界之文化（价值观、意义和符号）斡旋给主体。然则，以前被体验为有一个统一、稳定的认同的主体，目前正在经历着碎片化的过程；主体不再由单一认同构成而是由几种有时是矛盾的甚或悬而未决的认同所构成。结构的与制度的变化的结果之一就是：认同破裂的出现。这就产生了后现代主体。后现代主体没有固定的、本质的、永久的认同，主体在不同时期分别承担了不同认同，这些认同不是围绕着一个内在连贯的自我而统一起来。所谓充分统一的、完成的、安全可靠

① Theodor W. Adorno，"Lyric Poetry and Society，" in Brian O' Connor ed.，*The Adorno Reader*（Malden：Blackwell，2000），pp.211—218；Paul de Man，"Lyric and Modernity，" in his *Blindness and Insight: Essays in the Rhetoric of Contemporary Criticism*，New York：Oxford University Press，1971，pp.166—186.

的、内在连贯的认同，无非幻想而已[①]。霍尔还分析了社会理论与人文学科中的五个进展——马克思主义，弗洛伊德精神分析理论，索绪尔的结构主义语言学，福柯的知识－权力－话语理论，女性主义——如何促进笛卡尔所谓的启蒙主体之“去中心化”（de-centering）。[②]在现代世界，“国族文化”（national culture）作为想象的共同体，正是“文化认同”（cultural identity）的主要源泉之一。国族文化显然是一种现代形式。在前现代或传统社会中，人类把忠诚与认同形成（identification）给予部族、民族、宗教、地域。后来，忠诚和认同形成逐渐被转让给“国族文化”，地域和族群差异被包括进英国人类学家盖尔纳（Ernest Gellner）所谓的民族－国家的“政治屋顶”（political roof）下，因此变成现代文化认同的一个强大的意义源泉。[③]

认同不但是一个哲学和心理学的问题，也是社会学和文化研究的批评概念。认同之产生，历史悠久，而它之所以成为尖锐的问题，与现代性密切相关。由于都市化进程和发展主义意识形态，人与自然的联系被削弱，人与土地的纽带被割断了。个体的自我认同和社会意义上的文化认同发生变化。“文化认同”源于现代性和全球化导致的社会文化与日常生活的多样性、流动性和断裂。何谓“自我认同”？英国社会学家吉登斯（台湾译为纪登斯，Anthony Giddens，1938— ）指出，在晚期现代与全球化环境中，自我认同通向与解放政治相对应的生活政治，“生活政治关涉的是来自于后传统背景下，在自我实现过程中所引发的政治问题，在那里全球化的影响深深地侵入到自我的反思性计划中，反过来自我实现的过程又会影响到全球化的策略。”[④]加拿大政治哲学家泰勒（Charles Taylor，1931— ）认为，认同问题是现代西方哲学的基

① Stuart Hall, “The Question of Cultural Identity,” in Stuart Hall, David Held and Tony McGrew eds., *Modernity and Its Futures*, Cambridge: Polity Press, 1992, pp.275—277.

② 同上书，第285—291页。

③ 同上书，第291—292页。

④ 安东尼·纪登斯：《现代性与自我认同：晚期现代的自我与社会》，赵旭东、方文译，左岸文化（台北），2005年，第301—302页。

本问题，关于自我概念和现代认同的关系，他提供了有历史感的理论阐释。泰勒运用"现代认同"标示什么是人类的主体性，他的中心关怀落在认同的三个侧面：首先，现代的内在性，即作为带有内部深度存在的我们自身的感觉，以及我们是"我们自己"的联结性概念；其次，由现代早期发展而来的对日常生活的肯定；第三，作为内在道德根源的表现主义本性概念。自我认同是由道德、精神的承诺或民族和传统加以界定，这为人们的价值观提供某种框架。否则，人们就丧失了他们的承诺或道德空间中的方向感，出现认同危机："知道我是谁，就是知道我站在何处。我的认同是由提供框架或视界的承诺（commitment）和身份确认（identification）规定的，在这种框架和视界内我能够尝试在不同情况下决定什么是好的或有价值的，或者什么应当做，或者我应赞同或反对什么。换言之，这是我能够在其中采取一种立场的视界。"① 自我认同不是个体的全部特质而是个人据其个人经历形成的、作为反思性理解的自我。认同在这里设定了超越时空的连续性，自我认同就是这种作为行动者的反思解释的连续性。从个体意义的"自我认同"到社会范畴的"文化认同"，两者之关系如何界定？有学者指出，所谓"认同"就个体指向而言，指相信自己是什么样的人或信任什么样的人，以及希望自己成为什么样的人；就共同体指向来说，指个体对不同社会组织和不同文化传统的归属感。前者是自我认同，后者是文化认同，两者紧密相关，不可分割："因为自我认同往往是把自己认作属于那个群体或持有那种文化价值观的人，而文化认同则通过不同人的认同行为的选择显现出来。"②

上述有关文化认同和自我认同的论述，为我们理解新华文学的相关

---

① 查尔斯·泰勒：《自我的根源：现代认同的形成》，韩震等译，译林出版社，2001 年，第 37—38 页。译文有少许订正。

② 韩震、曲瑞华：《文化认同问题的凸显及其效应》（http://theory.people.com.cn/GB/49157/49165/3714380.html）上网日期 2005 年 9 月 21 日。

议题提供了参照。新华文学肇始于中国“五四”新文化运动的影响[①]。历经1942—1945年的太平洋战争，50年代的反殖爱国运动，60、70年代的国家独立和经济建设，80年代教育政策的剧变和蓬勃的全球化潮流，迄今已有近百年的风雨历程。在话语实践领域，从20年代的“南洋色彩”和30年代的“地方作家”的争议，到1946—1948年的“侨民文艺”与“马华文艺独特性”的论争，到1956年出现的“爱国主义文学”的检讨，再到1980年代的“建国文学”的讨论，新华文学的本土性格，成形茁壮[②]。这些社会变迁和文学思潮影响了新华文学的历史走向，也构成了英培安、希尼尔之现代抒情诗写作的背景条件。英氏，生于1947年，义安学院中文系毕业，曾于1995年短期移居香港，大部分时间在本地度过。他在经营草根书室之余，博览群书，参与公民社会，见证华校生被边缘化的命运。希尼尔，1957年出生，理工科出身，经历了乡土消逝和都市化浪潮，常为华人文化的式微挥洒感时忧国的情怀。两位不同世代的新华作家，在人生历程中目睹本土、区域和全球的互动，针对文化认同和自我认同的议题，做出各有特色的批评思考，他们的洞见和盲视，值得进一步检讨。

一、文化认同的踪迹：从“想象的乡愁”到“本土的诱惑”

文化认同不是一个静止、固定、单一的事物，相反，它受制于历史、文化、偶然性和无穷的权力游戏，因时因地制宜，正如霍尔所

---

① 方修：《马华新文学史稿》，世界书局（新加坡），1975年；David Kenley，*New Culture in a New World: The May Fourth Movement and the Chinese Diaspora in Singapore, 1919 – 1932*，London：Routledge，2013。

② 相关新华文学思潮的介绍，参看方修主编：《马华新文学大系》第一、二册，世界书局（新加坡），1971年；苗秀主编：《新马华文文学大系》理论卷，教育出版社（新加坡），1973年；黄孟文、徐迺翔主编：《新加坡华文文学史初稿》，新加坡国立大学中文系、八方文化创作室（新加坡），2002年。

言：“认同概念不是本质主义的，而是策略性的（strategic）、位置性（positional）的概念。也就是说，认同这个概念与其固定的语义学涵义直接相反，它不是标志着自我的稳定核心：从开端到终点，纵贯整个历史盛衰，毫无变化地展现着；只有小部分自我，经常保持相同，跨越时间而等同于自身[①]。那么，新华现代诗人是如何看待文化认同的？以下段落取材诗歌文本，探勘文化认同主题的流变，将其放回到社会文化语境中去思考，以期观察文本、历史和理论间的往返辩证。

1. 中国原乡与血缘神话

对于新加坡华人来说，“中国原乡”是确凿的历史事实，也是顽强的文学想象。新加坡华人的祖辈来自中国，回归故国原乡曾是他们的梦想。独立前，许多华侨华人的国族认同与文化认同所指向的目标，不是作为英国殖民地的主权不存的马来亚，而是那个万里之外的神州。中国，作为意义的中心地带和价值源泉，一度为海外华人的文化实践提供了指南；马华文学中经常出现的“祖国”一词，指的就是中国，舍此无他。证之于史事：南洋华侨无数次筹赈义演，南侨机工回国抗战，50、60年代的华侨归国热潮，这些都是安德森（Benedict Anderson）所谓的“远端民族主义”（long distance nationalism）[②]支配下的事件，也是原乡神话最集中的体现。1965年，新加坡成为主权独立的新兴国家，华人公民的“国族认同”（national identity）自此通向对新加坡的情感归属。但是，文学、文化领域的“本土性”尚未同步发生——有学者甚至认为，直到1980年代，文学本土性才开始确立[③]——所以在此之前，一些新华作家的“文化认同”（cultural identity）越过新加坡这个地理疆界

① Stuart Hall, “Introduction: Who Needs ‘ ’ Identity’ ?” in Stuart Hall and Paul du Gay eds., *Questions of Cultural Identity*, London: Sage Publications, 1996, p.3.

② Benedict Anderson, “Long Distance Nationalism,” in his *The Spectre of Comparisons: Nationalism, Southeast Asia, and the World*, London: Verso, 1998, pp.58—76.

③ 张锦忠：《马来西亚华语语系文学》，有人出版社（吉隆坡），2011年。

而与他们的“中国想象”联结起来，其实并不奇怪。

英培安的诗集《无根的弦》初版于1974年，1988年再版，其中明显表现了中国想象和文化乡愁。例如《无根的弦》的第三节——

那时海峡时报在莱佛士坊
黄昏是泼在
一座英国式的铁桥上
印度人的笑语
和隐约的咖啡香
散发过微湿的
街场。一朵没有形状
的云，是绣在
维多利亚剧院后面的
一株树旁

告诉你我多寂寞
(那时是黄昏)
我伴着
一只异乡的白鸽
细读一则大标题的国际新闻
骤然想起尘封在书房里的史记
诗韵
和甲骨文[①]

《海峡时报》(*The Straits Times*)是创办于殖民地时代(1845)的一家英文报纸，莱佛士坊、英国式铁桥、维多利亚剧院是本土地景，“印

① 英培安:《无根的弦》，见《无根的弦》，草根书室(新加坡)，1988年再版，第44—45页。按:“一座英国式的铁桥上”原作“一座铁桥的英国式上”。

度人”点出多元种族的国族身份，“微湿的街道”暗示热带海洋城市的气候。这些由视觉、声音、气味交织的意象，浮现在日常生活的时间（“黄昏”）和空间（“莱佛士坊”）中，进入抒情主体的感官世界，唤起新加坡作为后殖民民族－国家的历史记忆。然则，这个土生土长的“我”，并没有惬意的地方感和亲密的家国意识，相反，一种时空错置、身处异乡的寂寞感，于焉浮起了。当他阅读一则与祖籍国相关的新闻报道时[①]，骤然想到那个“冻结在时间中”的历史悠久的文明体。于是，神奇而暧昧的“原乡神话”，呼之欲出。此诗的第一、二节，时空转换，虚实交错，出现了中国华北地区的地景风物：“塞外的风沙”“奔马的城”，挂在北方屋檐下的、痖弦诗中出现过的“葫芦或红玉米”“莲花落”“驴蹄”等。在结尾处，诗人感慨，神州故国回不去了，他只能弹奏“重病的吉他”，以飘零血泪，凭吊中国原乡，如是而已。诗中出现不少有漂泊寓意的意象：“无根的弦”“凄清的鞋子”“没有形状的云”“异乡的白鸽”“泣不成声的远方”，莫不唤起放逐原乡、永绝家园的情愫，尽管在本地出生的英培安，此前从未游历过中国！这首诗中弥漫着文化乡愁，但是，“尽管这种对过去的怀恋，似乎在这个强调理性与消费的高科技社会中，提供了另外一种身份认同的途径，但是怀旧却并不是企图真正回到既定过往的一种情感，而是一种时间上的错位——一种在时间中某些东西被移位的感觉。”[②]套用王德威发明的概念，此即一种“想象的乡愁”（imaginary nostalgia），与其说是要原原本本地回溯过去，更不如说是以现在为着眼点创造、想象过去[③]。

---

① 1971年，中国大陆的“文化大革命”如火如荼，台湾经济腾飞，两岸发生一系列有世界历史意义的事件：3月，中国发射第一颗科学实验人造地球卫星；4月，中国政府展开“乒乓外交”；7月，周恩来总理和美国国家安全事务助理基辛格在北京秘密会谈；8月，台湾掀起“保钓运动”；10月，中华人民共和国在联合国获得合法席位。英培安的诗作《无根的弦》出现的中国新闻，应该与上述事件相关。

② 周蕾：《写在家国以外》，牛津大学出版社（香港），1995年，第59页。

③ 王德威：《茅盾，老舍，沈从文：写实主义与现代中国小说》，麦田出版社（台北），2009年，第341页。

在《乡愁》(1974)当中，英培安的文化认同固执地联结着原乡想象，且以更加夸张的“弃儿意识”和周蕾所说的“血缘神话”(myth of consanguinity)昭示出来——

但闻异域的候鸟
鼓噪着
认同、或回归的
哀音。你的惶惑
便清楚起来了
龙的图腾，仍铭于
你浓于水的
奔流的
血内

推开窗
扑面见乡愁
如一断脐即被弃了的
婴孩，睁目遥望
他永不可触的
母亲
依稀的温暖
巨大的
面容[①]

1967年，马来亚共产党的广播电台“马来亚革命之声”在中国益阳建成，对东南亚发动强大的文宣攻势。新中国成立引发南洋华侨的回归潮，他们如“异域的候鸟”，召唤本地青年返回中国。因此，抒情自我陷入了进退两难的境地，他自感如一个刚出生即被弃置的弃婴，只能遥

① 英培安:《乡愁》，见《无根的弦》，第55—56页。

望永不可触的中国母亲，想象其体温和面容。[1] 第四至六节，从内心独白转向戏剧化场景——

夜晚歌女唱着
一首改自东京小调的
曲子；空气污染
一架山本牌身历声唱机
而本田电单车则呼啸碾过了
每个人被逼发出最后的吼声的
难民
纪念碑

你寂寞愤懑地
行走于
每叶熟悉的史书里
谈诗、论剑
佯装酒醉
披发抚琴

无奈茶的苦涩，点点滴滴
斟满了
每具热泪的
铜壶
瓷器[2]

① 1955年亚非会议期间，中国总理周恩来以外长身份与印度尼西亚外长在万隆签署《中华人民共和国和印度尼西亚共和国关于双重国籍问题的条约》。根据这一条约，中国政府放弃以血统确定国籍的原则，海外华侨可以放弃中国国籍，加入所在国国籍。这大概是《乡愁》之抒情主体产生"弃儿意识"的外在因素。

② 英培安：《乡愁》，见《无根的弦》，第56页。

这里有听觉意象纷至沓来，“东京小调”“山本牌身历声唱机”“本田电单车”暗示日本商品的泛滥。与这些流动的噪音相对照，矗立在市中心的日据时期死难者纪念碑，沉默无声，构成强烈反讽。诗人既批判当年的帝国主义改头换面成了如今的新殖民主义，也嘲讽新加坡国人对于历史创伤的可怕健忘症。杜牧的“商女不知亡国恨，隔江犹唱后庭花”被改写成“夜晚歌女”的潜在文本，又直接嵌入中华人民共和国的国歌，把诗人对文化认同的思考与后殖民批评结合，在书写新加坡的文化现象时，有意带入日本和中国这两个“他者”，透过三边对话的互动结构，制造出了有历史纵深感的张力。在最后一节，诗人以传统中国的“狂人”形象出现了，他寂寞愤懑，又无可奈何，唯有挥洒苦涩的热泪，而已而已。

古代中国的文化意象、历史典故、漂泊者的形象、古典诗的情调和意境，接连出现在英培安的第二部诗集《无根的弦》之《无根的弦》《乡愁》《剑》《儒生行》《儒生行之二》等作品当中，以及第三部诗集《日常生活》之《良宵》《悲歌》《怀人》等诗篇当中。非常明显，他的文化认同处处联结着强烈的中国性（Chinese-ness）。例如，堪称姊妹篇的两首《儒生行》，颇得杨牧的《延陵季子挂剑》之流风余绪。前者作于1974年，表现知识分子无力介入社会变革的幻灭感、与理想渐行渐远的无奈，以及现实人生困境中的承诺和决断精神：“而你深明 / 远道漫漫则是披肩的霜露 / 或饮易水 / 或食首阳 // 甚或造次颠沛 / 竟俨然如 / 一介儒生”。[①] 后者作于1977年，叙写一次国民服役中的旅途感受：一众青年起初在苍茫大雾中迷失了自己，但终于唤回了古代中国的文化记忆作为认同的根源所在，流露出终于找到人生方向后的欢愉和自信：“而我们 / 已不再是一条惶惑的河了，我们是 / 奔向大海的足迹 / 因为是寒夜 / 我们沉默着 / 把燃烧的火焰 / 静静地藏起”[②]。在《无根的弦》再版后记中，作者坦承：“（上述作品）所表现的，正是我的思想在激烈转变时

---

① 英培安：《儒生行》，见《无根的弦》，第59页。

② 英培安：《儒生行之二》，见《无根的弦》，第62页。

所流露的感情。十多年后重读它们，不仅是别有一番滋味，而且感到分外地孤独、寂寞。"[①] 何以有此感慨？这册诗集出版之前，英氏于读书写作之余，创办文艺杂志《茶座》和《前卫》，勉力推动新华文学的成长；而且与左翼知识分子过从，贩卖左派书籍，热情参与公共领域。1975 年，学生领袖陈华彪出狱，英培安写出短诗《歌——献给所有为正义牺牲的人》[②]，向其表达由衷的敬意。这正是他所谓的"思想激烈转变"的时期。终于，1978 年，他在内安法令下被秘密逮捕和拘禁了。由于当局找不到任何颠覆政府的证据，他在一个月后就被有条件释放了。[③]

希尼尔早年诗作中的文化认同，当然也联系着中国原乡，但是他的心理距离更遥远，少了一份英培安式的壮怀激烈。他属于第二代移民，出生在新加坡加冷河畔，尽管这条河在地图上和史籍中籍籍无名，但它伴随着诗人的童年回忆，真正是一条故乡的"母亲河"。这条河浓缩了新加坡殖民地时代的历史沧桑："整个历史的根曾在这里驻扎 / 加冷人的足迹印过 / 武吉士人漂泊的身影停留过 / 先祖的渔网撒过 / 莱佛士舰队的余波掠过 / 东洋武士刀的血在这里 / 洗过"[④]。这其实就是霍尔说的国族叙事（the narrative of the nation）："它提供一套故事、形象、地景、脚本、历史事件、国族符号和仪式，这些代表或再现了给国族赋予意义的共享的经验、悲伤和成功与灾难。这些东西在国族的历史、文学、媒体和大众文化中不断地讲述和重述。"[⑤] 这首诗的开头，首先以动人的诗句刻画了诗人对中国的"想象的乡愁"——

就这样踟蹰的流着
一条河，舒展龙爪

---

① 英培安：《无根的弦》，见《无根的弦》，第 87 页。

② 英培安：《歌——献给所有为正义牺牲的人》，见《日常生活》，草根书室（新加坡），2004 年，第 17—18 页。

③ 刘燕燕：《办杂志与开书店奇遇记——英培安访问录》，新加坡《圆切线》第 6 期，2003 年 4 月。

④ 希尼尔：《加冷河》，见《绑架岁月》，七洋出版社（新加坡），1989 年，第 38—39 页。

⑤ Stuart Hall, "The Question of Cultural Identity," in *Modernity and Its Futures*, pp.293—295.

自北回南，向两岸扩张
日日夜夜，呜咽低吟
在先祖的记忆里
坚持一种流动的肤色
多少梦里唤他回去
多少日子，挟带两岸泥沙的深愁
水位的升涨
随汗水血泪的盈寡而漂动
潆洄中迟滞里寻找出路
不曾有一泻千里的雄姿
一条河，历史告诉他应该倒流
以泥土的颜色
日夜奔成一片希望的远景[①]

这里的叙事视角不是国族（nation）而是族群（ethnic）。从19世纪早期开始，华南省份的中国人大举南下，渡过凶险的七洲洋，跨国流动，散居在槟城、马六甲、新加坡，他们的身份转变为离散华人（Chinese diaspora）和跨国弱裔（transnational minority）。一些人迁徙到加冷河岸，筚路蓝缕，苦苦耕耘，“族群”（ethnic）与“地景”（landscape）间开始出现了情感的纽带。诗中的“流动的肤色”以及“踟蹰”“呜咽”“深愁”“血泪”等词汇，形象化地点出华人之漂泊离散的历史记忆；河流随气候与时间而发生的地貌、水文的变化，又被诗人赋予了若干寓意。那位先辈正在苦苦寻找出路，“加冷河”在他的梦中召唤回归原乡。这条河流因为没有“一泻千里的雄姿”而自惭形秽，它被历史庄严地告知：唯有向北“倒流”，才有远大前程。在这里，“文化认同”与“中国性”纠缠在一起，再次展示为一个问题重重的“北进想象”和“血缘神话”。

① 希尼尔：《加冷河》，见《绑架岁月》，第37—38页。

然而，"回归原乡"是可能的吗？霍尔提醒说，"回家"在当代世界逐渐变成了一个危险的国族文化的神话："如果我说要'回家'，就好像真的存在某种起源、初始之处，势必会带来更大的伤害。……在我的经验中，这种回归一直都是一种错置的、多元的动作，虽然我试图想要'回家'，但是却心知肚明，这是绝不可能如愿的，因为一切都不可重复，不可能再回到起点。……我们可以感觉到家，感觉到家的气氛，就好像可以真正抵达家园。这种感觉将会一直存在。但是想要真正回到家，就像某人生活在十六世纪时期的家，那是绝对不可能的事。"[①] 霍尔在许多场合强调，本质主义的回归原乡和文化本源，毕竟不切实际。[②] 无独有偶，洪恩美也认为，离散的家园神话限制了离散主体的游牧主义，她质疑离散华人自身的诸种边界，也指向离散华人在"想象的共同体"建构过程中所确立的不言而喻的本土与全球的权力关系，她认为狭隘地聚焦于离散将会阻碍一种更真实的、跨国的世界主义想象。[③] 大体而言，英培安、希尼尔诗中的中国想象是一个虚浮不实的神话，他们把文化认同的源泉回溯到遥远的祖籍国，以图获得情感的自我满足和心理补偿，这当然是过渡性的历史现象，放回彼时的社会语境中来观察，是可以理解的，但是并不具有本体论的优先性。

2. 地方知识、现代性与文化认同

世异时移，因缘际会，新加坡开埠一百多年后，第二次世界大战爆发了。这场浩劫的积极后果之一是：西方帝国主义国家的殖民统治彻底瓦解，亚洲、非洲、拉丁美洲先后兴起声势浩大的独立运动和建国运动，国际政治格局历经朝贡体系、条约体系、殖民体系而开始迈向了

---

① Stuart Hall、陈光兴：《文化研究：霍尔访谈录》，唐维敏译，元尊文化出版公司（台北），1998年，第169页。按：引文中的省略号为笔者所加。

② Stuart Hall, "New Ethnicities," in James Donald and Ali Rattansi eds., *'Race', Culture and Difference*, London: Sage Publications, 1992, p.258.

③ Ien Ang, *On Not Speaking Chinese: Living between Asia and the West*, London: Routledge, 2001, p.13, p.77.

“冷战体系”的时代。马来亚在1957年宣布独立。两年后，新加坡从直属殖民地变成自治邦。1963年，新、马合并。1965年，新加坡脱离马来西亚联邦，成为主权独立的国家，开始进入后殖民时代。在本地土生土长的“海峡华人”(the straits Chinese，或称为“侨生”“土生华人”，Peranakan)的效忠对象从大英帝国转移到马来亚，然后再到新加坡。来自中国的“新客华人”及其后裔，大部分愿意落地生根，取得居住国的公民权，落地生根，开枝散叶。这就是反离散和本土化。霍尔说过，文化认同是通过一个人对一种国族文化(national culture)的成员资格而形成的”[①]，在新加坡华语语系社群当中(Sinophone community)[②]，随着国族认同意识的增强，解构原乡神话、重塑文化认同，就是水到渠成，在所难免了。可以想见，新华文学中盘桓不去的“侨民意识”和“想象的乡愁”，自此开始让位于“本土的诱惑”了[③]。这正如霍尔的观察：“认同从来不是统一的，并且在晚期现代性的时代，愈来愈趋于碎片和破裂；它绝不是单一的而是多重构造的，跨越不同的、经常交错的、对抗的话语、实践与位置。它们受制于激烈的历史化，持续处在变化和变形的过程中。”[④]对于新华作家之文化认同的移位，这段评论颇有说服力。

2009年，希尼尔发表抒情短诗《南方的堕落》，在书写家园与地方感之余，明确揭示了消解原乡、回归本土的消息——

尾随一艘轮船的宿命
南中国海的季候风，将他

---

① Stuart Hall, “The Question of Cultural Identity,” in *Modernity and Its Futures*, p.280.

② “华语语系”和“反离散”是史书美发明的概念，参看Shu-mei Shih，“Against Diaspora: The Sinophone as Places of Cultural Production,” in Jing Tsu and David Wang eds., *Global Chinese Literature: Critical Essays*, Leiden: Brill, 2010, pp.29—48; Shu-mei Shih, “The Concept of Sinophone,” *PMLA* 126.3(2011): pp.709—718.

③ 我这里运用的“本土的诱惑”概念受益于美国学者Lucy R. Lippard的启发，参看其专著*The Lure of the Local: Senses of Place in a Multicentered Society*, New York: The New Press, 1997.

④ Stuart Hall, “Introduction: Who Needs ‘Identity’?” in *Questions of Cultural Identity*, p.4.

刮到马来半岛南端的
一个岛屿以南的河岸
落脚。在河上的木屋
栖息、应变、谋生
他瘦成河边的一株茅草
竟日，垂望水面
潮退的岸外偶有鳄踪
像是韩文公驱逐南来的族类
警慎、落寞、不遇
浮沉人世间，徒留一身
坚硬的身姿

国境之南，心境以北
无以通行的象形心情
结绳浮岛，能奢望回乡的
是端正的方块情感
断断续续的思念
多年以后，他选择终止流离
河中红树林丛生的沼泽地
形成我偶然的原乡。梦里
北方一条大江的回忆在萦绕
他刻意掩饰的乡愁，安放在
北回归线上一片纠葛的土壤

一片土壤的纠葛
我很早就读懂，大江东去的苍凉
在逐渐收缩的情感版图里，形成
赤道上的一脉苦瓜藤
卑微坚忍。苦，不言痛

如此消磨一生，在堕落的南方

希尼尔自况，此诗讲述他父亲当年南下新加坡的经历，也是对父亲那一代人的怀念，况且最近有很多关于新旧移民的话题，因此希望向广大群众凸显父亲身为一名旧移民，到新加坡谋生的心情。”[①] 希尼尔的祖籍地在广东揭阳，位于榕江附近，北回归线横贯而过。他的父亲当年从此南下，在新加坡加冷河畔谋生定居，后来希尼尔在此出生。河流江海代表生命的起源和族群的繁衍之地。从榕江到加冷河，是“他”的漂泊路线；从加冷河回溯榕江，则是“我”的中国想象。这两条一实一虚的路线，貌似重合，却横亘着巨大的时间距离；这两个文学地景也是诗歌的核心意象，整首诗依靠想象逻辑而组织起来。“象形心情”和“方块情感”隐喻父亲的原乡情结，他曾一度有过回家的奢望，但最终选择了终止流离、扎根南洋，尽管刻意掩饰乡愁，但梦中仍有榕江萦绕，因此常有纠葛的心情。“我”对父亲的流离身世充满同情的理解，与他不同的是，“我”毫不迟疑地把自己的出生地（“河中红树林丛生的沼泽地”）确认为家国故园。诗的最后一节完成了主旨升华，以“逐渐收缩的情感版图”作为抒情的关键点，管领三重交错的涵义：既隐喻“我”告别了多愁善感的光景、结束铅华入中年；也暗示着“我”的生活方式的转变，不再像父亲那样在大江大河上漂泊流徙，而是宛如一根落地生根的“苦瓜藤”；而且还揭示抒情自我之文化认同的转向——告别以“大江东去”所隐喻的中国性神话，决心像卑微坚忍的苦瓜藤那样，扎根在“堕落的南方”，如此消磨一生。

在希尼尔那里，既然“文化认同”发生了从中国到新加坡的转移，那么，观察新加坡的本土文化的表现样式及其历史变化，就是一个饶有意味的创作题材了。新加坡华人多是来自福建、广东、潮州、海南、客家，他们把祖籍地的民间信仰、生活礼俗和地方知识带到了海外，这构

① 黄丽玲：《“流动诗篇”走入地铁站》，新加坡《联合早报》http://www.singaporewriters.org.sg/mrtpoem.html

成他们用以维持族群认同的"文化记忆"。在后殖民、现代性和全球化境遇中，这些跨国的文化符号，会面临怎样的命运？希尼尔的《绑架岁月》被王润华誉为"一本植根于文化乡土上的诗集"[①]，集中表现民间信仰的失落和文化传统的式微。《酬神戏》之一，诗人的人格面具是一名酬神戏演员，他听到稀落的喝彩声，不由得精神恍惚，步伐凌乱，产生了伤感迷惘的内心独白："虽然这出戏去年前年曾演过 / 虽然世世代代的祖先们都看过 // 而明年 / 明年我们演不演呢？"《酬神戏》之二的视角来自一名老年观众，酬神戏唤出童年记忆中的快乐时光，然而民间文化抵不过跨国资本主义，诗歌结尾出现了反讽的一幕："这时节 / 酬神日又来了 / 路过戏棚前 / 孩子们拉拉扯扯 / 总吵着要去肯德基"[②]《地方戏》的题材来自于一幅新闻照片：酬神戏《霸王别姬》正在热闹地上演，而台下的观众仅有一人！看到这令人啼笑皆非的一幕，诗人忍不住在《附记》中郑重写道："传统艺术在现代文明的冲击下，败退得毫无招架之力，令人无限感慨！"[③]《过故神庙》写某座历史悠久的庙宇，原先香火旺盛，曾是许多古人的精神寄托，如今虽有车水马龙在庙前穿梭，但是香火如此冷落，深深刺痛了"我"的心。[④]希尼尔第一部诗集《绑架岁月》写于1980年代，适逢现代化、都市化、商品化的蓬勃。第二部诗集《轻信莫疑》出版于2001年，一些诗篇延续了文化认同迷失的主题。《让我点染最后一炷香》采用反讽戏拟的笔触，叙述历史悠久的海唇福德祠大伯公庙，在政府征用土地的法令下，被迫拆迁了。在过去一百多年中，这座神庙凝聚着海外华人的文化认同，见证他们如何发扬远端民族主义的情操，如今它却被大众忽视和遗忘，又在现代性的步步紧逼之下，从闹市仓皇撤离了。诗人哀叹，也许只有多年以后，世人走到心灵

---

① 王润华：《一本植根于文化乡土上的诗集——序希尼尔的〈绑架岁月〉》，见《从新华文学到世界华文文学》，潮州八邑会馆文教委员会（新加坡），1994年，第138—152页。

② 希尼尔：《酬神戏》，见《绑架岁月》，第130—131页。

③ 希尼尔：《地方戏》，见《绑架岁月》，第32—33页。

④ 希尼尔：《过故神庙》，见《绑架岁月》，第30—31页。

最枯竭的尽头，才会重返此庙，燃香一炷，再续神缘了。[①]无疑，希尼尔对地方事物的消逝经常唱出动人的哀歌，这是他对现代性和全球化的反应，正如吉登斯说的那样："现代性以前所未有的方式，把我们抛离了所有类型的社会秩序的轨道，从而形成了其生活形态。在外延和内涵两方面，现代性卷入的变革比过往时代的绝大多数变迁特性都更加意义深远。在外延方面，它们确立了跨越全球的社会联系方式；在内涵方面，它们正在改变我们日常生活中最熟悉和最带个人色彩的领域。"[②]

希尼尔对地方色彩的感伤描绘令人为之动容，不过话又说回来，对本土性的意义不应过分夸大。阿帕度莱认为，地方性主要还是关系性的、脉络化的而不是阶序的或空间的。社会理论最大的陈腔滥调之一就是，地方性作为社会生活的特质或区分项，在现代社会里遭遇了危机。然而地方性本身就是一个易于破碎的社会成就。他正确指出："地方性，无论是社会生活的一环，还是特定邻坊的价值表述，它都并非一个超然的标准，仿佛据此得以评判特定社会是否偏离了它或尚未达到它。"[③]凯文·罗宾斯（Kevin Robins）有类似观察，他提醒人们说："我们不应该把'本土'给予理想化。把本土（the local）看作一个关系的、相对的概念（a relational，and relative，concept），至关重要。如果它相对国家领域而言曾经有意义，那么，现在它的意义在全球化语境中正被重铸。本土应被视为一个流动的和关系的空间（a fluid and relational space），仅仅在它与全球的关系中，并且通过这层关系，它才被构造出来。"[④]显然，这个价值尺度如果发挥到极端，可能会走向本质主义；如果执迷于

---

① 希尼尔：《让我点染最后一炷香——记海唇福德祠大伯公庙》，见《轻信莫疑》，新加坡作家协会（新加坡），2001年，第60—63页。

② 安东尼·吉登斯：《现代性的后果》，田禾译，译林出版社，2000年，第4页。

③ 阿君·阿帕度莱：《消失的现代性：全球化的文化向度》，郑义恺译，群学出版社（台北），2009年，第255、256页。

④ Kevin Robins，"Tradition and Translation：National Culture in Its Global Context，" in John Corner and Sylvia Harvey eds.，*Enterprise and Heritage: Crosscurrents of National Culture*，London：Routledge，1991，p.35.

空间/位置的认同政治，难免有排外主义之虞。[①] 针对英培安、希尼尔诗中对本土事物的热烈书写，我们在赞叹赏识之余，也应该保持反省和存疑的姿态。

二、谁之文化，何种认同：在"族群"与"国族"之间

吊诡的是，虽然英培安、希尼尔采取了放弃中国原乡、扎根南洋本土的立场，然而他们的文化认同的困惑，不但没有涣然冰释，反而尖锐化和复杂化了。何以故？文化认同（cultural identity）意指对一种文化价值的归属感和情感依恋。在新加坡这个后殖民民族-国家当中，族群（ethnic）和国族（nation）虽有合作互动的一面，但也曾有过紧张冲突，甚或在某些情况下，有些华人对"族群文化"的承诺、确认和认同，正是经由他对"国族文化"的质疑、反思和批判而得以形成的，这成为一代人的情感结构。是故，当探讨新华文学中文化认同议题时，我们需要再三省思的是：究竟是对"国族文化"（national culture）的认同？还是对"族群文化"（ethnic culture）的认同？英培安和希尼尔的现代诗如何叙述这种吊诡的文化现象？

1. 语言、权力、主体

当原乡神话破灭、回归本土现实后，英培安、希尼尔面临两大社会现实：一是80年代以来的现代性与全球化对新加坡的冲击。关于这点，前文已有充分论述；二是激进的教育改革导致族群与国族的撕裂、华人社群的分化和重组，两个方面互相联系，加剧了文化认同的危机。在此情况下，如何重建"文化认同"？如何规划个体的"有意义的生活"？

---

① 近年来，随着新加坡外来移民的大幅增加，本土性诉求变成排外主义的幽灵，已屡见不鲜。See Liu Hong，"Beyond Co-Ethnics：the Politics of Differentiating and Integrating New Immigrants in Singapore，" *Ethnic and Racial Studies* vol.37 issue 7（2014）：pp.1225—1238.

这就成了英培安、希尼尔念兹在兹的心事。独立后的新加坡，在政治、经济、社会、文化、教育等层面采取许多激进措施，意在解除殖民化，重塑国族认同和历史主体，也初见成效。王赓武比较过新马华人的国族认同意识，他指出，马来西亚华人以社群为中心，具有强烈的本土意识，对马国的国族认同意识淡薄，反而保留了许多古老传统。新加坡华人有机会选择不同的道路，在一个全球化的世界中建立了清晰的国族认同，不再执著于地方意识和中国传统。[①] 这当然是相对而言的说法。事实上，针对教育政策的激进变化，一些新华作家挪借“伤痕文学”的概念，表达他们痛苦不安的集体记忆，例证所在多有[②]。

南洋大学的出现（1953）和关闭（1980）就是起因于族群与国族的冲突。[③] 英培安的《树》对南洋大学的关闭表达了伤逝悼亡的情绪。请看第七到九节——

我现在知道
鸟儿为何要在
你肩上做巢，蝉为何
要在你掌上唱，松鼠
为何要在你怀中跳跃
树，谢谢你
谢谢你给我丰富的夜，甜美的
林果；谢谢你温暖的叶脉
林荫的凉意。当我细嚼
你为我准备的每一首诗

① 王赓武:《地方与国家:传统与现代的对话》，见李元瑾主编《新马华人:传统与现代的对话》，南洋理工大学中华语言文化中心（新加坡），2002年，第17页。

② 张森林:《当代新加坡伤痕文学的发轫》，《华文文学》2012年第2期，第98—105页。

③ 吴元华:《务实的决策:新加坡政府华语文政策研究》，当代世界出版社，2008年;周兆呈:《语言、政治与国家化：南洋大学与新加坡政府关系》，南洋理工大学中华语言文化中心、八方文化创作室（新加坡），2012年。

每一篇小说，每一个
关于你与我生存的
法则。告诉你
树，告诉你，我已不那么怕了
我知道有一天伐木的人会来了
叮叮的斧声就在我脚下（我听到了，我听到了。）
树，我知道你会教我
给我力量
让我学你一样
泰然地微笑着倒下

树，教我
教我如何像你一样变成
一张桌子、一本书、一首诗，或者
一团会发光发热的火。教我
教我如何把火种传到人们的血里
就像现在的你
把火种传到我的血里一样

树，教我，给我力量
伐木的人已经来了
叮叮的斧声就在我的脚下[①]

这首诗以简洁优美的文字和精致温婉的意象，营造人与树之间的抒情亲密感（lyrical intimacy）。根深叶茂的"树"，是人类和动物的庇护所，它带来了快乐、舒适与必要的安全感，也刺激了诗人的文学创作的灵感。在隐喻层面，诗人颂赞南洋大学及其代表的中华文化（"火种"）是华

① 英培安：《树》，见《日常生活》，第34—35页。

人安身立命的所在。可是他感到强烈的不安，因为这棵坚毅、勇敢、包容、有奉献精神的大树，即将被人砍伐了，“我”急切希望文化的火种代代相传下去。在这里，族群（“我”）和国族（“伐木者”）处于冲突关系，传达了诗人对于文化认同迷失的焦虑感。

激进的教育政策导致英文成为本地的霸权语言，“西化”风气愈演愈烈，华校消逝、华校生被边缘化、华文教育低迷、华人文化传统失落，这反映的其实就是语言、权力和主体的复杂关系。华文社群的危机感弥漫开来，几乎每位华文作家都为此忧心忡忡。研究怀旧文学的学者发明了“cultural mourning”（文化悲悼）的术语，表示个人对于那些带有集体或者社群联系的“丧失之物”的反应：一种生活方式，一个文化家园，对于较大的文化集团具有意义的一个地方或地理位置，或者整个族裔或文化集团——他/她感到自愿或不自愿地与之被切断和被流放——的相关历史。因此，文化上移位或流放的人，会悲悼他们远离了家园/土地、社区、语言，以及/或者有助于身份认同的种种文化实践。[①] 与英培安相比，希尼尔表达“文化悲悼”的诗篇为数更多。《夜央歌》指出，中华文化这盏灯已燃烧了五千年，目前独挡全部压力，但是不会熄灭，总会有人暗中守望，直到长夜将尽。[②]《曾经》写“我”徘徊在南大校园的旧址，追思创校的艰辛过程以及后来的繁盛景象，缅怀这个“时代的标志”；如今南大走入了历史，只留下断壁残垣，几乎让记忆衰退的老祖母失去“这一生中唯一美丽的记忆”[③]；《一封从遥远时空邮寄来的信》写一位前辈诗人寄给《五月诗刊》的稿件，所用信封印有已消失了十年的“南洋大学”字样，“我”睹物思人，不免感慨万千。[④]《叩关》写教育政策变天，华校生被边缘化，虽然寒窗苦读，但是被社

---

① Roberta Rubenstein，*Home Matters: Longing and Belonging, Nostalgia and Mourning in Women's Fiction*，New York：Palgrave，2001，pp.5—6.

② 希尼尔：《夜央歌》，见《绑架岁月》，第124—125页。

③ 希尼尔：《曾经》，见《绑架岁月》，第126—127页。

④ 希尼尔：《一封从遥远时空寄来的信》，见《轻信莫疑》，第76—77页。

会体制拒于门外，成功之路被堵塞，徒唤奈何。[①]《或者龙族》和《虾想》是对新加坡华人的变形和异化、对他们不再是“龙的传人”的戏谑。[②]《末世思维》以简洁有力的语言和体式表达人文关切——

譬如有一源流水，让屈子的游魂严重搁浅
我们赛舟作乐，随波打捞历史的遗书

譬如有一脉刺青，曾经伤透武穆忠直的背脊
我们薪传无期，刻意任它迷失在末世的苍茫里

譬如有一方焦土，不确定能容纳多少天祥正气
我们照旧养士，且一再强调功名

譬如有一口大刀，沾谭嗣同颈边愤怒的血
我们用来除根，却不适合革命[③]

在华人文化失落的情景中，认同危机无处不在，加剧了诗人对族群文化的焦虑，也凸显族群和国家、文化和政治间的冲突。诗的每一节，运用历史典故与当下世情构成反讽性的对照，极写西化风气熏染下，华人传统价值观和道德规范的没落，抨击消费主义和功利主义。对此种种，诗人恍然生出“斩草除根”的末世感。《种子学校》惋惜百年华校的消逝，抨击英文成为本地的语言霸权以及精英主义教育体制——

之一：
一株老树独憔悴
太平天国年间

① 希尼尔：《叩关》，见《绑架岁月》，第122—123页。
② 希尼尔：《或者龙族》，《虾想》，见《绑架岁月》，第128、132—133页。
③ 希尼尔：《末世思维》，见《轻信莫疑》，第101页。

南洋石叻坡的子弟，开始
迈进萃英堂
学珠算尺牍，念四书五经
从甲午风云读到百日维新

宣统元年
爷爷过番南来后，念的
就是这一间，义学口
古色古香的
种子学堂

而春去秋来，“五四”过了七十载
人们正商量，如何
把厦门街一百卅一号
一棵老树
连根拔起

之二：
十棵种子齐萌芽
点指兵兵的那一年
老姆牵着我，迷失在
中西文化的交叉口
几般挣扎，逆着潮流去启蒙

转瞬间，唱完了六回生日歌
莹莹，我牵着你，迫不及待地
朝历史的包袱跨过去

无论如何，都要挤进种子学校[①]

1819年，莱佛士开埠新加坡。1854年，正值太平天国运动在中国兴起；新加坡第一间华校萃英书院在厦门街成立，历经一百多年的沧桑，在1989年关闭。[②]1986年，最后一批华校生毕业，华校走入历史。1987年，新加坡教育部为全面实施英语为第一语文、母语为第二语文的教育国策，设立种子学校，打造精英教育。《种子纪事》的两节采取对比结构，讲述三代华人的故事，针砭上述现象。第一节简述萃英书院的开创、发展和关闭，追思其传承族群文化、凝聚身份认同的意义，唤出邈远的历史记忆。结尾处，诗人哀悼华文教育这棵百年老树正被人“连根拔起”。第二节首先叙述个人记忆，点出自己的童年启蒙教育已经与西化风气背道而驰。接下来，写六岁的女儿顺应社会潮流，进入小学，她要跨过华文教育这个“历史包袱”，争取进入“种子学校”。这里凸显华文降格为第二语文的残酷现实。在这首诗中，族群和国族的分裂是一个结构性的冲突，对族群文化的认同，正是通过对西化的、实用主义的国族文化之批评而产生的。

2. 全球城市与文化翻译

英培安、希尼尔的诗篇，回溯华人文化的中国源头，从想象的乡愁到本土的诱惑，沉迷于神话、图腾、人物、符号，这番召唤历史记忆的举动，意在凝聚文化认同，收拾世道人心，每每令人动容。不过，他们只是把文化认同视为固定的、单一的、一成不变的存在（being），没有看到它是流动的、多元的、生成的事物（becoming），不免有本质主义之嫌。霍尔说过：“尽管唤起一个历史性的过去的始源，但是实际上认同是关于在生成的过程中运用历史、语言和文化资源的问题，与其说是

---

① 希尼尔：《种子学校》，见《轻信莫疑》，第78—79页。

② 不过，根据李业霖的考证，新加坡第一间私塾是“崇文阁”，地址在直落亚逸街天福宫，建于1849年，创办人是当年闽帮领袖陈巨川，这间书院的创办日期较萃英书院还早五年。参看林孝胜等：《石叻古迹》，南洋学会（新加坡），1975年，第215—220页。

‘我们是谁、我们从何而来’的问题，不如说是关于‘我们可能会成为什么’的问题，我们如何被表征，以及我们如何表征我们自己的问题。因此，认同是在表征之内而非之外被构成的。它们既联系着传统自身也联系着传统的发明，它们强迫我们阅读身份，不是作为无穷无尽的重申而是作为变化着的同一物，不是所谓的回到根源而是与我们的路径和谐相处。它们来源于自我的叙事化，但是这个过程的必然虚构的性质，绝不会损害它的话语的、物质的或政治的有效性。”[①] 明乎此，我们也许可以换一个角度来思考：面临现代性、全球化和社会改革的冲击，新华作家针对文化认同的思考，在表达动人的文化哀悼和族群悲情之余，可否超越流行的本质主义，发展出更有内在深度的批评思考？

新加坡本来就是华人、马来族、印度族、西方人等多元种族、多元文化的共存。自从摆脱英国殖民管控，成为主权国家以来，历经五十年的经济崛起和社会变革，尤其是借助跨国移民和全球化的力量，打造一个由族群景观、媒体景观、科技景观、财金景观、意识形态景观[②]之交织互动的局面，俨然就是一个道地的“全球城市”（global city）。在这样的社会文化脉络中，新加坡的国族文化就是一种不折不扣的“杂交文化”（culture of hybridity）。美国人类学家沃尔夫（Eric Wolf）认为，我们最好是把“文化”看作一系列的过程，这些过程建构、重构和拆解了文化材料；那种固定（fixed）、单一（unitary）、有界限的（bounded）文化概念，必须让位于对文化集合（cultural sets）之流动性和渗透性的意识。根据这种理论，凯文·罗宾斯指出，在一个急剧变化的时代，再坚持那种身份与连续性的陈旧意识，已不再有任何意义。[③] 因此，我们

---

① Stuart Hall, “Introduction: Who Needs ‘Identity’?” in Stuart Hall and Paul du Gay eds., *Questions of Cultural Identity*, p.4.

② 这五种景观是阿帕杜莱发明的概念，参看阿帕杜莱：《消失的现代性：全球化的文化向度》，第 39—65 页。

③ Kevin Robins, “Tradition and Translation: National Culture in Its Global Context,” in John Corner and Sylvia Harvey eds., *Enterprise and Heritage: Crosscurrents of National Culture*, London: Routledge, 1991, p.43.

应认识到，试图发掘纯粹的（没有异质的）、固定的、没有变化和流动的华人文化，回归没有污染的、冻结在时间中的、本真性的华人文化，几乎是一种完美主义的幻觉。在全球化时代，人们需要重述新加坡的国族文化，真正找到“做新加坡人”的一种新方式（really find ‘a new way of being Singaporean’）。霍尔这段话有助于重新理解文化认同和全球化的辩证，重新思考希尼尔与英培安的文化焦虑——

> 认为全球化时代的认同注定要终结在某个地方也许是诱人的看法：或者回归本源，或者通过同化吸收和同质化而消失于无形。但这是一个虚假的困境。因为还有另一个可能性“翻译”。这描述那些穿越和交错自然边疆的认同形成（identity formations），这些是由永远背井离乡的人群所组成的。这样的人与他们的出生地和他们的文化保持了强烈联系，但是并没有回归往昔的幻觉。他们被迫适应他们生活其中的新文化，没有简单吸收进去、完全失去他们的认同。他们背负塑造他们的那些特定文化、传统、语言和历史的踪迹。差别在于，他们并非、也永远不是旧意义上的统一，因为他们无可改变地是几种环环相扣的历史与文化的产物，同时属于几个家园。属于这种杂交文化（cultures of hybridity）的人，不得不放弃重新发现任何失落的文化纯粹性或族裔绝对主义的梦想或抱负。他们无可挽回地被“翻译”了。像鲁西迪（Rushdie）这样的移民作家同时属于两个世界，他们是由后殖民迁移所创造的新离散者的产品。他们必须学会栖居于至少两个身份中，说着两种文化语言，在其间进行翻译和斡旋。杂交文化显而易见是在晚期现代性的时代中产生出来的一种新形式的认同，并且，会有越来越多的例子留待发现。[1]

新加坡华人之文化认同的“杂交的居间性”（hybrid in-betweenness）既非真正的西方，亦非本真的中国性，而是介乎两者之间的灵活性。罗伯

---

[1] Stuart Hall, “The Question of Cultural Identity,” in Stuart Hall, David Held and Tony McGrew eds., *Modernity and Its Futures*, p.310.

特·杨（Robert Young）指出，杂交是一个关键性的术语，因为无论出现在何地，它总是暗示本质主义的不可能。回过头来看，英培安、希尼尔等人的父辈作为离散华人，从唐山过番南洋，在新加坡落籍后，他们所拥有的文化正是一种翻译的文化、杂交的文化，这种文化失去了纯粹性，既不是中国本土的文化，也不是马来亚的原生文化或者舶来的西洋文化，它其实就是霍米巴巴所谓的“第三空间”（the Third Space）①，这正是新加坡之国族文化的特性。我们要认识到，华人要维持“文化认同”，不能甄别、排斥和分化其他族群的文化，不能企图回到纯粹的、不被扰乱的、原始的、静态的文化原点，不要奢望保持不被西化风气所污染的血缘正统性——梁春芳《鱼尾狮》的主题就暴露了他的国族叙事的本真性神话——而要正视新加坡作为全球城市之文化杂交的现实，承认所有文化的不纯粹以及所有文化边界的可渗透性，解构本质主义思维方式，迈向开放通达的、更具包容的“差异共存”（together-in-difference）②。遗憾的是，这种思想认识在英培安、希尼尔的现代诗中，暂付阙如。也许我们可以期待，新世代作家能够超越前贤，开辟更有深度、更具批评性的思考方向?

三、日常生活、本真性伦理与自我认同

英培安的前两本诗集是《手术台上》（1968）、《无根的弦》（1974）。其中一些诗作例如《手术台上》《四月》《墓穴内》《天竺鼠哀歌》《成年人的游戏》等，受到英国诗人艾略特和台湾诗人痖弦的影响，以表现青春爱情的哀怨感伤、现代文明的罪恶为主题，其中的“自我”总是孤独

---

① Homi Bhabha, “The Third Space: Interview with Homi Bhabha,” in Jonathan Rutherford ed., *Identity: Community, Culture, Difference*, London: Lawrence & Wishart, 1990, pp.207—221.

② Ien Ang, *On Not speaking Chinese: Living Between Asia and the Wes*, London: Routledge, 2001, p.43,

苦闷、支离破碎的形象。进入1990年代以后，英培安告别了青春抒情，转向中年心境，从日常生活的感受出发，抒发他对文学志业不移的信心，这些诗篇有圆融自在的意境和苍茫浑厚的风格，令人欢喜赞叹。这些诗作收录在第三本诗集《日常生活》当中，其优雅精致的抒情笔调，明显见出台湾诗人杨牧的影响。[①] 这种对于个人内在性的关注，是否意味着抒情自我摆脱了政治的牢笼，重回审美自主性的老套？吉登斯说过："在政治学理论中，习惯上都承认存在狭义和广义的政治概念。前者指的是国家的政府领域中的决策过程；后者则把用以解决利益对立和价值观抵触上的争论和冲突的任何决策方式，都看作是政治性的。"[②] 这对我们理解政治概念的多重涵义，不无帮助。60、70年代的女性主义理论家提出过激进的口号："个人的即是政治的"（the personal is political），强调个人经验和更大的社会政治结构的关联，桑多·罗扎克也说过："我们生活在这样一个时代，个人认同的找寻及个人命运的实现的私人体验本身，都变成是一种主要的颠覆性政治力量。"[③] 确乎一针见血。

1. 个人主体与自由意识

诗集《日常生活》展示抒情主体对自我的承诺与确认，对于个人主体性的建构，以及对生活政治的追寻，是故，诗集（尤其是后半部分）洋溢着深邃的智慧和抒情的欢乐。请看《日常生活》这首诗的精彩片段——

他在地上
无论天空灿烂或者阴霾，他的
风景一样美好，每日每日

---

① 英培安对杨牧的作品非常熟悉，曾针对其散文集《疑神》写过一篇评论《〈凝神〉——在上帝的胡须丛中和胡须丛外》，收入英培安：《阅读旅程》，普普出版社（香港），1997年，第89—132页。按：这篇评论的题目"凝神"当为"疑神"之误。

② 安东尼·纪登斯：《现代性与自我认同》，赵旭东、方文译，第306页。

③ 同上书，第296页。

都适宜他挥汗劳作，推门上路
提醒他记住沿途的每一朵花，每一株
小草，每一棵大树

而且记住要结算
每日不同的账目：完成或未完成的
人情、事势、物理
琐碎真实，一如微汗泛在他的额上
一如启程与归途时阅读的
诸种风景
变换的脸色

每一步前人的足迹，每一块泥土
的感觉；每一页
大力用笔划下的沉思
每一行
激动的眉批

都提醒他记住
无论翻阅到的是火
是雪，是懊恼、羞愧、伤痕
造次颠沛，爱或憎恨
他坚决而且毫不犹豫
背叛或者遗忘
绝不是困惑他的

论题。[①]

① 英培安:《日常生活》，见《日常生活》，第53—54页。

此时的英培安，没有了早年的文化认同的危机感和自我迷失感，也不再纠结于朋友背叛或大众人群对自己的遗忘，他返归了平淡真实的日常生活，孜孜不倦于读书写作，这是他矢志不渝的理想和志业。英氏明确知道"我是谁""我在哪里""什么是有意义的生活""我们该如何活着"等问题伦理，他明白什么是好的、有价值的、值得赞赏和追求的事物，他恢复了日常生活的内在深度、丰富性和意义，获得了道德空间中的方向感。所以，从情感基调来说，这首诗没有我们所熟悉的愤懑怨怼，而是体现出令人敬佩不已的安静从容。这种对自我的承诺、确认和再发现，在诗集中成为一个反复吟咏的主题，有时还借助对文学经典的重写而表现。例如《如果在冬夜，一个旅人》①，题目借自意大利作家卡尔维诺，这首诗出现一个漂泊者形象（"你"），尽管总在流浪路上，经常遇到陌生人，忍受冬夜的寒冷和失眠的痛苦，但是，抒情主人公无怨无悔，一如既往。《不存在的骑士》的写作灵感也来自卡尔维诺的同名小说，但是赋予了崭新的意义，那就是对于"自我"作为创造性源泉的发现、确认和坚守——

骑士不存在
当其他的骑士都忙着
赶赴皇上的宴会，纷纷背诵
自撰的族谱
互赠勋章

不存在的骑士
在皇家收编的队伍之外
你看不见他
除了一身随时对邪恶应战的

---

① 英培安：《如果在冬夜，一个旅人》，见《日常生活》，第65页。英培安写过一篇评论文字《如果在冬夜一个旅人——与卡尔维诺一起写小说》，见《阅读旅程》，第149—166页。

盔甲，除了盔甲里
孤独但完整的灵魂。骑士
不存在，除了他的
精神，守则，他对公理
与正义的
爱。

骑士
不存在[①]

诗中出现了两种类型的骑士："不存在的骑士"和"其他的骑士"，前者热爱公理和正义，对抗邪恶，尽管孤独无助、被众人视若"不存在"，但有完整的灵魂，傲然自得；后者人数众多，欺世盗名，追名逐利，愿意被强权收编而放弃道德原则。"不存在的骑士"显然是作者的自况，这个语象重复四次，加强了孤芳自赏、遗世独立的情调，带有"堂吉诃德"式的悲剧英雄气概，令人想到丹麦剧作家易卜生的名言"世界上最强壮有力的人就是那孤独的个人"。在这里，不屈不挠的"骑士"是孤独自我的象征，他被赋予了绝对的价值尺度，自我成了道德的源泉，这让我们想起现代诗人的经典形象：英雄、先知、殉道者、狂人，也见证了个人与社会的冲突作为现代世界的结构性特征。

那么，对于个体生命而言，"自我认同"的意义到底何在？泰勒深刻指出：

知道我是谁，就是知道我站在何处。我的认同是由提供框架或视界的承诺和身份确认所规定的，在这种框架和视界内我能够尝试在不同情况下决定什么是好的或有价值的，或者什么应当做，或者我应赞同或反对什么。换句话说，这是我能够在其中采取一种立场

① 英培安：《不存在的骑士》，见《日常生活》，第67页。

> 的视界。……（省略号为引者所加）当然，某些人已出现了这种处境。这就是我们称之为“认同危机”的处境，一种严重的无方向感的形式，人们常用不知他们是谁来表达它，但也可被看作是对他们站在何处的极端的不确定性。他们缺乏这样的框架或视界——在其中事物可获得稳定意义，在其中某些生活的可能性可被看作是好的或有意义的，而另一些则是坏的或浅薄的。所有这些可能性的意义都是不固定的、易变的或非决定性的。这是痛苦的和可怕的经验。这个经验所显示出来的是认同和方向感之间的本质联系。知道你是谁，就是在道德空间中有方向感；在道德空间中出现的问题是，什么是好的或坏的，什么值得做和什么不值得做，什么对你是有意义的和重要的，以及什么是浅薄的和次要的。[①]

按照泰勒的分析，自我认同使个人主体获得了一个框架和视界，由此获得了道德空间中的方向感，能够自我决断、自我主宰、自我实现，实现心灵的解放和精神的自由。英培安通过《日常生活》《如果在冬夜，一个旅人》《不存在的骑士》表达了一种坚强笃定的信念：自我不仅是创造性的源泉也是一个维持稳定意义的道德原则。这个信仰贯穿在英培安的《树上》。此诗充满超现实主义的奇思异想，通篇由戏剧性独白和少许对话构成，它构思了两个人物：一个是源于卡尔维诺小说的“我”，生活在树上，代表的是本真的自我；另一个是追逐世俗成功的现代人“你”，两人的生活截然不同，都认为对方执着于一面，过的是有缺憾的生活。在“我”的心目中，“你”是务实、理性的人，为生计奔波，错过了大自然的良辰美景（斑鸠的歌声、夜晚的星光、树上的飞鸟）：

> 从一枝树丫飞跃
> 到另一枝树丫（你虚拟的树影
> 正在我颊边摇晃），我确实是在

① 查尔斯·泰勒：《自我的根源：现代认同的形成》，第37—38页。

你所谓的树上，你却不知道我
在那儿注视着树下的你
你正迷惑地张望，焦虑地计算、收集
与囤积，背囊越背越沉重，步伐谨慎
但犹疑，所以你从未注意
我在土地上留下的汗水
与鞋迹，以及飘忽在
我关注的虫鱼草木
间的体味（那时你许是
困在一条高速公路的车龙里，烦躁地
摁着手机)。我继续从一棵树的枝桠
飞跃至另一棵树
的枝桠，利落轻盈如
一只快乐的松鼠，如河流对土地
的书写，如风、如云对天空
的描述（而你忙于计算、收集与囤积，背囊
越背越重)。我再次见到你的时候
你正困在你急切盼望提升
的电梯里，在苍白的电脑屏幕前
诠释（或者过度诠释)
一群焦虑如你的
数据[①]

这首诗的创意来源于卡尔维诺的小说《树上的男爵》，讲述 18、19 世纪之交的意大利热那亚共和国，一位名叫柯西莫的 12 岁小男孩，为了反抗虚伪的世俗礼节，追求真正属于自我的生活，愤然离家出走，终生在树上过活，离群索居，不向世俗妥协，说出了一句令无数读者怦然心

① 英培安:《树上》，见《日常生活》，第 61—62 页。

动的名言："一个人只有远离人群，才能真正和他们在一起"[①]。在这首诗中，抒情自我带上人格面具，化身为树上的男爵（“我”）发声，与大自然中的生灵亲密接触，没有了世俗礼法的约束，自由自在。相比之下，生活在树下的“你”，充满焦虑、迷惑，疏远了大自然的美景，忍受都市生活的折磨。《树上》是一则现代寓言，它形象化地描述了自我独立的观念和自由意识的觉醒，如何挑战了现代社会的流行意识形态，在与他者的对话中产生了作为道德原则和理想的新个人主义。

2. 本真性伦理与自我认同

对比英培安三部诗集，可以发现从单一人称到双重人称的变化。《手术台上》和《无根的弦》的多数诗篇采用第一人称的“我”的内心独白（inner monologue），有时诉诸“你”或“他”的视角。到了《日常生活》那里，一些诗作出现了“我”和“你”的人称并置，说话人向在场的对象倾诉，其实是抒情自我的分身，仍然属于内心独白。英培安偶或采用“戏剧性独白”（dramatic monologue）的手法以展开故事新编，例如《良宵》《悲歌》《怀人》等，但并不多见。关于双重人称的运用，首先应该引起注意的是《无题》——

我习惯深夜走入这偏僻的
小径。我熟悉它，犹如熟悉我
孤寂的心跳，郁郁的香草、树叶
翻飞的流萤。我习惯深夜
轻叩你虚掩的门，访你，在你
的文字与文字的回廊
与你一起思辨、探索分享
你的谦虚与成熟
我的固执

① 卡尔维诺：《树上的男爵》，吴正仪译，译林出版社，2012 年。

……

我还知道此刻
你正在清晨的海边
为一朵诡谲的云，一只
稍纵即逝的海鸟，发怔
惊愕；犹如我正在
辗转反侧的星夜，竭力
追寻、捕捉、重构
一组飘忽不定的
诗句。[①]

在此前的诗中，我们看到英培安对自我的坚守，通篇是单一人称的表白。在《无题》诗里，出现了第一人称的“我”与第二人称的“你”并置，前者是现实自我，等同于作者；后者是宇宙间的诗心、神秘灵感、文学理想或艺术境界。上面的引文是第一节和最后一节，以浓烈的抒情亲密感和回旋自如的文字虚拟两个戏剧性场景，写“我”常在深夜写作，辗转反侧，无法入睡，沉醉于“一首诗的完成”中的发现，迈向心仪已久、自我期许的境界（“你”）。诗人习惯了孤寂，不求社会人群的理解，坚信自我的创造力量，对文学志业一往情深，在精神世界中沉潜内敛，追求艺术新高度。在诗集《日常生活》序言中，作者以委婉精致的文字，说出他对文学理想的关怀。下面是其中几段——

我模糊地认识到什么是诗的时候，即意识到你的存在。你存在于先辈诗人对你的回应中，于我对你的反复思索中。

于是我开始学习诉诸文字的技艺，细心地组织词语，经营意象，

① 英培安：《无题》，见《日常生活》，第49—50页。

孜孜不倦地追寻你的踪迹，捕捉你的身影，描述你，呼唤你，回应你。

我所有的诗，都是我不同的生命阶段对你的回应与呼唤。我时而欣喜，时而颓丧，时而愤怒，时而哀伤，我像恋人那样地沉溺在对你的思索与怀念里，强韧而且绵密。我希望时刻都能触碰到你，体验你。我希望你听到我的声音。

或许你不知道，只要我感受到你的体温，感受到你擦身而过，仅仅是擦身而过，我就会欣喜若狂。不仅欣喜若狂，而且心安理得。我心安理得，因为你是我追求的理想与完善。[①]

相信自我是具有内在深度的存在，对自我价值的承诺和确认，对文学志业的追寻与坚守，最后获得了道德空间中的方向感，这亦体现于堪称压卷之作《我对你的固执》中——

我对你的固执在远古的时候已定型。在幽暗的
子宫，于开始听到呼吸
的胚胎中，在

认识泪和血之前，在开始阅读书写你
的时候，我是如此惧怕遗忘
你肌肤中的隐喻，语言的结构
虽然你的体臭不可摹拟
如午后初识我体温的第一滴雨

我到处漂泊如置身异乡，离去，归来
归来，离去，我是如此固执
地寻找你，固执地
记住你的声音与颜脸，一如记忆

① 英培安：《序》，见《日常生活》，第7—10页。

我的家园。我是如此忧心忡忡
欲望与荣誉会吞噬我
的记忆，逐渐腐蚀、模糊
我对你的固执与爱恋[①]

2003年9月，英培安荣获新加坡文化界最高荣誉“文化奖”，很快，《联合早报》和新加坡国际电台也采访了他，一时之间，掌声、鲜花和荣誉纷至沓来，这迟来的正义让默默耕耘数十年的他，稍感心灵的慰藉。杜诗有云“庾信平生最萧瑟，暮年诗赋动江关”，其是之谓乎？这首诗写于10月26日，创作缘起正是有感于奖项带来的压力。诗中的“我”在生命开端，即已对“你”产生前生有缘的执着，对语言结构和象征隐喻，念兹在兹，怀着敦诚敬谨的态度，勤勉写作，不敢造次。在漫长岁月中，“我”在文字世界中四处漂泊，恍如离去归来复离去的异乡人，固执地追寻文学志业，视为精神的家园。然而在获得最高荣誉后，英氏没有志得意满，反而产生“君子终日乾乾，夕惕若，厉无咎”的危机意识，他担心欲望和荣誉会腐蚀了个人的情操。昔日那位“不存在的骑士”，是否也会“赶赴皇上的宴会”，沦为“皇家收编的队伍”之其中一员？

综而观之，诗集《日常生活》大宗的篇幅，表达孤独个人坚持理想以及自我实现后的尊严感，在英文成为文化霸权的社会气候之下，一位华人知识分子热爱中华文化，不屈不挠地从事华语文学写作，自我期许达到经典的高度，这本身就是一种承诺和抗争的姿态，一种对文化认同的自觉追寻。

然则，我的一个疑问不禁由此而生了：英培安的这些抒情诗流露的生活态度，是否隐含了自我孤立、自恋、自我正义的倾向呢？如是，这种具有自我封闭倾向的唯我论，能够为自我认同的实现提供坚实的基础吗？在此有必要介绍泰勒的分析。他认为，“现代性”产生了三种隐忧：

---

① 英培安：《我对你的固执》，见《日常生活》，第73页。

一是反常和琐碎的个人主义导致个人的参与热情的匮乏，生活的英雄维度和崇高感的消失，自我沉迷于平庸、狭隘、无意义的世界；二是工具理性的优先性导致利益权衡的至上，社会共同体变成了实现彼此欲望的“需要的体系”；三是现代福利国家的柔性专制（soft despotism）使得政治自由丧失，个人放弃了对于政治生活的热情参与，失去了对于自身命运的掌控，在政治生活中产生无助感。[①] 因此，泰勒提倡一种面向根源存在的“本真性伦理”（the ethics of authenticity）。独立存在的个体只有基于他者的承认才是可能的，自我认同离不开与他者的互动交流。其实，论及自我认同形成中的自我与他者的关系，黑格尔指出，自我意识是自在自为的，这是因为只有在一个别的自我意识里才能获得它的满足，它存在只是由于被对方承认。[②] 泰勒亦有类似观察：“我对自己的认同的发现，并不意味着我是在孤立状态中把它炮制出来的。相反，我的认同是通过与他者半是公开、半是内心的对话协商而形成的。提出一种内在发生的认同的理想必然会使承认具有新的重要意义，原因即在于此。我的认同本质性地依赖于我和他者的对话关系。”[③] 有论者指出，泰勒提出这种面向根源经由对话而获致的本真性伦理，能够保证我们在“我是谁？”这个问题上的肯定回答，表达了人类在现代社会中对自我认同的无限渴望。换言之，人们有必要以真正的自我意识从容地生活于各种共同体之中，以完全自决的自由来理解自身的存在方式，在平等主体的彼此承认中实现自我认同。进而言之，本真性问题的呈现及其外化为的个人本位文化的崛起，并不意味着个体可以脱离于固有的社会关系和政治秩序而存在。自我认同的形成离不开与有意义的“他者”的辩证

---

① Charles Taylor, *The Ethics of Authenticity*, Cambridge, MA: Harvard University Press, 1991, pp.8—10.

② 黑格尔：《精神现象学》上卷，贺麟、王玖兴译，商务印书馆，1996年，第122—123页。

③ 查尔斯·泰勒：《承认的政治》，董之琳、陈燕谷译，收入汪晖、陈燕谷主编《文化与公共性》，生活·读书·新知三联书店，2005年第2版，第298页。

对话，那种自我封闭的唯我论是对本真性伦理的幻觉而已。[①]

回到英培安的诗集《日常生活》上来。当我们阅读这些诗篇的时候，需要保持一种“必要的张力”：一方面要认识到，诗人把自己的价值选择和精神追求与个人的文学志业、华人文化共同体联系起来，从中获得了自我承诺和心灵的慰藉，这自有其可敬的合理性和动人可感的抒情声音；另一方面，我们也要看到，真正的自我认同不能走向完全的自我封闭和自我孤立，相反，它必须在一定的社会文化结构中，通过与有意义的他者的良性互动和对话交流，才能于焉形成。在“一切坚固之物均化为乌有”（all that is solid melts into air）的后现代社会当中，我们需要的正是这种“本真性伦理”，它才是确立自我认同的坚实基础。

结语：“抒情的寓言”及其未来

王德威论述华语语系的人文视野与新加坡经验，认为英培安、希尼尔属于其中的“十个关键词”[②]，诚良有以也。两人对新加坡华语语系社群的历史记忆与文化认同之关切，其实都起源于一个核心问题：我（们）应该怎样生活？什么才是真正有意义的生活？这个问题伦理反映了新加坡华人的存在性焦虑。英培安、希尼尔把历史记忆、文化认同、自我认同等置于中心关怀的位置，从想象的乡愁转向本土的诱惑，从对于语言、权力、主体的再现中探讨族群与国族的紧张，再到思考从日常生活迈向道德空间中的自我定位，其终极关怀在于：把个人主体从各种压迫情景（历史的/现实的、异国的/本国的、全球的/地方的、现实的/隐喻的）当中解放出来，重新安置在现代性、全球化、后殖民的脉

① 韩升：《查尔斯·泰勒：面向根源存在的本真性伦理》，载《华中科技大学学报》第27卷第2期，2013年，第21—26页。

② 王德威：《华语语系的人文视野与新加坡经验》，南洋理工大学中华语言文化中心（新加坡），2014年。

络中，寻获一种真正有意义的、有内在深度的生活。

长期以来，人们都认为“寓言”作为一种叙事文体，通过构造人物、情节，有时还包括场景的描写，构成完整的字面意义，同时借此比喻表现另一层相关的意义。[①] 英培安、希尼尔等人的上述诗篇，可以说是寓言性的抒情诗或曰“抒情的寓言”。在全球化冲击民族－国家的地理、语言与文化疆界的时代，对于本土性的迷恋是否会夸大空间/位置的认同政治？如何超越针对文化认同的本质主义思考方式，把杂交这个第三空间视为新加坡这个全球城市的重要特质，从而激发出一些更有生产性、批评性的想法？当个人主体从公共领域回归日常生活，在文学志业和艺术新高度的追寻当中，实现心灵的解放和自由，获得道德空间中的方向感的时候，又该如何妥善安置自我与他者、与社会共同体的交流对话，为建构自我认同准备坚实可靠的思想基础？毫无疑问地，诗人英培安、希尼尔在表达个人洞见之外，也启发后之来者去思考新的进路和可能性。

① M. H. 艾布拉姆斯：《文学术语词典》，第 11 页。

叶夫图申科研究专辑

叶夫图申科是当代苏联及俄罗斯著名诗人，少有诗名，涉猎颇广，且经历曲折，尤以其政论性极强的政治诗而备受争议。在中国，他几度获得译介，接受的过程和诗歌的选择也有微妙差异。2015年，他获得第五届中坤国际诗歌奖，第二次来访中国。本刊推出一组研究文章，以飨读者。其中，洪子诚先生的“读作品记”系列之一，回顾并评析了叶夫图申科在当代中国的接受历程及其诗歌写作触及的核心问题。

叶夫图申科（1933— ）

读作品记：《〈娘子谷〉及其它》

洪子诚

叶夫图申科在当代中国

《〈娘子谷〉及其它——苏联青年诗人诗选》，作家出版社1963年版，标明“供内部参考”，属于后来说的“黄皮书”的一种。只有131页，定价人民币三角四分，收入30年代出生的苏联诗人叶夫杜申科（1933— ，现在通译为叶夫图申科，或叶甫图申科）、沃兹涅辛斯基（1933— ）、阿赫马杜林娜（1938—2014）[1]的作品三十余首。60年代中后期我读过的“黄皮书”有这样几种：贝克特的《等待戈多》，凯鲁亚克的《在路上》，《艾特马托夫小说集》，西蒙诺夫的《生者与死者》《军人不是天生的》，收入阿克肖诺夫、马克西诺夫、卡扎科夫等八人的短篇的《苏联青年作家小说集》（两册），现在不大有人提起的姆拉登·奥里亚查（南斯拉夫）的长篇《娜嘉》，还有就是《〈娘子谷〉及其它》。

《〈娘子谷〉及其它》收叶夫图申科诗14首，前面有批判性的简介。说他1933年7月出生于西伯利亚贝加尔湖旁的济马站[2]。1944年随母亲迁至莫斯科。说他成为诗人之前，在农村、伐木场、地质勘探队工作过。15岁开始发表作品。1953年进入苏联作协主办的高尔基文学院学习，1957年，由于为“反动”小说《不是单靠面包》辩护，被学院和共青团开除；但后来又恢复学籍和团籍，并成为学院共青团书记处书记。1953年斯大林死后，大写政治诗。从50年代中期开始，他的作品紧密

---

① 阿赫马杜林娜曾是叶夫图申科的妻子，后与作家纳吉宾结婚。

② 应该是贝加尔湖附近一个名叫“济马”的车站。

联系并直接触及苏联和世界的重要政治事件，包括对斯大林的批判，反对个人迷信，古巴革命，世界和平运动与裁军，以及苏联社会生活的各个方面。他的反斯大林的诗《斯大林的继承者们》，原先许多报刊都拒绝刊登，指责他是“反苏主义者”，他将诗直接寄给赫鲁晓夫，得以在1962年10月21日的《真理报》刊出。除诗外，也写小说、电影剧本，也翻译。叶夫图申科自己说，他和他的年轻同行是“出生在30年代，而道德的形成却是在斯大林死后和党20大以后的一代人”①。

在60年代到“文革”，中国曾掀起批判苏联修正主义的热潮。对叶夫图申科等“第四代作家”的批判，属其中的一个部分。记得《文艺报》批判文章的题目是《垮掉的一代，何止美国有》。中国共产党北京市委主办的“内部参考”的理论刊物《前线·未定稿》1965年第3期刊登了徐时广、孙坤荣撰写的《叶夫杜申科和所谓“第四代作家”》，说他们的作品“在涣散苏联人民的革命意志，瓦解苏联青年一代革命精神方面，起着特殊的作用”。

由于江青《部队文艺工作座谈会纪要》指示批判苏联修正主义要抓大人物（诸如肖洛霍夫），叶夫图申科等就不大有人提起，我也忘了这个名字。再次想起“娘子谷”这个诗集，要到80年代初；却不是由于重读，而是“朦胧诗”引起的联想。那时，读到舒婷那么多首诗写窗子，写窗前和窗下，祈请“用你宽宽的手掌／覆盖我吧／现在我可以做梦了吗”，就想起《〈娘子谷〉及其它》中阿赫马杜林娜的《深夜》：穿过沉睡的城市走到“你的窗前”，我“要用手掌遮住街头的喧闹”，“要守护你的美梦，直到天明”。从她们那里，后悔要是早一些懂得窗子和爱情的关系就好了。而江河《纪念碑》中“我就是纪念碑／我的身体里垒满了石头／中华民族的历史有多沉重／我就有多少重量／中华民族有多少伤口／我就流过多少血液”，更让我直接“跳转”到《娘子谷》：

① 参见叶夫图申科：《〈娘子谷〉及其它》，张高泽译，作家出版社，1963年，第1—4页。叶夫图申科对苏联第四代作家的这一概括性描述，经常被评论者征引。中文有的翻译为“精神成熟于斯大林死后……”

娘子谷没有纪念碑,
悬崖绝壁像一面简陋的墓碑。
我恐惧。
　　犹太民族多大年岁,
　　今天我也多大年岁。
……
我也被钉死在十字架上,
如今身上还有钉子的痕迹[①]

这当然不是在讲诗人之间的“影响”,而是一个读者的阅读联想。也许叶夫图申科曾为江河、杨炼当年政治诗的创作提供过部分支援,但总体而言,80年代青年诗歌群体即使是对于俄国诗歌,关注点也发生重要转移;人们更感兴趣的是诸如阿赫玛托娃、古米廖夫、茨维塔耶娃、曼德尔斯塔姆、帕斯捷尔纳克这样的名字。因此,在“文革”后诗歌变革的一段时间,叶夫图申科在我们这里不大有人关注。他的再次出现要到80年代中期。契机是1985年10月,他作为苏联作家代表团成员访问中国,出席了中国作协和《诗刊》社联合主办的叶夫图申科诗歌朗诵会[②]。此后,就有他的多部中译的作品集面世。它们是:

《叶夫图申科诗选》,苏杭等译,漓江出版社1987年;

《叶夫图申科诗选》(“诗苑译林”之一),王守仁译,湖南人民出版社1988年;

《叶夫图申科抒情诗选》,陈雄、薛复译,浙江文艺出版社1988年;

《浆果处处》(长篇小说),张草纫、白嗣宏译,上海译文出版社1988年。

① 叶夫图申科:《〈娘子谷〉及其它》,第22页。

② 参见王守仁:《后记》,见叶夫图申科《叶夫图申科诗选》,王守仁译,湖南人民出版社,1988年,第338页。

90年代，花城出版社还出版了《提前撰写的自传》(1998年，苏杭译)，收入他60年代写的五万字的自传，以及他评论俄国诗人(普希金、涅克拉索夫、谢甫琴科、古米廖夫、马雅可夫斯基、茨维塔耶娃、阿赫马杜林娜)的多篇文章：这部书被花城出版社列入“流亡者译丛”的系列。

“复出”的不同方式

80年代中后期，叶夫图申科再次在中国出现，已不再是负面、被批判的形象。他转而被誉为苏联，甚至是世界级的杰出诗人。评价上的颠覆性的变化，其实只是发生在中国，他在苏联本土地位的变化没有这么激烈。这种翻转，中国人已经见怪不怪。不过，这样的戏剧性总应该有个交代：两个不同的叶夫图申科如何交替存在，如何得到连接，也就是说，他的“复出”采用什么样的方式？我们也许可以从80年代几部中译诗选的编辑方式中看到一些线索。

先看漓江版的“诗选”。这部诗选是多人合译，但苏杭起到主导作用，所以封面署“苏杭等译”[①]，长篇前言《苏联社会的心电图》也是苏杭写的。苏杭也是60年代《〈娘子谷〉及其它》的主要译者，推测那个批判性的简介也出自他之手。因此，前言在肯定他是“苏联著名诗人，也是当今世界诗坛上的风云人物”的同时，也述及他的诗在苏联和西方引发“毁誉参半”争议的情况，并借用特瓦尔朵夫斯基、西蒙诺夫的话指出他的不足。不过，他并没有提及中国60年代的批判，没有提起曾有《〈娘子谷〉及其它》这本书，也没有回收“反动”“修正主义”“颓废派资产阶级分子”这些帽子。前言只是语焉不详地说他不是首次在中

① 苏杭，中国社科院外国文学研究所编审，主要译著有诗集《莫阿比特狱中诗抄》《叶夫图申科诗选》(合译)、《婚礼》《普希金抒情诗选》(合译)、《普希金文集》(合译)，小说《一寸土》(合译)、叶夫图申科《提前撰写的自传》、茨维塔耶娃书信集等。

国降落，说他的创作曾“引起我国文艺界和读者的关切”，“我国读者对他似乎并不陌生”[①]，没有具体解释“关切”“并不陌生”的具体情况。

湖南人民版的“诗选”是另一种情况。用一种现在时髦的说法，可以称为“去政治化”的方式。译者前言虽然长篇谈论叶夫图申科诗歌的思想艺术特征，却完全不谈他的经历、创作、评价与历史、与现实政治的关联，没有提及他的创作、活动在苏联内部，在东西方冷战中发生的争议、冲突，只是抽象地说他三十多年来的创作，“始终对社会政治的迫切问题密切关注，对人的内心和人的命运深入观察，从而创作出一系列脍炙人口的诗歌作品”，说他“侧重于言志抒情，善于汲取自身的生活经验，使诗作富有浓郁的生活气息。即使在平淡的生活和习见的景物中，他也能发现永恒的哲理。”[②] 这样的赞赏放在另外的诗人身上也无不可，其实并未给叶夫图申科增加荣耀。

与这种“去政治化”倾向相关的，是他的一些重要的，引发争议的作品不再出现在80年代选本中，如《斯大林的继承者们》等。而湖南人民版的选本，更是没有出现《娘子谷》。相信这不仅是艺术上的考虑。“他（指死去的斯大林——引者）只是装作入睡 / 因此我向我们的政府 / 提议：/ 墓碑前的哨兵——增加 / 一倍，两倍 / 不能让斯大林起来，/ 还有和斯大林相连的过去”——这样的诗在中国的政治环境中显然不合时宜。

“去历史”当然是文学经典化运动中发掘“永恒价值”的必须过程，所谓“永恒”，就是忽略对象的时间刻度。只是对于叶夫图申科来说，这样做有点匆忙。对这位诗人来说，这种方式对他或许是一种损害；至少是在20世纪。叶夫图申科的“闪烁异彩”之处，首先就是他的强烈的政治性，与历史不能剥离的关系。

但他在中国的“复出”也有重新“政治化”的情形，我指的是文集

① 叶夫图申科：《叶夫图申科诗选》，苏杭等译，漓江出版社，1987年，第4页。

② 王守仁：《苏联诗坛的第13交响曲——叶夫图申科及其诗歌创作》，见叶夫图申科《叶夫图申科诗选》，王守仁译，湖南人民出版社，1988年。

《提前撰写的自传》的出版。前面说过，它列入“流亡者译丛”[①]。主编林贤治在《序〈流亡者译丛〉》中对“流亡者”有这样的界定：“贡布罗维奇这样说：‘我觉得任何一个尊重自己的艺术家都应该是，而且在每一种意义上都必然是名副其实的流亡者。’这里称之为‘流亡者’，除了这层意思之外，还因为他们并非一生平静，终老林下的顺民或逸士；其中几近一半流亡国外，余下的几乎都是遭受压制、监视、批判、疏远，而同时又坚持自我流亡的人物。在内心深处，他们同权势者保持了最大限度的距离。”[②] 按照贡布罗维奇[③] 的说法，“流亡者”似乎过于宽泛，几乎所有的有个性、有严肃艺术追求的作家都包括在内。而按照后面补充的界定，我们即使不能说叶夫图申科不是，却也难以简单地说他就是；尽管苏联解体之后，叶夫图申科移居美国，但并非受到压制、迫害。显然，在对叶夫图申科的政治倾向描述上，中国60年代对他的批判，和90年代“流亡者译丛”的处理，采用的是两种视角、方式。前者将他看作与“权势者”一体，也就是赫鲁晓夫的反斯大林路线的积极追随者，而后者却突出，并夸大他与“权势者”（政治的和文学）的对立与冲突。

没有疑问，当时的苏联对叶夫图申科的言行、创作有许多争议，他受过许多批评、攻击，也确实受到政权当局和文学界权力机构的压制，特别是1963年在法国《快报》刊登“自传”这一事件[④]。他被攻击为“叛徒”“蜕化变质分子”，针对他发表许多挞伐文章，他在苏联作家协

---

① 花城版的“流亡者译丛”除《提前撰写的自传》外，还出版《追寻——帕斯捷尔纳克回忆录》《见证——肖斯塔科维奇回忆录》《人，岁月，生活》（爱伦堡）等，由林贤治主编。

② 叶夫图申科：《提前撰写的自传》，花城出版社，1998年，第3页。

③ 贡布罗维奇（1904—1969），波兰小说作家，二次大战流亡阿根廷（1939—1963），后居住在法国（1964—1969）。

④ 1963年叶夫图申科在欧洲访问时，撰写了“自传”，刊载于2—3月的法国《快报》。题目《苏维埃政权下一个时代儿的自白》为《快报》编辑部所加，后来以《早熟者的自传》题名在法国出版单行本。叶夫图申科回国后，受到严厉指责。据叶夫图申科的回忆，1962年到1963年期间，因为这一事件他受到围攻。自传的俄文版本迟至1989年5月才刊登在《真理报》上，题名改为《提前撰写的自传》。花城出版社的《提前撰写的自传》一书，收入这两个不同版本。其中的差别，不仅是篇幅上的，也有措辞、观点上一些重要的变化。

会特别会议和共青团中央全会上受到批判，他的朗诵会被禁止举行；也被迫做了检查。这样的压制持续相当一段时间；当时尚未被解职的苏共第一书记赫鲁晓夫在这一围攻中“起过不小的作用”[①]。

但也不是总遭受打压，他在苏联政治－文学界也有很高地位。《〈娘子谷〉及其它》中的简介曾有这样的叙述：

> 苏共20大以后，他在1957年便发表了“反对个人迷信”的“诗”。……1960年1月赫鲁晓夫在最高苏维埃代表大会上做了裁军的报告，第二天在《文学报》上与赫鲁晓夫的报告同时发表了他的短诗《俄罗斯在裁军》，鼓吹“没有炸弹、没有不信任、没有仇恨、没有军队”的世界。……苏联文学界和读者中间对叶夫杜申科的诗一直是有争论的，……但他又受到很大的重视。他多次出国，访问过欧美、拉美、非洲等近二十个国家。《真理报》聘请他为自己的特派记者。1962年4月莫斯科作协分会改选时，他被选为莫斯科作协分会理事……

而且，在80年代，他还担任苏联作家协会理事和格鲁吉亚文学委员会主席，1984年因为《妈妈和中子弹》的长诗（中译收入湖南人民版“诗选”）获得苏联国家文艺奖金。

“艺术摧毁了沉默”

1961年的《娘子谷》是叶夫图申科最重要，也影响最大的作品之一。娘子谷位于乌克兰基辅西北郊外，1941到43年，在这里有几万到十万人——其中绝大部分是犹太人——遭到屠杀。这个事件，叶夫图申科说：“我早就想就排犹主义写一首诗。但是，直到我去过基辅，亲眼

① 参见叶夫图申科：《提前撰写的自传》，第48页。

目睹了娘子谷这个可怕的地方，这个题材才以诗的形式得以体现。”他震惊的不仅是屠杀本身，而且是当局对这一历史事件采取的态度。他目睹这个峡谷成为垃圾场，对于被杀害的无辜生命，不仅没有纪念碑，连一个说明的标牌也没有。他刊登于法国《快报》上的“自传”说：“我始终憎恶排犹主义”，“沙皇的专制制度想尽办法把排犹主义移植到俄罗斯，以便把群众的愤怒转移到犹太人身上。斯大林在他一生的某个阶段，曾恢复了这种狠毒的做法。”[①] 斯大林时代的反犹倾向，并未随着他的去世而终结。因此，造访娘子谷后回到莫斯科的当晚，他写了这首诗。真实性存在争议的《见证——肖斯塔科维奇回忆录》（伏尔科夫）书中，引述肖斯塔科维奇读《娘子谷》之后的感受：

> 这首诗震撼了我。它震撼了成千成万的人。许多人听说过娘子谷大惨案，但是叶夫图申科使他们理解了这个事件。先是德国人，后是乌克兰政府，企图抹掉人们对娘子谷惨案的记忆，但是在叶夫图申科的诗出现后，这个事件显然永远也不会被忘记了……人们在叶夫图申科写诗之前就知道娘子谷事件。但是他们沉默不语，在读了这首诗以后，打破了沉默。艺术摧毁了沉默。[②]

相信我们读了这首诗，也会同样感到震撼，虽然程度肯定不及处于那样时空中的肖斯塔科维奇。

娘子谷上野草飒飒响
树木好似法官
　　　　　　阴森威严。
这里一切都在无声地喊叫，
　　　　　　　　　　我摘下帽子。

---

① 叶夫图申科：《提前撰写的自传》，第251页。

② 伏尔科夫：《肖斯塔科维奇回忆录》，叶琼芳译，卢珮文校，外文出版局《编译参考》编辑部，1981年，第225页。

我觉得，
　　我的头发慢慢白了，
我自己，
　　也像一片无声的叫喊，
在这千千万万被埋葬的人的头上回旋。
我，
　是被枪杀在这里的每一个老人，
我，
　是被枪杀在这里的每一个婴孩。[①]

被震撼的肖斯塔科维奇加入了以艺术摧毁沉默，让历史不致湮灭的行动，为此，他在 1962 年谱写了《第 13 交响曲（娘子谷），作品 113》。与叶夫图申科一样，对这一事件的关切，是基于人道、和平、精神自由的道德立场。这部交响曲不是通常的奏鸣曲式，而是声乐和管弦乐的回旋、变奏。原本是单乐章，后来扩展为五个乐章，分别采用叶夫图申科的《娘子谷》《幽默》《在商店里》《恐怖》《功名利禄》五首诗[②]。其中第四乐章中的《恐怖》一首，是应肖斯塔科维奇之约，专为这部乐曲撰写。男低音独唱和男声合唱穿插交织。为了达到震撼的效果，采用三管的庞大编制，有近 80 位弦乐手，许多的打击乐器，以及近百人的男声合唱团。对慢板的第一乐章“娘子谷”，有音乐人做了这样的解说:

音乐以阴暗的 b 小调开始，宛如沉重的步履，之后合唱团唱出犹太民族的悲哀，有不详的第一主题不断重复，随后男低音接唱。象征法西斯暴行的第二主题以极快的速度冷酷地出现，合唱与独唱

---

① 根据张孟恢的译文。《〈娘子谷〉及其它》中这首为张高泽译，与后来收入《叶夫图申科诗选》（漓江出版社）中的张孟恢的译文基本相同，只有个别字词的调整。是否张高泽即张孟恢？无法落实。张孟恢（1922—1998），四川成都人。五六十年代担任《译文》（后改名《世界文学》）杂志编辑部编辑、苏联文学组组长。

② 这五首诗的中译，分别收入苏杭、王守仁翻译的《叶夫图申科诗选》。

也交织进行。第三主题代表纯洁无辜的受害小女孩安娜，她遭遇的悲剧在此透过管弦乐悲伤地回忆着，音乐逐渐进行到强烈的高点，导入最后的挽歌。独唱者与合唱轮番为每一个在巴比雅被射杀的人抱屈、愤怒。……[①]

巴比雅（Babi Yar）即娘子谷；安娜是二战期间躲避纳粹杀害，写《安娜·弗兰克日记》的德国犹太小女孩。无论是诗的《娘子谷》，还是交响乐的《娘子谷》，当年在苏联发表、演出的时候，都冒着风险，也确实引起很大风波，成为政治事件。《文学报》1961 年 9 月 19 日刊登这首诗时，编辑已做好被解职的准备。叶夫图申科受到许多攻击，但是他收到的三万多封来信中，绝大多数站在他这一边。在乐曲首演问题上，政权当局施加压力，迫使原先应允参加首演的乐队指挥和几位独唱家相继退出。指挥家穆拉文斯基与肖斯塔科维奇是挚友，他们的友谊开始于在音乐学院学习时。1937 年指挥列宁格勒交响乐团首演肖斯塔科维奇第五交响曲之后，肖氏的大部分作品首演指挥都由穆拉文斯基担任（交响曲第五，1937；第六，1939；第八，1943；第九，1945；第十，1953；第十二，1961）。这次原本也由他执棒，后来却也宣布退出，显然是受到当局的压力。自此，他们交恶，长期亲密、互相支持的友谊破裂[②]。这是 20 世纪无数因政治、意识形态问题导致友谊、爱情受损、破裂的一例。最终乐曲首演指挥由康德拉辛[③]担任。

基于音乐处理上的需要，《娘子谷》的“歌词”对“诗”有一些改

① 赖伟峰:《降 b 小调第 13 交响曲（巴比雅），作品 113》，见《发现：肖斯塔科维奇》，“国立”中正文化中心（台北），2005 年，第 107 页。

② 穆拉文斯基（1903—1988），苏联杰出指挥家。30 年代开始担任列宁格勒爱乐交响乐团（现在的圣彼得堡交响乐团）常任指挥四十多年，提升该乐团水准而跻身世界著名乐团之列。特别擅长指挥柴科夫斯基、肖斯塔科维奇的作品。DG 出品的双张柴可夫斯基 4、5、6 交响曲（编号 419 745—2），几乎是柴可夫斯基这三部交响曲的权威，难以超越的经典版本。

③ 康德拉辛（1914—1981），苏联指挥家。1938 到 1943 年任列宁格勒马林斯基剧院乐队的首席，1956 起成为莫斯科爱乐乐团首席指挥和艺术指导。1979 年在荷兰巡回演出时寻求政治庇护，开始任职于荷兰皇家音乐厅乐团。

动，尤其是独唱与合唱上的分配：这增强了对话、呼应的戏剧性。其中值得提出的重要不同是“犹大”和“犹太人”的问题。诗的开头这样说：

> 于是我觉得——
>
> 我仿佛是犹大，
>
> 我徘徊在古埃及。

歌词却是：

> 我觉得现在自己是个犹太人。
>
> 在这里我跋涉于古埃及。[①]

多种歌词译文，诗中的“犹大”都成了“犹太人”。我感到困惑，一个时间怀疑诗的中译是否有误，便请教汪剑钊[②]。他的解惑是：诗的原文就是犹大，犹大和犹太人在俄文中是不同的两个词，翻译不致出错。他认为，诗人既把抒情主人公当作受害者，同时认为在施害中他也负有责任，觉得“自己”就是犹大，被同胞唾弃，内心受到谴责，没有归宿感而游荡在古埃及土地上。

当然，现在我也还没有明白这个不同产生的原因。爱伦堡在听了肖斯塔科维奇的《第 8 交响曲》之后说，“音乐有一个极大的优越性；它能说出所有的一切，但是尽在不言中。”的确，多层次的、复杂交织的情感思绪，它的强弱高低起伏，它的互相渗透的呈现，文字有时难以传递；但是深层思想的揭示能力，音乐也有稍逊的时候。也许难以表达这

---

① 邹仲之译，见《爱乐》，2005 年第 5 期，生活·读书·新知三联书店。台北《发现：肖斯塔科维奇》一书的歌词翻译是：“我觉得现在——/ 我是犹太人 / 在这里 / 我横越过古埃及”（赖伟峰译）。

② 汪剑钊（1963— ），诗人、翻译家、俄苏文学和中国现代诗歌研究者。北京外国语大学外国文学研究所教授，中国社会科学院外国文学研究所研究员。著有《中俄文字之交——俄苏文学与二十世纪中国的新文学》《二十世纪中国的现代主义诗歌》，翻译《阿赫玛托娃传》。这里引述他来信大意，他还发来他新译的《娘子谷》，见附录。

里“犹大”所包含的复杂思想情感，才有这样的改动？汪剑钊的解说是对的。叶夫图申科《娘子谷》的震撼力，既来自感同身受（“我就是德莱福斯”；“我是安娜·弗兰克”；我是被枪杀在这里的每一个老人和婴孩）地对民族毁灭性暴行的批判，也来自这种不逃避应承担责任的勇敢自谴。

政治诗的命运

叶夫图申科多才多能，它不仅写诗，也写小说、电影剧本、诗歌评论，主演过电影。就诗而言，题材、形式也广泛多样。不过，说他的主要成就是“政治诗”，他是20世纪的政治诗人，应该没有大错。这也是他的自觉选择。他曾说，斯大林逝世前他“一直隐蔽在抒情诗的领域里”，“解冻”之后“要离开这个避难所”了[①]。《提前撰写的自传》中也说过相似的话：“内心抒情诗在斯大林时代几乎是禁果”，现在“开始冲破了堤坝，充满了几乎所有报刊的版面”；不过，在“发生的巨大的历史进程面前，内心抒情诗看起来多少有点幼稚。长笛已经有了……如今需要的是冲锋的军号”。[②] 因此，在当年苏联的诗歌界，他被归入着眼于重大政治题材，诗风强悍的“大声疾呼”派（相对的是“悄声细语”派。这两个“派别”，有的怪异地翻译为“响”派和“静”派）。

20世纪多灾多难，也曾经充满希望和期待。战争，革命，冷战，专制暴政，殖民解放运动……这一切在具有“公民性”意识的诗人那里，孕育、诞生了新型的政治诗体式。路易·阿拉贡将这种诗体的源头，上溯到16世纪意大利诗人彼特拉克，叶夫图申科则将它与普希金、莱蒙托夫、涅克拉索夫、惠特曼连接。但是他们也都认为，马雅可夫斯基

---

① 叶夫图申科：《〈娘子谷〉及其它》，第1—2页。

② 叶夫图申科：《提前撰写的自传》，第40页。

是当代“政治诗”的创始人[①]。叶夫图申科也将自己纳入这个诗歌谱系。他赞赏这位开拓一代诗歌的“硕大无比”的诗人的伟力:

> 马雅可夫斯基比任何人都更痛切地认识到,“没有舌头的大街却在痛苦的痉挛——它没法子讲话,也没法子叫喊。”马雅可夫斯基从淫乱的内室,从漂亮的四轮马车中拉出来爱情,把它像一个疲倦的受骗的婴孩一样捧在那双因绷紧而青筋暴露的巨大的手上,走向他仇视而又可亲的大街。[②]

20世纪政治诗的首要特征,是处理题材上敏锐而固执的政治视角,特别是直接面对、处理重要政治事件和问题。写作者有自觉的代言意识,抒情个体自信地将“自我”与民族、阶级、政党、人民、国家想象为一体。惠特曼那种“我”同时也就是“你们”的抒情方式(《自我之歌》:“我所讲的一切,将对你们也一样适合,因为属于我的每一个原子,也同样属于你……”)在20世纪政治诗中得到延伸,并被无限放大,以致抹去“个体”的部分。还有是,这种诗歌不单以文本的方式存在,诗人的姿态也成为重要组成部分。它的传播,也不仅限于室内的默读和沙龙、咖啡馆的朗诵,而是面向群众,走向广场、街头,体现了它的公共性。政治诗诗人常以自己的声音、身体作为传播的载体,他们是演说家和朗诵者:这方面突出体现在马雅可夫斯基、叶夫图申科身上。马雅可夫斯基“希望诗歌能回荡在舞台上和体育场上,鸣响于无线电收音机中,呼叫于广告牌上,号召于标语口号,堂而皇之登在报纸上,甚至印在糖果包装纸上……”[③]这种政治诗不像象征主义那么胆怯,不害怕

---

① 路易·阿拉贡1951年说:“对于我们来说,马雅可夫斯基首先是当代政治诗的创始人,这个事实是谁也不能从历史的篇章上抹掉的。”(《从彼特拉克到马雅可夫斯基》,见《法国作家论文学》,生活·读书·新知三联书店,1984年,第363页。叶夫图申科的观点,见《彪形大汉却无力防卫》。

② 叶夫图申科:《彪形大汉却无力防卫》,见《提前撰写的自传》,第133页。

③ 叶夫图申科:《提前撰写的自传》,第143页。

在诗中说教，在政治诗人看来，害怕说教，可能会让道德变得模糊，并失去群众动员所必需的质朴。

政治诗在当代中国，也曾经风光一时。它的最后一次辉煌，是“文革”后到80年代前期这段时间，几代诗人（艾青、白桦、公刘、邵燕祥、孙静轩、叶文福、雷抒雁、张学梦、骆耕野、江河、杨炼……）合力支持这个繁盛的，让诗歌参与群众社会生活的局面。不过，这是落幕前的高潮，是日落前的最后一跃。诗人西川后来说，80年代诗人“错戴”了斗士、预言家、牧师、歌星的“面具”。其实也不是错戴，那个时代的政治诗人就是斗士、预言家、牧师和“歌星”（就其与受众的关系而言）。但是这个情况已经结束。1996年，舒婷有诗这样写：“伟大题材伶仃着一只脚 / 在庸常生活的浅滩上 / 濒临绝境 / 救援和基金将在许多年后来到 / 伟大题材 / 必须学会苟且偷安”（《伟大题材》）。90年代中国当代诗的“伟大题材”也不就是陷入绝境，它在一些诗人那里采取了别样的方式。但是，就80年代初的那种政治诗而言，确实风光不再。这个退潮，80年代中后期就开始。1988年，公刘最早以深切忧虑、不满的心情，揭示了这种政治诗歌消退、“淡化”的事实。[①]

但是这个趋势难以逆转。一方面是一个物质的、消费的时代已经降临，人们对政治的关切程度大为降低。阿拉贡在50年代抱怨人们将16世纪的彼特拉克只看作爱情诗人，而忘记了他同时，甚至更主要是政治诗人[②]，滕威[③]抱怨90年代中国批评家和读者将聂鲁达从革命诗人转变为爱情（情色）诗人——他们的正确抱怨，也难以扭转这一转化的命运。人们记忆的筛选机制发生重要改变；他们也难以再热情呼应那种政治说教。况且在今天，诗人面对政治、社会问题和事件，已不像革命、战争、冷战年代那样能够自信地做出判断。越来越复杂化的“政治”，已

---

① 公刘：《从四个角度谈诗和诗人》，《文学评论》1988年第4期。

② 路易·阿拉贡：《从彼特拉克到马雅可夫斯基》，见《法国作家论文学》，王忠琪译，生活·读书·新知三联书店，1984年，第261—264页。

③ 滕威，文学博士，华南师范大学中文系教授。她的论述，见《“边境”之南——拉丁美洲文学汉译与中国当代文学（1949—1990）》，北京大学出版社，2011年。

经难以在诗中得到激情、质朴的明确表达，它更适宜放在学院的解剖台上，为训练有素、掌握精致技能的学者提供解剖对象。那些严肃、试图面对重要事件和问题的诗人，因此变得优柔寡断，犹豫不决。

讨论桌上，两个来自
极权国家的民主斗士在畅想
全球化如何能够像天真的种马一样
在他们的国土深处射出自由，而
一个来自民主国家的左派
却用他灵巧的理论手指，从
华尔街的坍塌声中，剥出了一个
源自 1848 年的幽灵。①

诗人梁秉钧写道：来自世界不同城市，有着不同世界想象的知识分子，聚集在 1933 年纳粹党人焚书的柏林百布广场，讨论着诸如“全球化经济有助于民主 / 还是更巩固了独裁？”“在现今的世代里 / 勇气是什么意思？”

回答得了么，历史给我们提的问题？
对着录音的仪器说话，有人可会聆听？
太阳没有了，户外的空气冷了起来
能给我一张毛毡吗？
六个小时以后，觉出累积的疲劳
能给我一杯热咖啡？②

“累积的疲劳”是一种时代病，炽热的热情和内在的力量变得罕见。

政治诗衰落的原因也来自它自身。叶夫图申科在《彪形大汉却无力防卫》中，对马雅可夫斯基赞赏、辩护之外，也指出他“付出的代价是

① 胡续冬:《IWP 关于社会变迁的讨论会》，见《旅行 / 诗》，海南出版社，2010 年，第 49 页。
② 梁秉钧:《百布广场上的问答》，见《东西——梁秉钧诗选》，中国戏剧出版社，2012 年，第 99 页。

昂贵的”。“他经常为争取诗歌的整体功利性而战斗，为此他失去了许多东西——要知道，任何艺术功利性都注定结局不妙。”他情愿，或不得不牺牲某种他并非不拥有的“艺术”。另一方面，“瞬间性”是这种过度依赖时间的诗歌的特质。政治诗人对此应有预想，如马雅可夫斯基写下的，当他下决心进入这一政治诗的领域，就要同时宣布：“死去吧，我的诗，像一名列兵，像我们的无名烈士在突击中死去吧。”当然，另一个可能也并非不存在，“瞬间性”也可以转化为“永恒”，如果诗人既能深刻触及现实的“瞬间”，又有足够的思想艺术力量超越的话。

今天，当我们重读叶夫图申科这样的诗人的作品，将会得到什么样的启示？20世纪马雅可夫斯基创始的政治诗还能给我们提供精神、艺术上借鉴的资源吗？叶夫图申科在1978年的回答是肯定的（这个回答距今也有三十多年了，是否有效还需要讨论验证）：

> 有时候觉得，根本不是从过去，而是从朦胧的未来……传来冲我们开来的轮船发出低沉的汽笛轰鸣声：
>
> 请听听吧，后辈同志们……

2015年9月

附记一：

这篇文章完稿之后，读到孙晓娅主持的首师大中国诗歌中心 2014 年 4 月 9 日举办的讲座整理稿。演讲人是斯洛文尼亚诗人阿什莱·希德戈（1973—　），他在题为《1945 年以后的东欧诗歌创作——小气候、抗争、追寻超越》中，重要内容之一涉及诗歌和“政治”关系这一问题。他说，在欧洲，像芬兰、波兰、南斯拉夫、匈牙利等国家，“从 19 世纪末到 20 世纪初以及更晚近的历史时期”，有许多诗人“自觉地为某种政治立场、民族主义等代言。……他们是当时文学圈子里的主流。但是从历史的角度上看，比起其他抗拒将自身作为民族主义以及政治工具的诗人来说，这些诗人在当代不再那么被欣赏。”他推举的是那些“试图提出更广阔的、复杂的问题”的诗，它们试图回答：“某种特定的政治倾向对人类来说意味着什么？社会机制是什么样的？为了政治的目的，压力以何种方式被施加到人类身上？……”他说，这些诗的作者采取了“旁观者的视角”。“如果你观察 20 世纪伟大诗人的地图，你可以看到在维持自身独立性的基础上继续写作有两种方式：一种是采取一个内在者的立场——你留在你的国家，但你永远不属于它机制的一部分，并且从侧面进行写作；另一种是自我放逐和走向流亡。”

这样的观点，在中国的读者和批评家那里，显然立刻会有反应。现场听讲者的驳诘是：

> 我认为一个写作者的责任是直面现实，如果事情确实发生了，就不能视而不见，而是要发出自救的声音。这与职业道德相关，诗人也要有其自身的职业道德，要有一颗拯救世界的善良的心。这与政治无关，与功利无关，与旁观无关。刚才您谈到了您周边国家的政治状况，包括乌克兰的动乱，一战二战的延续所带来的政治动荡。您是否觉得您在写作中对这些状况进行了刻意的回避？换言之，您写作的时候只看到了花朵和大海，却没有看到战争的、动乱的、伤害的碎片。

希德戈不接受这样的驳诘。他的回答是：

> 政治始终在简化现实。政治是一种非此即彼的思维方式，而儒家哲学则强调即此即彼。因此我认为艺术创作更为复杂，并且比起政治思考来有更弱的规定性。我不认为我为特定国家代言，无论是斯洛文尼亚还是欧洲。我开始写诗是缘于我对翻译过来的拉丁美洲诗歌的阅读——比如聂鲁达（Pablo Neruda），他们与我毫无关系。但从诗歌的角度来说他们改变了我的生活。我认为我作为一个人，应该自己决定我要表达什么，为谁表达。如果我认为我被任何战争、冲突所影响，它们直接对我发言并且需要我的回答，我已经做了很多。在南斯拉夫战争当中我进行诗歌创作，这是我自己的故事。如果我认为世界上所有的故事都是我的故事，这将会对我的语言，对我的审美表达产生很大的伤害。在所有的政治冲突中，有太多的感受和太多人的故事，很难在诗歌或是其他表述方式中对这些复杂的成分进行到位的表达，很难避免被头脑简单的政客所炸毁，以便达到他们每日的目标。我不是任何政策的奴隶，我只是诗歌的谦卑的侍者。

附记二：

汪剑钊回答我的问题的同时，也传给我他新近翻译的《娘子谷》全文。对比以前张孟恢等的译文，基本意思应该没有大的不同，但也有许多“细节”的差异（语词、句式、节奏等）。这当然体现了翻译者不同的个性与修养，语言风格，对原诗的感受。但译文发生的变化也与“时间”有关。语词上偏于“书面化”，显示了原作和较早的中译那种更具动员性的朗诵风格，向着更具“阅读性”的方向转化；政治诗原先的特质受到了削弱。这提示了文本的“生长”与时间（当然也有空间）的紧密关联。

娘子谷（汪剑钊译）

娘子谷[1]上空没有纪念碑。
陡峭的断崖，犹如粗陋的墓石。
我感到恐惧。
　　　　　我今年有多大岁数，
恰好与犹太民族同龄。
此刻，我觉得——
　　　　　　我就是犹大。
我在古老的埃及游荡。
而我，也被钉上十字架，牺牲。
至今，我的身上存有钉子的痕迹。
我觉得，德莱福斯[2]——
　　　　　　　　　就是我。
市侩的习气——
　　　　　是我的告密者和法官。
我在铁窗背后。
　　　　　　我身陷囹圄。
遭受压迫、
　　　　蹂躏、
　　　　　　诽谤。
佩着布鲁塞尔彩带的贵夫人
高声尖叫，伞柄戳到我的脸上。
我仿佛觉得——

---

① 娘子谷，乌克兰首都基辅近郊的一处大峡谷。第二次世界大战期间，德国法西斯分子曾在此屠杀了大批的犹太人。

② 德莱福斯（1859—1935），法国军官，犹太人。1894 年，他曾被诬告为间谍，判处终身监禁。在进步知识分子左拉、法朗士等人的援救下，他最后被无罪释放。

我就是别洛斯托克[1]的小男孩。
血流成河，哀鸿遍野。
首领们放肆如同小酒馆的支架，
伏特加与洋葱的气味不相上下。
我被一只皮靴踩倒，衰弱不堪。
我徒然地恳求大屠杀的刽子手。
却迎来一阵哈哈狂笑：
“揍死犹太鬼，拯救俄罗斯！”
下流胚暴虐了我的母亲。
哦，我的俄罗斯人民！
我知道——
你
在骨子里具有国际主义精神。
但那些手脚不干净的人们，
经常假借你圣洁的名义狐假虎威。
我知道你这块土地的善良。
多么卑鄙呵，
反犹分子是冷血动物，
居然给自己取了一个华丽的
名字：“俄罗斯各民族联盟”！
我仿佛觉得：
我——就是那个安娜·弗兰克，
透明
犹如四月里的一株嫩枝。
我陡生爱意。
但我不需要词句。
我需要的是，

① 别洛斯托克，波兰东北部的一座城市。

我们能够相互对视。
可瞧、可嗅的东西,
多么稀少!
我们触摸不到树枝,
我们无法见到天空。
但可以做很多事情——
例如温柔地
相互依偎在黑暗的房间。
有什么动静?
别害怕——这是春天
自己的喧响——
她向我们走来。
快来到我身边。
快给我你的唇吻。
房门被毁损?
不,——这是溶化的流冰……
野草在娘子谷上飒飒作响。
树木威严地盯视,
像一个个法官。
这里的一切在沉默中呐喊,
于是,我摘下帽子,
我感觉,
头发逐渐变得灰白。
而我本人,
如同连成一片的无声呼喊,
萦绕在成千上万具枯骨的上空。
我——
是被枪杀在此的每一个老人。
我——

是被枪杀在此的每一个婴儿。
在我内心深处
永远不会忘却!
让《国际歌》的歌声
雷鸣般轰响起来,
直到在地球上彻底埋葬
最后一名反犹分子。
我的脉管里没有一滴犹太血液。
但我胸怀粗砺的憎恶,
痛恨所有的反犹分子,
如同一名犹太人,
因为啊——
我是一名真正的俄罗斯人!

1961

怡园夜宴记

——我在北大与叶夫图申科的会见

谢冕

叶夫图申科到达北京的时候，是我年轻的同事和俄国使馆的安娜去机场迎接他的。当晚，我们在北大中关新园的怡园举行宴会为他洗尘。陪同他的有他的妻子玛莎。我们准备了红葡萄酒，叶举杯闻了，很肯定地说，好酒，可评80分。看来他对红酒颇为内行。一到场就评酒，说明他随和、兴致高。那天他穿了厚尼格子上装，粉色的领带，衬衣也是鲜艳的颜色。他有点清癯，但思维敏捷，语速很快，除了腿脚有些不便，整体看来是健康的。这些年，我们一直在寻找他，听说他长住美国，有时回俄国，找他很不容易。他的到来给我们带来喜悦。

尽管我大学学过俄语，但长久不用，包括字母在内，全忘了。幸亏有安娜，还有一位俄文很棒的刘文飞教授在场，我们的交流完全没有障碍。我告诉叶夫图申科，他在苏联获得很大的诗名时，我还是大学刚刚毕业的年轻教师。但我读过他的诗，喜欢他的诗。他的名作《娘子谷》是很早就读过的。我还告诉他，为了迎接他的到来，我的同事洪子诚教授专门写了长篇的研究论文。就这样，我们开始了无拘束的交谈。

极具亲和力的叶夫图申科一下子给我们讲了三个“故事”：

第一个故事：我有一个朋友，格鲁吉亚人，一百岁和一位七十岁的女士结婚。我出席了他们的婚礼。婚礼上我的朋友讲了一个故事，他说他做过一个奇怪的梦，梦中进了一座墓园，林林总总的墓碑，刻写着逝者的生卒时间，令人诧异的是，所有的墓碑上没有年月，只有天数，如1—2天，有的甚至是几分几秒。我迷茫了，人怎么活得那么短？引导者解释说，这里记载的不是他（她）活了多久，而是他（她）一生中用多少时间帮助了别人。所以，有的人“活”得长，几十天、几年、甚至几十年。有的人则“活”得短，只有几天、几小时、甚至连几分几秒都没有。

第二个故事：帕斯捷尔纳克有一次对我说，诗人是特殊的人，他不仅是智者，而且是预言者，诗人同时可能还是先知。对别人如此，对自己也如此。诗人预言可能发生的事情，而且后来的事实可以证明这种预言。所以诗人不可轻言死亡，这种预言是不祥的。诗人应当乐观地、开心地活着，这将给他带来好运。诗人不能在自己的诗中写死亡，否则就会应验，比如叶芝的诗中出现上吊，结果他死于上吊；普希金和莱蒙托夫在诗中写到决斗，结果他俩都死于决斗；马雅可夫斯基诗中写到子弹，结果是举枪自杀；后来割腕自杀的叶赛宁在死前不久就曾写到自杀……①

第三个故事，其实不是故事，而是他主动谈起他本人和国家的关系。他郑重地、语速和缓地说，诗人对自己祖国的前途可以有不同的看法，但诗人不能因某些原因而怨恨自己的祖国。他的这些话非常贴心，这些话一般只能对熟悉的朋友讲，而今晚，我们是初见。我知道，在以前的苏联或现在的俄罗斯，对于叶夫图申科的诗和人，有过许多很高的赞誉，也存在不同的见解，有些人并不喜欢他。

叶夫图申科是我心仪已久的诗人，我们从未谋面。在北大怡园这间面积不大的餐厅里，外面是北京初冬的寒冽，屋里，却因为他的三个“故事”，一下子把我们的心燃烧得热烘烘的。中国人说的“见面亲”，就是此时我们之间的状态，语言不通，而心是相通并互相呼应的。

叶甫根尼·亚历山德耶维奇·叶夫图申科，1932 年诞生于伊尔库茨克，我们是同龄人。他是俄罗斯当代极负盛名的诗人、小说家、电影导演、政论家。他出版过近 40 本诗集，以及长篇小说、电影剧本、评论集等。他是苏联 60 年代“高声派”诗歌的杰出代表，写了许多抒情诗，

---

① 此处记述有误，叶芝并非上吊自杀，而是病逝；叶赛宁也不是割腕自杀的，而是上吊而死。——编者注

他还是一位天才的朗诵家，他的诗歌朗诵极富魅力。他的创作关心现实的社会生活，擅长于政治抒情诗的写作，他的政治诗富有时代感，有尖锐的现实批判性，他的声音因代表了俄罗斯前进的社会理念而拥有广大的读者群。在20世纪60年代，我读到那时作为“批判材料”的他的《娘子谷》和其他一批诗歌，心灵受到极大的震撼。

娘子谷是乌克兰基辅附近的一个大峡谷，二战期间，德国法西斯分子在此屠杀了大批的犹太人。诗人说，娘子谷上空没有纪念碑，陡峭的断崖，犹如粗劣的墓石，我觉得我也被钉上十字架，我的身上存有钉子的痕迹——

而我本人，
　　如同连成一片的无声呼喊，
萦绕在成千上万具枯骨的上空。
我——
　　是被枪杀在此的每一个老人。
我——
　　是被枪杀在此的每一个婴儿。
在我的内心深处
　　　永远不会忘却！
让《国际歌》的歌声
　　　　雷鸣般地轰响起来，
直到在地球上彻底埋葬
最后一个反犹分子，
我的血管里没有一滴犹太血液，
但我胸怀粗粝的憎恶，
痛恨所有的反犹分子，
如同一名犹太人，
因为啊——
　　我是一名真正的俄罗斯人！

这种充满激情的正义的呼喊，对于我们这些生活在20世纪五六十年代的中国青年，也是非常熟悉而亲切的声音。他的诗句唤起了我对逝去岁月的怀念。我们曾经蒙昧，我们曾经觉醒，我们也曾经抗争。觥筹交错中，我听他激情的朗诵，我们忘了时空，也忘了不同的国籍、宗教、语言和信仰，我们，我和眼前这位来自远方的俄罗斯人，我们的心连在了一起，我们仿佛早已相识，我们不是新知，我们是旧友。是共同的遭遇，是共同的理想，使我们一见如故，一见倾心！

夜已深，酒已酣，我与他碰杯，欢迎他的到来。我说，我们共同把握了今天，我们就是世上最幸运的人。昨天已经过去，它不属于我，明天不可预料，它也不属于我，今天，只有今天，是我们共同的拥有，属于我，属于我们。让我们为友谊，为和平，为正义干杯！经过翻译，叶夫图申科听懂了我的祝词，他带头为此鼓掌，他说，我要为你的这番话写一首诗。

北京大学怡园的这个夜晚，我们像相识已久的朋友——其实不是今天，早在上一个世纪我读他的诗的时候，我们已是心灵的朋友了——为我们的今天频频举杯，彼此祝福。在座的中国朋友，我的同事，还有来自俄罗斯的玛莎和安娜，也为我们的话动情。11月下旬，叶夫图申科回国。过了没几天，刘文飞就收到了叶夫图申科为我而写的诗，以下是刘教授的译文：

昨天、明天和今天

——献给我的中国朋友谢冕教授，在为欢迎我抵达北京而于2015年11月13日举行的晚宴上，他的一句祝酒词给了我写作此诗的灵感。

生锈的念头又在脑中哐当，
称一称吧，实在太沉。
昨天已不属于我，

它不告别就转身。

刹车声在街上尖叫，
有人卸下它的翅膀。
明天已不属于我，
它尚未来到身旁。

迟到的报复对过去没有意义。
无人能把自己的死亡猜对。
就像面对唯一的存在，
我只为今天干杯！

（2015 年 11 月 20 日，北京）

2015 年 12 月 21 日于北京昌平北七家

2015年第五届中坤国际诗歌奖·授奖词

叶甫根尼·亚历山德耶维奇·叶夫图申科是20世纪下半叶以来，苏联以及俄国最重要的诗人。自16岁发表第一组作品开始，六十余年间，已出版四十余部诗集，在俄国和世界享有盛誉。诗歌之外，也是小说家，剧作家、摄影家，并导演、主演过电影。他的诗题材广泛，涉及大自然、爱情、普通人日常生活等领域，对人的命运和心灵世界有深入的观察。最具震撼力的作品，是他那些洋溢激情的，具有政论色彩的政治诗；它们记录了上世纪苏联社会剧变时期，人们价值观、生活方式、情感心理的复杂状态和演变轨迹。基于人道、良知的反对战争、追求和平，以及对愚昧、谎言、专横的无情揭露，对精神自由、个体生命价值的争取，是他诗歌的中心主题。1961年的《娘子谷》，以诗参与了艺术摧毁沉默，让历史不致湮没的斗争，震动千万读者和听众。细致敏锐的观察力，饱含想象力的激情、幽默感，以及韵律上的创新探索，让他的诗独树一帜。最重要的是，通过自己的创作，他彰显了那种带有世纪特征的美学原则：诗人的公民意识，对社会政治问题的质朴、直接介入，处理现实生活、历史经验的抒情方式，以及采用朗诵与听众建立呼应关系的传播手段——这是他为20世纪留下的宝贵诗歌美学遗产。

新诗史研究

《今天》诗歌与“流散”美学[①]

亚思明

上世纪的70年代末、80年代初，中国诗坛曾涌现出一股从行文到形式都迥异于鼎盛时期的“革命诗学”的另类思潮。而早在十几年前，这类思潮就已深藏于地下诗社、文化沙龙[②]，或以知青个体与群落的秘密写作[③]的方式汇成汩汩涌动的潜流，与官方文学明暗交错、同时行进，最终从蓄势待发到喷涌而出，是以民办诗报、自印诗集为突破口，其中“最早创办、影响广泛，并成为‘新诗潮’标志的自办刊物，是出现于北京的《今天》”[④]。

《今天》的诞生，连同以“三崛起”——谢冕《在新的崛起面前》

---

① 本文系中国博士后科学基金资助项目“‘世界诗歌’背景中《今天》诗人的流散写作”（2015M570580）的阶段性成果。

② 例如60年代初北京的“X诗社”和“太阳纵队”等的活动，被称为“时代之根”，这是《沉沦的圣殿》一书所表现的理解，也为许多80年代末以来出版的当代诗歌史（文学史）论著所采纳。“文革”时期，北京也存在一些文化沙龙，如徐浩渊沙龙、史康成沙龙、赵一凡沙龙等，其成员读禁书、写禁诗，以被禁的“消极主体性”展开早期的诗艺探索。徐浩渊本人则说，当年在北京真正能称得上“沙龙”的地方，当属黄元的家，还保留了“文革”前的样子，有画册、书籍、唱片、钢琴、美酒……参见多多：《1970—1978：北京的地下诗坛》，见刘禾编《持灯的使者》，牛津大学出版社（香港），2001年，第119页；杨健：《中国知青文学史》，中国工人出版社，2002年，第226—227页；杨健：《文化大革命中的地下文学》，朝华出版社，1993年，第86—87页；徐浩渊：《诗样年华》，《今天》2008年秋季号，“七十年代”专号。

③ 例如“白洋淀诗歌群落”被看作《今天》的“前驱”，对这一“群落”所做的“定义”，刊于《诗探索》1994年的总16期上。

④ 洪子诚、刘登翰：《中国当代新诗史》，第206页，北京大学出版社，2010年。

（1980）、孙绍振《新的美学原则在崛起》（1981）、徐敬亚《崛起的诗群》（1983）[①] 为代表的革新倡议，被视为中国大陆文艺政策与西方现代主义美学之间的重新沟通的开始。谢冕《在新的崛起面前》[②] 的发表时间虽早于章明《令人气闷的朦胧》，"朦胧"这个比较通俗的说法却逐渐取代"崛起"而成为有争议的诗群的特指。"'崛起'也并非完全是谢冕的发明，前不久，在报刊上有一篇表彰李四光的文章叫做《亚洲大陆的新崛起》。谢冕以他的文采和情采让地质学的'崛起'变成了文学史、思想解放的历史关键词。"[③] 而从国际层面来看："波兰和东德诗人的抗议已在他们之前了。一九六八年克拉考就已出现了'此时'文学团体，它远早于北京的《今天》杂志（1978—1980）。'此时'要求回归人性、摒弃'斗士精神'、中止美化世界，对七十年代影响极为深远。更早，东德在六十年代初就兴起了一种诗歌浪潮，它的遭遇与中国后来的朦胧诗颇有相似。"[④]

回顾历史，《今天》崛起于一个文学普遍荒芜的年代。古典文言与西方话语的双重受阻曾令现代汉语成为文化意义上的语言孤岛，这便违背了"新文学运动"的初衷——因为1917年以来白话文学的全面确立是一种将中国文学纳入世界文学的版图之内互荣共生的努力。从文学发展的意义上讲，它是要求写作语言能够容纳某种"当代性"或"现代性"的努力，"进而成为一个在语言功能与西语尤其是英语同构的开放性系统"。其中国特征表现为："既能从过去的文言经典和白话文本摄取养分，又可转化当下的日常口语，更可通过翻译来扩张命名的生成潜

① 例如谢冕在其评论文章中，对"不拘一格、大胆吸收西方现代诗歌的某些表现方式"，"越来越多的'背离'诗歌传统"的"一批新诗人"给予支持。孙绍振、徐敬亚也在其文章中认同诗界的艺术革新。

② 根据谢冕在"全国诗歌理论讨论会"上的发言，经整理后刊发于《光明日报》1980年5月7日，及《诗探索》1980年第1期。

③ 孙绍振访谈：《我与"朦胧诗"之争》（未刊稿）。

④ 顾彬、成川译：《预言家的终结——二十世纪的中国思想和中国诗》，《今天》1993年第2期。

力”。[①] 正是如此微妙地维持这三种功能之间的动态平衡，而不是通过任何激进或保守的文学运动，才可证实这个新系统的“活”的开放性，也才能产生有着革新内涵的、具备陌生化效果的生效文本。而年轻的《今天》诗人之所以得以异军突起，在很大程度上得益于封闭社会中的一种隐秘的开放，用新兴术语来讲，亦可称之为“流散”。

一、“流散”早已开始

“流散”现象在人类历史上源远流长。“流散”（Diaspora，又译飞散、离散等）一词源于希腊语，原指植物通过种子和花粉的随风飘散繁衍生命，后引申为犹太民族在“巴比伦之囚”以后离开耶路撒冷而播散异邦。而它的新解，是指民族文化文学获得了跨民族的、世界性的特征。在当代的文学创作和文化实践中，“流散”成为一种新概念、新视角，“含有文化跨民族性、文化翻译、文化旅行、文化混合等涵意，也颇有德勒兹（G. Deleuze）所说的游牧式思想（nomadic thinking）的现代哲学意味。”[②]

如果从词源上分析，diaspora 由希腊语 dia 和 spenen 组成，前者表示“穿越”“经过”“经历”之意，后者表示“播散种子”。与 exile（流亡）相比，“流散”在美学含义上更接近于雅克·德里达所使用的 dissemination（播撒）。该词词干部分由 dis 和 seminate 构成，一表示“分离”的意思，二表示“播种”。霍米·巴巴对该词的独特解构，赋予其更进一步的含义。他将该词分解为“dissemi+nation”，可以翻译成“跨国离散”。

“流散”的存在是世界文学生生不息的重要一环。英国玄学派诗人

① 张枣：《朝向语言风景的危险旅行——中国当代诗歌的元诗结构和写者姿态》，见《张枣随笔选》，颜炼军编选，人民文学出版社，2012 年，第 172 页。

② 童明：《飞散》，《外国文学》2004 年 6 期。

约翰·多恩（John Donne，1572—1631）曾有诗云："没有人是一座孤岛/可以自全/每个人都是大陆的一片/整体的一部分"。同样，从历史的观点来看，没有一本书是一件完美、完整的艺术品，它不过是"从无边无际的一张网上剪下来的一小块"；没有一种文学思潮是一国特有、独有的潮流，"它不过是一个历史阶段的时代精神被体现在相互影响的国家中的不同形态"。[①] 丹麦文学史家勃兰兑斯（George Brandes）认为，在一个动荡、恐怖的时代，反动和进步浪潮裹挟下的文人往往被放逐到社会的边缘，要么乡间隐居，要么异国流亡。只有远离喧嚣和动乱，独立思考的人才能存在，"也只有独立思考的人才能创造文艺、发展文艺"。[②]

但"流散"绝不只是在世界水平上发生，也在一国一社会之内呈现。《今天》诗歌编辑宋琳认为："对流亡诗歌也许存在着一种误解，仿佛它仅是一个现代的发明，其实自屈原始，中国诗人就累代经历着流亡，当代诗歌的流亡形象与楚辞、古诗十九首或唐诗宋词中的流亡形象本质上有何差异呢？如果有，那么时代语境的复杂即其最显著的因素之一。域外这个词所指的空间现在扩大到了整个世界。"[③] 徐星回忆说："在中国有这样一批人，他们很早就开始做在这种大合唱中发出自己的声音的尝试，我们都知道仅仅是这样的尝试在当时的中国也是以'反革命'论处的，在'非官方'和'地下'，在这两个词被广泛适用于各种形形色色的人们的今天，我甚至不知道该怎么称呼他们，比如郭路生、彭刚等。"[④]

郭路生（食指）被北岛称作"六十年代以来中国新诗运动的奠基

① 参见勃兰兑斯：《十九世纪文学主流》（第一分册 流亡文学）引言，张道真译，人民文学出版社，1980年，第2页。

② 同上书，第1—2页。

③ 宋琳：《主导的循环——〈空白练习曲〉序》，见张枣、宋琳编《空白练习曲：〈今天〉十年诗选》，牛津大学出版社（香港），2002年，第xxii页。

④ 麦文：《中国文学在国外研讨会》，《今天》1993年第一期。

人”[1]，他的诗与“革命诗歌”有着本质上的不同：“他把个人的声音重新带回到诗歌中”。[2] 多多则以为：就他“早期抒情诗的纯净程度上来看，至今尚无他人能与之相比”。[3] 郭路生是自朱湘自杀以来的一位疯狂了的诗人，“也是七十年代以来为新诗歌运动伏在地上的第一人”。[4] 彭刚与芒克 70 年代初组建过“先锋派”，他画画，也写诗，无论形式内容还是语言，都给人以极大的震撼和新鲜感。他很早就开始探索现代主义和后现代主义的艺术方向，在马佳看来，“现在也没有人超过他”。[5]1975 年彭刚被关了三天，诗集被烧，画作被毁，从此退出文艺江湖。[6]“文革”结束后，彭刚考上北大化学系，80 年代移居美国。

不仅是“奠基人”和“先锋派”，广义上的“白洋淀诗群”以及后来的“今天派”都是“新语言”的探索者。他们透过“黄皮书”窥视世界文学图景，在时代的喧嚣中倾听不谐和音，以翻译文体为基础创造了一套满足自己智力需求的文本。例如北岛至今仍然喜欢使用的“蒙太奇”手法正是来源于法国超现实主义诗人：以意象（image）取代辞藻，再通过类似“蒙太奇”的剪辑和组合方式处理之后，便可直接构成诗的元素。恰如戴望舒评价法国现代新诗人比也尔·核佛尔第（Pierre Reverdy）的诗时所说：“他用电影的手法写诗，他捉住那些不能捉住的东西。”没有矫饰，但“飞过的鸟，溜过的反光，不大听得清楚的转瞬即逝的声音”，他都“把他们连系起来，杂乱地排列起来，而成了别人

---

① 参见翟頔、北岛：《中文是我唯一的行李》，《书城》2003 年第 2 期。

② 参见北岛、陈炯：《用“昨天”与“今天”对话——谈〈七十年代〉》，《时代周报》2009 年 8 月 26 日。

③ 参见多多：《1970—1978：北京的地下诗坛》，见刘禾编《持灯的使者》，牛津大学出版社（香港），2001 年，第 117 页。

④ 同上书，第 118 页。

⑤ 参见廖亦武、陈勇：《马佳访谈录》，见刘禾编《持灯的使者》，牛津大学出版社（香港），2001 年，第 390 页。

⑥ 参见廖亦武、陈勇：《彭刚、芒克访谈录》，见刘禾编《持灯的使者》，牛津大学出版社（香港），2001 年，第 355—356 页。

所写不出来的诗”。[①]

70年代末、80年代初，一些地下文学作品经由民刊《今天》进入公众视野，再通过《诗刊》等主流媒体的转载引发社会轰动效应。因其行文晦涩、拒绝释读，被批评界戏讽为“朦胧诗”。但晦暗难解本是现代诗歌的总体特征，“诗歌在尚未被理解之时就会传达自身意味”，T.S. 艾略特在他的散文中如此说明。[②]不同于“文以载道”的中国古训，文学作品重要的并不是要教诲我们某种特定的东西，而是要使我们变得大胆、灵活、敏锐、聪颖、超然，而且给予我们快乐。这是尼采、罗兰·巴特等人的观点。[③]人民应该用文学的语言说话——假如民智需要开启，就像“文学革命”的初衷；而不是反其道而行之：文学用人民的语言说话——就像“革命文学”的宣传。历史往往事与愿违，在一个疯狂的季节转了向；革命弄丢了它的梦想，人民读不懂现代的文章。

徐星说：“自从我们选择了文学，幻想用语言来表达我们自己的时候，自从我们认识到我们一直在受语言的愚弄，以我们中国人所处的特殊环境来说，我们已经开始了‘流亡’，从那个壮丽无比然而枯燥，激昂热烈然而廉价的语言中流亡……”；[④]多多也称自己是在对“文化大革命”的本质的一种思考中，从抵抗者变为流亡者：“我的流亡时间应当是从1972年——我真正写作开始”。[⑤]

此种意义上的流亡，或曰“流散”，是语言意义上的。高行健曾言，这取决于一种生存方式的选择，而完全不在于所处的时空。[⑥]宋明炜在

---

① 戴望舒：《〈比也尔·核佛尔第诗〉译后记》，见《戴望舒译诗集》，湖南人民出版社，1983年，第61页。

② 参见胡戈·弗里德里希：《现代诗歌的结构——19世纪中期至20世纪中期的抒情诗》，李双志译，译林出版社，2010年，第1页。

③ 参见苏珊·桑塔格：《写作本身：论罗兰·巴特》，沈弘、郭丽译，见《重点所在》，上海译文出版社，2011年，第90页。

④ 麦文：《中国文学在国外研讨会》，《今天》1993年第一期。

⑤ 凌越、多多：《我的大学就是田野——多多访谈录》，《书城》2004年4月号。

⑥ 参见麦文：《中国文学在国外研讨会》，《今天》1993年第一期。

一篇纪念萨义德教授的文章中指出：“流亡”在抽象意义上，意味着永远失去对于“权威”和“理念”的信仰；不再能安然自信地亲近任何有形或无形的精神慰藉，以此，知识分子形成能够抗拒任何“归属”的批判力量，不断瓦解外部世界和知识生活中的种种所谓“恒常”与“本质”。在其视野里，组成自我和世界的元素从话语的符咒中获得解放，仿佛古代先知在迁转流徙于荒漠途中看出神示的奇迹，在剥落了“本质主义”话语符咒的历史中探索事物的真相。[①] 如此一来，“流散”本身就具有了形而上学的含义。并非地理或政治意义上的“流散”决定了“流散文学”的性质。作家勇于冲破语言的囚笼，拓展表达的疆域，为此不惜忍受孤独和磨难，无论异国飘零还是家园留守，都不能不算是精神天空的“流散者”。而他们的书写也以一种独特的方式体现了一种个人“自律”的程度。从这个角度上来看，北岛、多多、杨炼、顾城等“今天派”作家早在出国之前就已开始了“精神流散”(metaphysical Diaspora)，他们的语言先于他们的脚步逸出国境线以外，并在另一个时空找到了知己，譬如特朗斯特罗姆之于北岛、茨维塔伊娃之于多多、圣·琼·佩斯之于杨炼 [②]、洛尔迦之于顾城……

90 年代，《今天》海外复刊之后始设“今天旧话”专栏，开始有意识地对自己的历史作一次集体性的回顾。2001 年，《今天》编辑刘禾将专栏文章连同廖亦武主编的《沉沦的圣殿》(1999) 的部分内容结集付梓，这便是回忆性文集《持灯的使者》的来历。刘禾发现，虽然《持灯》里每篇文章的立意是要谈诗人和诗，但文中经常被凸显出来的甚至有点喧宾夺主的却是早期“今天派”和地下文学志愿者们在白洋淀、杏花村、北京十三路公共汽车沿线、东四胡同里的“七十六号”大杂院等地的诗歌“游历”和诗歌友谊。于是我们得知，多多和根子曾经作为歌

---

① 参见宋明炜：《“流亡的沉思”：纪念萨义德教授》，《上海文学》2003 年第 12 期。

② 80 年代初，叶维廉译的一本译诗集《众树歌唱》曾在北京的诗歌圈中风靡一时。叶维廉说，杨炼从他翻译的濮斯（大陆译：圣·琼·佩斯）的宇宙感中得到过灵感。参见叶维廉：《翻译：深思的机遇》(增订版代序)，见庞德等《众树歌唱：欧美现代诗 100 首》(增订版)，叶维廉译，人民文学出版社，2009 年，第 15 页。

者参与“徐浩渊沙龙”；芒克与彭刚受凯鲁亚克《在路上》的启发结伴流浪；而整个白洋淀，“就像当年的梁山泊，集合了一群经历不同、背景各异，以当时正统的标准衡量无一例外的都是些‘妖魔鬼怪’”①。毋宁说，“流亡”的历史早已开始：

> 北岛、芒克和黄锐他们创办《今天》文学杂志在一九七八年十二月，（这个圈子很快又有徐晓、万之、周郿英等人加入），但在这之前的十几年中，手抄本诗歌的游历、诗人们的游历、还有读诗人（经常也是写诗人）的游历，是中国地下文学得以创造、生存和传播的唯一空间，那里面孕育了一代先锋诗人和他们的读者。……九十年代以来，北岛、多多、杨炼、万之，还有已故的顾城等人在国外流亡的命运，好像也是沿续了多年前诗人们在北京和白洋淀之间，以及其他地方所开始的游走，这些诗人和作家的流亡肯定不是到了西方以后才开始的，反过来，也不能说留在国内的诗人就没有开始他们的流亡。②

既往的文学史的叙述框架遮蔽了以“流散”的形式展开的文学传播和文学创作，以及作者、读者和作品之间互动的关键环节，而缺少了这一节，就很难理解“今天派”语言的“异质性”，以及他们在普遍意义的文化废墟中所开创的一片小小的诗歌江湖。此外，《持灯》作者大多自身就是诗人或专业写者，这些文字也就超越通常的文献资料而别具文学价值。例如田晓青在他那篇普鲁斯特笔调的《十三路沿线》中如此描述北岛所在的三不老胡同：

> 作为《今天》的中心人物，振开的位置正好处于十三路沿线的中段。这种巧合似乎印证了《今天》作为一个小小的地域性的概念所暗含的意味——文化意味着交流，交流有赖于交通的便利。一个

① 宋海泉：《白洋淀琐忆》，见刘禾编《持灯的使者》，第108页，广西师范大学出版社，2009年。
② 刘禾：《编者的话》，见刘禾编《持灯的使者》，牛津大学出版社（香港），2001年，第xiii页。

> 不怎么合度的比方是，历史上那些沿大河流域或沿地中海形成的文明。在一个封闭与隔绝的社会里，除在家庭邻里之间和学校单位，任何别处的交往都是缺乏正当理由的，因而是可疑的。而十三路汽车就为这种可疑的交往提供了方便，尽管那些可疑的搭乘者并没有意识到这一点。[①]

大约没有一个文学研究者认真思考过《今天》的才子们——北岛、江河（于友泽）、赵南、黄锐、多多与“十三路沿线”破败的老城区之间的关系，田晓青的文章为我们提供了一个奇特的思路：“如果你乘坐从西南往东北开的十三路，那么到张自忠路截止，所有的《今天》同仁们都分布在你沿途的左侧，那可不像所谓塞纳河左岸那样出自传统和选择，也许哪位朋友能给我更令人满意的解释，除了巧合之类。”[②] 而在十三路终点站附近有一处风景如画的地方——玉渊潭公园。1979 年 4 月和 10 月，《今天》编辑部在那里举办过两次诗歌朗诵会。[③] 可以说，“十三路沿线”就是《今天》的生命线，你来我往的交通路径构成“流散”的主轴，迟来的青春期的躁动与迷宫般的陋巷混成了早期的生活的诗。

二、“流散”是一种美学

就全球范围来看，20 世纪也是“流散文学”的世纪，移民成了文学作品的中心人物或决定性人物。像很多背井离乡之人一样，他用他的语言保存着他的家园，装在随身携带的行李箱里：昆德拉的布拉格、乔伊斯的都柏林、格拉斯的但泽、布罗茨基的圣彼得堡……“在这个漫游

---

① 田晓青：《十三路沿线》，见刘禾编《持灯的使者》，牛津大学出版社（香港），2001 年，第 43—44 页。

② 同上书，第 49 页。

③ 参见鄂复明提供：《今天编辑部活动大事记》，见刘禾编《持灯的使者》，牛津大学出版社（香港），2001 年，第 435—436 页。

的世纪，流亡者、难民、移民在他们的铺盖卷里装着很多城市。”[①] 这也是木心所言的“带根的流浪人”：“天空海阔，志足神旺，旧阅历得到了新印证，主体客体间的明视距离伸缩自若，层次的深化导发向度的扩展。”[②]

“带根流浪”意味着对语言能力的拓展和对世界文化的眷念。语言之根使得传统通过历史的纵深得以继承和发展；四海流浪使得对母体的忠诚不再具有迂腐的情结。它传达着一种蒲公英般的生命状态。例如早在移居美国之前，王鼎钧就曾在一篇题为《本是同根生》的文章中盛赞了蒲公英以“流散”“飘零”来延续生命：

> 教师在课堂上对着一群孩子说：“蒲公英的种子附有一具天然的降落伞。大风把她们吹得很高，吹到很远的地方，她们落下来，长成另一棵蒲公英。这些种子在成熟的那天就准备远走高飞，准备使蒲公英分布繁衍，使蒲公英的名字更普遍，更响亮。”[③]

蒲公英可以实现生命版图的扩大和延伸，只因她是带着根走的，以一种积极高扬的姿态来拓展自身。文学艺术也是如此，唯有超越“我族中心主义”的视域局限，开拓语言的冒险空间和艺术的表现空间，才能催生一种更为“成熟”的写作。萨义德在其《东方论》中曾引用欧洲中世纪神学家圣维克多的雨果一段话：“发现世上只有家乡好的人只是一个未曾长大的雏儿；发现所有的地方都像自己的家乡一样好的人已经长大；但只有当认识到整个世界都不属于自己时一个人才最终走向成

---

① 萨尔曼·拉什迪：《论君特·格拉斯》，收入布罗茨基等著，黄灿然译：《见证与愉悦：当代外国作家文选》，第340页，百花文艺出版社，1999年。

② 木心：《带根的流浪人》，收入《哥伦比亚的倒影》，第60页，广西师范大学出版社，2006年。

③ 王鼎钧：《本是同根生》，收入《我们现代人》，作者自印，1975年。转引自黄万华：《在旅行中拒绝旅行：华人新生代和新华侨华人作家的比较研究》，中国社会科学出版社，2008年，第61页。

熟。”[1]对此，莎洛美可谓一语道破里尔克的心魔：“在今后的岁月里，无论你在何处逗留，无论你是否向往安全、健康与家园，或者更加强烈地向往流浪者的真正自由，乐于被变化的欲望所驱使，在你的内心深处总有一种无家可归感，而这种感觉是不可救药的。”[2]

“流散”将作家的参照系统打开，隔着一段距离审视客地与原乡。唯有在疏远与亲近之间达到一种微妙的平衡，才能对自我及他者做出合理的判断，对宇宙人生进行不动声色的描摹。这无疑会带来文学气质上的改变。乔伊斯曾说：“流亡，就是我的美学。”木心自叹不如乔伊斯阔气，只说，“美学，是我的流亡。”[3]而张枣则说：“先锋，就是流亡”。张枣相信，在1949年之前或未经“文革”的50年代，白话汉语都还尚不足以承担“流亡”话语，“而流亡就是对话语权力的环扣磁场的游离。流亡或多或少是自我放逐，是一种带专业考虑的选择，它的美学目的是去追踪对话，虚无，陌生，开阔和孤独并使之内化成文学品质。这也是当代汉语文学亟需的品质”。[4]

文学的成熟与人的成熟是相辅相成的。木心认为，“五四”以来，许多文学作品之所以并不成熟，原因是作者的“人”没有成熟。[5]“中国人的视野的广度，很有限”，例如：“莎士比亚写遍欧洲各国，中国人写不到外国去。莎士比亚心中的人性，是世界性的，中国戏剧家就知道中国人？中国人地方性的局限，在古代是不幸，至今，中国人没有写透外国的。鲁迅几乎不写日本，巴金吃着法国面包来写中国。”[6]

早在1961年，夏志清在其英文版的《中国现代小说史》中就曾指

① 爱德华·W.萨义德：《东方学》，王宇根译，生活·读书·新知三联书店，1999年，第331页。

② 摘自《莎洛美回忆录》，转引自北岛《时间的玫瑰》，牛津大学出版社（香港），2005年，第81页。

③ 木心讲述；陈丹青笔录：《文学回忆录》，广西师范大学出版社，2013年，第818页。

④ 参见张枣：《当天上掉下来一个锁匠》，见北岛《开锁——北岛一九九六～一九九八》，九歌出版社，1999年，第9—10页。

⑤ 参见木心：《风言》，见《琼美卡随想录》（第二辑），广西师范大学出版社，2010年，第81页。

⑥ 木心讲述；陈丹青笔录：《文学回忆录》，广西师范大学出版社，2013年，第353页。

出：现代的中国作家一直羁于“中国执迷”(obsession with China)[①]，未能洞察人性深渊，这使得他们的作品往往自外于世界性，流于一种褊狭的爱国主义：

> 现代的中国作家，不像陀思妥耶夫斯基、康拉德、托尔斯泰，和托马斯·曼那样，热切地去探索现代文明的病源，但他们非常感怀中国的问题，无情地刻划国内的黑暗和腐败。表面看来，他们同样注视人的精神病貌。但英、美、法、德和部分苏联作家，把国家的病态，拟为现代世界的病态；而中国的作家，则视中国的困境，为独特的现象，不能和他国相提并论。他们与现代西方作家当然也有同一的感慨，不是失望的叹息，便是厌恶的流露；但中国作家的展望，从不逾越中国的范畴，故此，他们对祖国存着一线希望，以为西方国家或苏联的思想、制度，也许能挽救日渐式微的中国。假使他们能独具慧眼，以无比的勇气，把中国的困塞，喻为现代人的病态，则他们的作品，或许能在现代文学的主流中，占一席位。[②]

夏志清关于“中国执迷”的说法也构成了德国汉学家顾彬思考20世纪中国文学史的一条中心线索。他认为夏志清用此概念言简意赅地命名了这个对于中国作家来说如此典型的态度，也凸显了他所认为的中国现代文学的主要问题所在：

> “对中国的执迷”(obsession with China) 表示了一种整齐划一的事业，它将一切思想和行动统统纳入其中，以至于对所有不能同祖国发生关联的事情都不予考虑。作为道德性义务，这种态度昭示的不仅是一种作为艺术加工的爱国热情，而且还是某种爱国性的狭隘地方主义。政治上的这一诉求使为数不少的作家强调内容优先于

① “obsession with China”亦被某些学者译为“感时忧国”，或“对中国的执迷”等。

② 夏志清：《现代中国文学感时忧国的精神》(附录二)，见《中国现代小说史》，刘绍铭等译，香港中文大学出版社，2001 年，第 461—462 页。

形式和以现实主义为导向。于是，20世纪中国文学的文艺学探索经常被导向一个对现代中国历史的研究。现代中国文学和时代经常是紧密相联的特性和世界文学的观念相左，因为后者意味着一种超越时代和民族，所有人都能理解和对所有人都有效的文学。而想在为中国的目的写作的文学和指向一个非中国读者群的文学间做到兼顾，很少有成功的例子。[①]

回溯历史，“中国执迷”是有因可寻的，因为“新文化运动”产生的背景便是中国被看作一个急需救治的病人，疾病和传统划上了等号，而治病的药物来自“现代”的西方，运送药物的则是早期的“海归”学人，如曾经作为第二批庚款留学生赴美的胡适，以及早在20世纪初就去日本留学的鲁迅、陈独秀、欧阳予倩、郭沫若、张资平、郁达夫、成仿吾、田汉、周作人等，他们后来都已成为中国现代文学的重要作家。到了二三十年代，旅欧的徐志摩、李金发、戴望舒、冯至等又相继向中国引进浪漫主义、象征主义和现代主义的诗歌；旅美的闻一多、梁实秋、陈衡哲、许地山、冰心、朱湘；旅欧的巴金、老舍等也纷纷成为“新文学”阵营的中坚力量。他们国学功底深厚、外语能力出色，横跨中西扮演着一种“文化搬运工”的角色，在很大程度上促进了现代汉语的成熟演进。但其“中国身份”较之“海外经历”显然更为彰显，因为“留洋”只是一种单向度的“流散”，少则三年两载、多则十年寒暑，终能学成归国、衣锦还乡。他们不必异国生根，他们走异路，逃异地，原为寻求治国药方。

也正因如此，“新文学”的发展壮大为汉语言文学融入世界性的现代审美大潮创造了开端，但也留下了弊端：一是对传统文化的妄自菲薄；二是对“感时忧国”的过分耽溺。这使得主流文学逐渐变成革命的文本形式，沦为政治的宣传工具。“民族的速强制胜心理内在制约了对外来思想资源取舍的价值尺度，由此建立起立足于感时忧国传统对外来

① 顾彬：《二十世纪中国文学史》，范劲等译，华东师范大学出版社，2008年，第7页。

文化的呼应机制，即从民族、国家的忧患意识和现实出发来呼应世界潮流，有时反而滞后乃至疏离于世界文化潮流。”①现代文学原本期待个人“自律”，需要“自我强健”和“承受能力”，可惜时不待人，救亡的炮火压倒了“启蒙”的进程。大多数人由于缺乏足够的“自我强健”而宁愿选择“他律”，投入民族国家的怀抱。②八年抗日，四年内战，直至1949年中共建国，以“左翼文学”为主要构成的“革命文学”一支独大，而“民主主义”和“自由主义”的思潮日益淡出，“执迷”升级为“迷狂”③，类似于一种神化，张枣称之为“太阳神化”④。到了“文革”时期，“太阳神化”达到无以复加的程度，为求“纯化”与世隔绝，中断了与西方、与古典及“新文化”传统的交流和对接。

但文学作为一种与文明本身休戚与共的精神探索是无法被根本遏制的，好比植物的种子，会随风飘散，秘密生长。“今天派”诗人的“流散”写作便是一个例子。

和同前辈诗人的探索相比，《今天》诗歌在现代性的道路上走得更远，与其说是技术的精进，不如说是时代使然。类似于“宗教的衰落”成为西方现代主义兴起的契机，在“文革”中抛洒青春的“老三届”们

① 黄万华：《越界与整合：从20世纪中国文学史到20世纪汉语文学史——兼论百年海外华文文学的意义和价值》，《江汉论坛》2013年第04期。

② 顾彬认为，“他律”在文化和文化之间、国与国之间各有不同表现。在中国的情形下是民族国家、祖国提供了身份获取的可能性，在时间进程中除了少数例外，大多数作家和艺术家都俯伏于此。这是西方不满于20世纪中国文学的实质性原因。参见顾彬：《二十世纪中国文学史》，第7—8页。

③ 文学批评把一种“如痴如狂、充斥着道德说教和未来幻景”的文学称为“迷狂文学”(Literatur der Verzückung)。这一现象在现代派之后仅仅残存在社会主义文学之中；随着后现代派的兴起，它在西方已绝迹。参见顾彬：《预言家的终结：二十世纪的中国思想和中国诗》，成川译，《今天》1993年第二期。曼德尔施塔姆遗孀娜杰日达在《希望反对希望》一书中也指出，革命其实是来自某些理念，为此着魔的人们认为可预见未来，改变历史的进程。其实这是一种宗教，其代理人赋予它神权般的信条和伦理。

④ 参见张枣：《关于当代新诗的一段回顾》，见《张枣随笔选》，颜炼军编选，人民文学出版社，2012年，第164—165页。

的人生理想的沉落也令浪漫主义——这种“溅溢出来的宗教”[1]日益失去信众。就拿北岛本人的创作来说，他在七八十年代对欧美象征主义、意象主义的接受并非移花接木而是内心选择的结果，这与20年代早期象征诗派在中国的传播不同。假如忽略了对这一历史情境的考察，便很容易得出“中国当代新诗是蹈袭西方现代诗歌”的结论。但是，如果追寻这一代先锋诗人的精神历程及其痛苦的内心挣扎，便不难发现，正是大梦初醒时的忧闷以及忧闷的升华给了他们寻找出路的智慧，由此才真正地理解并喜爱现代诗歌，磨砺诗性的思维和传导器，开拓自己的视野和想象力。没有长夜痛哭过的人，不足以语人生（托马斯·卡莱尔语）。以爱国、爱美、爱神为主要特征的浪漫主义随着早醒者所经历的梦想幻灭、信仰坍塌的精神崩溃过程趋于消弭，现代文明转而进入到一个批判之存在性敞开的时代。强烈的否定意识和批判精神是北岛从西方现代文学译本中习得的“剑术”，并斡旋在中文所特有的意象迭出的语义场里，去熔炼颇流畅又具范式的诗意。这一切带给了80年代的中国当代诗歌启示录般的辉煌。北岛诗歌的日文译者是永骏表示：“中国的现代主义并不是西洋的所谓‘无根草’，而是诗人们寻求自我解放的必然选择……事实上，让中国当代诗歌结出累累硕果的，并不是对于方法和技巧的借鉴和吸收，而是诗人们的精神上的苦斗和这一苦斗所焕发出来的辉煌精神。而且，正是它们必将迎来今后的当代诗歌的‘文艺复兴’。”[2]

值得一提的是，以北岛为代表的“今天派”的诗歌语言并非中式西语的生硬转化，而是站在老一辈文学家所构建的“文化和言语上的中间地带”寻求自己与世界沟通的方式。例如他们所领略的波德莱尔、洛尔迦的诗歌显然含有“九叶派”陈敬容和“现代派”戴望舒的再创作成分。由此，“九叶派”和“现代派”作为中国现代新诗的高峰虽然与

① 英国诗人、文学理论家和哲学家托马斯·厄内斯特·休姆（Thomas Ernest Hulme）认为：“浪漫主义就是溅溢出来的宗教，这是我能给它下的最好的定义。”参见托·欧·休姆：《论浪漫主义和古典主义》，见戴维·洛奇编《二十世纪文学评论上册》，葛林等译，上海译文出版社，1987年，第174页。

② 是永骏：《试论中国当代诗》，阿喜译，《今天》1997年第一期。

“今天派”隔着一条历史的断裂带，其诗艺却又透过译笔间接相传。与第一代的“杂合”（Hybridity）写作相比，北岛他们算是第二代了，其“中国化”程度更高，这也正是他们的诗歌虽然“朦胧”却能震撼国人的深层原因所在。此外，《今天》探求的是“现时”——而不是同时代文学所普遍囿于的“现实”。诚如李欧梵所言：“早期《今天》所刊载的诗和小说，都是在捕捉这种个人的、内心的‘现时’感，而不是重蹈五四写实主义的传统。”[①] 立足“现时”给了《今天》一个存在主义的时间向度，也令汉语文学的现代性又向前迈进了一步。

三、“流散”是一个语言事件

杨炼曾用“眺望自己出海”这行诗句概括中国20世纪的历史，其中也包括他自己和所有中国诗人的命运。一个意象：诗人站在海岸边的峭崖上，眺望自己乘船出海。这既基于他自己亲历的国际漂流，更在给出一种思维方式：“所有外在的追寻，其实都在完成一个内心旅程。”[②] 爱尔兰诗人谢默斯·希尼（Seamus Heaney）也曾借用《尤利西斯》主人公史蒂芬·德达卢斯的那句令人困惑的宣言表达过类似的观点：“通往‘塔拉’的最佳捷径是取道‘圣头’，意思是说离开爱尔兰再从外面视察这个国家是抓住爱尔兰经验核心的最可靠途径。”[③] 北岛也在《白日梦》中写道：“传统是一张航空照片 / 山河缩小成桦木的纹理”[④]。距离给了观察一个纵观全局的视角，也给了思考一个深思熟虑的机会。北岛喜

① 李欧梵：《永远的〈今天〉》，《今天》2013年春季号。

② 杨炼：《诗意思考的全球化——或另一标题：寻找当代杰作》，见《唯一的母语——杨炼：诗意的环球对话》，华东师范大学出版社六点分社，2012年，第3页。

③ 谢默斯·希尼：《翻译的影响》，见布罗茨基等《见证与愉悦：当代外国作家文选》，黄灿然译，百花文艺出版社，1999年，第246页。

④ 北岛：《白日梦》（节选），见《午夜歌手——北岛诗选一九七二～一九九四》，九歌出版社，1995年，第110页。

欢秘鲁诗人瑟塞尔·瓦耶霍（César Vallejo）的诗句：“我一无所有地漂泊……”假如没有后来的漂泊和孤悬状态，北岛坦言，他个人的写作只会倒退或停止。[①]

从80年代中后期开始，包括北岛、顾城、杨炼、多多等“今天派”诗人在内的一批中国作家纷纷移居海外，90年代又迎来精英迁徙的大潮，至此，“移民是这个时代的重要角色”这句话才真正适用于中国。上世纪七八十年代的那种文学与政治的激越变奏舒缓下来，代之以新环境与旧回忆间的徘徊，且反复挑战知识与自由限度的知识分子的异国飘零。[②]汉语写作的场域由此发生了一次深刻的地缘变化，并促成了《今天》1990年8月在海外复刊[③]。这标志着中断了十年的《今天》得以延续。为此，复刊后的海外《今天》编辑部表示将不改初衷：反对文化专制，提倡文艺创作自由，主张中国文学的多元发展。“我们不可能回避社会和政治现实的河流，但我们确认文学是另一条河流，以至个人可以因此被流放到现实以外。”[④]

但新《今天》与老《今天》又不可同日而语。北岛打过这样一个比方：“如果说老《今天》是在荒地上播种，那么新《今天》就是为了明天的饥荒保存种子。”[⑤]

① 唐晓渡、北岛：《“我一直在写作中寻找方向”——北岛访谈录》，《诗探索》2003年Z2期。

② 参见爱德华·W.萨义德：《知识分子论》，单德兴译，生活·读书·新知三联书店，2002年，第44—58页。

③ 1989年8月，在挪威留学的万之到柏林会见北岛，北岛首先提出《今天》复刊的可能性。1989年9—12月，北岛应邀到挪威奥斯陆大学任访问学者，和万之商讨《今天》复刊的具体细节。1990年5月，北岛、万之在挪威奥斯陆大学筹办《今天》复刊的编委会会议。出席会议的有北岛、万之、高行健、李陀、杨炼、孔捷生、查建英、刘索拉、徐星、老木等。奥斯陆会议结束后，全体与会者应斯德哥尔摩大学东亚系邀请前往斯德哥尔摩继续开会，并和瑞典作家举行座谈。编委会正式决定复刊《今天》，编辑部设在奥斯陆，北岛担任主编。1990年8月，《今天》复刊号在奥斯陆出版。

④ 《今天》编辑部：《复刊词》，《今天》1990年第一期。

⑤ 查建英：《北岛》，见《八十年代访谈录》，生活·读书·新知三联书店，2006年，第78页。

在这个意义上，《今天》复刊是为了表明，当代中国作家要寻找自己独特的心路历程：为了新的建造，他们会继续在字里行间停留，哪怕这已经是一座废墟。

这也是一种抗争。

我们曾说，我们也是醒来的伐木者，我们看见过百年前的流星。

我们又说，我们是栽种苹果树的人，百年以后的阳光此刻已照射在我们脸上。[①]

1991年6月，北岛、万之到芝加哥参加“中国文化批评”研讨会，其间北岛、万之、李陀、黄子平、阿城、查建英等编委前往爱荷华市筹组“今天文学基金会”。在爱荷华召开的编委会上，大家进一步明确了办刊方针——把《今天》办成跨地域的汉语文学先锋杂志。除了发表文学作品外，《今天》也支持那些边缘化的文化艺术，让中国文化的香火不断。例如《今天》近些年陆续推出的各种专辑，包括“当代中国的新纪录运动专辑”[②]“中国独立戏剧专辑”[③]“中国新独立电影专辑”[④]“纪实摄影展与宋庄专辑”[⑤]等。

诗歌依然是这本依靠诗歌起家的人文杂志的一块招牌。无论是漂泊到海外，还是生活在国内，“每个诗人都是犹太人”，茨维塔耶娃这句话恰切道尽了诗人“流散”的命运。“流散”令诗人语言与日常语言激烈碰撞，改变了词与物的既有关联。人的“流散”变成了词的“流散”。

不同于“五四”时期的“留洋者”，80年代以后的“流散者”是“一个被国家辞退的人 / 穿过昏热的午睡 / 来到海滩，潜入水底”[⑥]。在与国家告别之后，权力，即使是被否定的权力，也不再是（唯一的）思维

---

① 《今天》编辑部:《复刊词》,《今天》1990年第一期。

② 《当代中国的新纪录运动专辑》,《今天》2001年第三期。

③ 《中国独立戏剧专辑》,《今天》2005年第四期。

④ 《中国新独立电影专辑》,《今天》2007年第一期。

⑤ 《纪实摄影展与宋庄专辑》,《今天》2007年第一期。

⑥ 北岛:《创造》，见《午夜歌手——北岛诗选一九七二～一九九四》，第189页。

对象。一代人的“我们”终于变成了流寓海外的“我”，这个“我”尝试“对着镜子说话”或者“把影子挂在衣架上”。

没有了读者的关注，也没有了敌人的诅咒，突如其来的巨大自由仿佛浩无边际的宇宙。布罗茨基做过这样一个比喻：一位身居异国的作家，“就像是被装进密封舱扔向外层空间的一条狗或一个人（自然是更像一条狗，因为他们从不将你回收）。而这密封舱便是你的语言”[①]。

只有具备足够“自我强健”和“承受能力”的“流散者”才经得起这样的宇宙漂流。多多说：“在中国，我总有一个对立面可以痛痛快快地骂它；而在西方，我只能折腾我自己，最后简直受不了。”[②] 1993年，顾城自杀；此前不久，杨炼刚刚在纽约写下：“黑暗中总有一具躯体漂回不做梦的地点”[③]。那是到了非得置诸死地而后生的时候，“那个从不可能开始的开始，才是真的开始”。[④]从1989到1995，也是北岛生命里最黑暗的时期：六年之间搬了七国十五家，“差点搬出国家以外”。“在北欧的漫漫长夜，我一次次陷入绝望，默默祈祷，为了此刻也为了来生，为了战胜内心的软弱。我在一次采访中说过：‘漂泊是穿越虚无的没有终点的旅行。’经历无边的虚无才知道存在有限的意义。”[⑤]

正是在这种“一夜长于一生”的“流散”生涯里，语言空间得到了扩展，自我意识得到了加强。杨炼说：“从国内到国外，正如卡缪之形容‘旅行，仿佛一种更伟大，更深沉的学问，领我们返回自我’。内与外，不是地点的变化，仅仅是一个思想的深化：把国度、历史、传统、

① 布罗茨基：《我们称为“流亡”的状态，或浮起的橡实》，见《文明的孩子——布罗茨基论诗和诗人》，刘文飞、唐烈英译，中央编译出版社，1999年，第59页。

② 转引自顾彬：《预言家的终结：二十世纪的中国思想和中国诗》，成川译，《今天》1993年第二期。

③ 杨炼：《黑暗们》，见《大海停止之处：杨炼作品1982—1997诗歌卷》，上海文艺出版社，2003年，第412页。

④ 杨炼：《冥思板块的移动——与叶辉对话》，见《唯一的母语——杨炼：诗意的环球对话》，第197页。

⑤ 北岛：《失败之书》自序，汕头大学出版社，2004年，第2页。

生存之不同，都通过我和我的写作，变成了‘个人的和语言的’。”①

个人自律所伴随的语言自觉成为新《今天》文学的一个重要特质，与此同时，与“流散”近义的“流亡”（exile）一词所蕴含的政治意味在全球化时代趋于淡化。交通和通讯方式的多元便捷使得跨国迁徙日益成为一种自觉自愿的自我放逐。徐星说：“我不喜欢‘流亡’这个词用于艺术，不仅仅因为它太古老、充填着这个概念的内容已不足以表达今天这个复杂的世界，重要的是它使艺术家们的工作看起来都是为了简单地服务于政治、国家、政府、民族，而艺术的灵魂——美和技巧，在这个概念的沉重压力下消失了。”②

《今天》诗歌编辑张枣也认为，80年代末出现的“文学流散”现象虽然有外在的政治原因，但究其根本，美学内部自行调节的意愿才是真正的内驱力。③正因如此，“流散”或“先锋”性质使得“朦胧诗人”与“后朦胧诗人”貌似“断裂”的关系实为殊途同归，即对语言本体的沉浸及对写作本身的觉悟，令诗歌在发展方向上趋于一种“元诗”（metapoetry）——即“关于诗的诗”，或者说“诗的形而上学”。张枣用这个术语来指向写者在文本中所刻意表现的语言意识和创作反思，以及他赋予这种意识和反思的语言本体主义的价值取向，“在绝对的情况下，写者将对世界形形色色的主题的处理等同于对诗本身的处理”④。在其完成于图宾根大学的德语博士论文中，张枣用了近三章的内容详细分析了“朦胧诗”及“后朦胧诗”的来龙去脉，指出到1989年，这两股诗潮不仅没有停止发展，而且事实上已经合二为一。既然是同一类诗歌，就不该有两种后设概念的对立：“几位重要的诗评人也就相应地有了‘先锋

---

① 杨炼：《因为奥德修斯，海才开始漂流——致〈重合的孤独〉的作者》，《今天》1997年第二期。

② 麦文：《中国文学在国外研讨会》，《今天》1993年第一期。

③ 参见张枣：《当天上掉下来一个锁匠》，见北岛《开锁——北岛一九九六～一九九八》，第9—10页。

④ 同上书，第11页。

诗’或‘实验诗’之类的提法”。[①] 陈晓明也注意到：“北岛、多多、杨炼虽然被称为第二代诗人，但他们在90年代的创作与第三代诗人有某种共通的地方。由此可见，汉语言诗歌在90年代的整体性变异。”[②]

“流散”语境也使得去国诗人获得了一种反观中西的双重视野和“对位”思考的能力，并在文化差异的设身比较中，产生一种相应的采撷各国之长，同时与传统衔接的内在需要的觉醒。“对位”本是一个音乐术语，意指把两个或几个有关但是独立的旋律合成一个单一的和声结构，而每个旋律又保持它自己的线条或横向的旋律特点。用于诗歌则是指将新诗的现代性和汉语性熔炼合一的实验性尝试。

众所周知，中国新诗诞生于对西方诗歌的仿拟和译介之间，但沿着现代化轨道的单向度行进也令新诗陷入一种身份尴尬：中国当代新诗可能最多只是一种迟到的、中文版的、西方后现代诗歌的复制品，它缺乏美学创新，缺乏汉语诗意。特别是当中国古典诗词所蕴含的丰厚意象与高远境界已经成为现代主义汲取的精神财富的时候——例如卡夫卡、庞德、博尔赫斯等许多现代文学大家都曾折服于中国文化的精湛的美学思维，只有创造性地继承中华文明的宝贵遗产，将传统声韵汇入现代交响乐的乐章里去，中国新诗才会有远大发展前景。漂泊海外多年，北岛猛然发现：“传统就像血缘的召唤一样，是你在人生某一刻才会突然领悟到的。传统的博大精深与个人的势单力薄，就像大风与孤帆一样，只有懂得风向的帆才能远行。”[③] 在海外朗诵时，北岛会觉得李白、杜甫、李煜就站在后面；在听杰尔那蒂·艾基（Gennady Aygi）朗诵时，似乎看

---

① Zhang Zao. *Auf die Suche nach poetischer Modernität: Die Neue Lyrik Chinas nach 1919*, Tübingen：TOBIAS-Lib，Universitätsbibliothek，2004. s.242—243. 例如唐晓渡称“朦胧诗”是“实验诗”的“开先河者”；陈超认为“先锋诗”是对“朦胧诗”的超越（包括“朦胧诗人”后期创作的自我超越）。参见唐晓渡：《实验诗：生长着的可能性》，见《唐晓渡诗学论集》，中国社会科学出版社，2001年，第43—48页；陈超：《中国先锋诗歌论》，人民文学出版社，2007年。

② 陈晓明：《中国当代文学主潮》（第二版），北京大学出版社，2013年，第455页。

③ 唐晓渡、北岛：《“我一直在写作中寻找方向”——北岛访谈录》。

到他背后站着帕斯捷尔纳克和曼德尔施塔姆，还有普希金和莱蒙托夫，尽管在风格上差异很大。“这就是传统。我们要是有能耐，就应加入并丰富这一传统，否则我们就是败家子。”[①]

但正如杨炼所说：“匮乏个人创造性的传统，不配被称为‘传统’，充其量只是一个冗长的‘过去’。”[②] 指向未来的传统必须进入一种类似于大气或血液的语言循环系统——同一切循环现象相似，语言循环亦以代谢和净化为主导，汲取内外宇宙的能量。例如博尔赫斯在论及阿根廷作家与传统的关系时称：“我们应该把宇宙看作我们的遗产，任何题材都可以尝试，不能因为我们是阿根廷人而囿于阿根廷特色”[③]。

如何在汉语新诗的现代性追求中修复古典诗歌的诗意，使之横贯中西，纵通古今，完成“对位”合成，已成为中国当代诗人面临的一项艰巨任务。多多表示：“中国古诗词无疑是人类诗歌的一大高峰。另一大高峰就是西方现代诗歌。这两大高峰合在一起，成为我的两大压力。所以，我一开始就活在问题之中。现在也活在问题之中，以后也必将在问题中死去。”[④] 主张“中西双修”的张枣则认为：“中国流亡诗人既不能像西方发达资本主义时期的诗人那样，带着殖民者的优越心态，陶醉于异国情调，又不能像居家者那样悠闲地处理波澜不惊的日常生活。必须把自己确立为一个往返于中西两界的内在的流亡者和对话者，写作才具有当代性与合法性。”[⑤] 从某种意义上来说，这也是在竟前辈诗人未竟之事业。例如 1931 年，梁宗岱在给徐志摩的信中就曾写道：“我们现代，正当东西文化之冲，要把二者尽量吸取，贯通，融化而开辟一个新局

---

① 唐晓渡、北岛：《“我一直在写作中寻找方向”——北岛访谈录》。

② 杨炼：《再谈‘主动的他者’——与阿多尼斯笔谈》，见《唯一的母语——杨炼：诗意的环球对话》，第 51 页。

③ 博尔赫斯：《博尔赫斯文集》文论自述卷，王永年等译，海南国际新闻出版中心，1996 年，第 90 页。

④ 多多访谈：《我主张“借诗还魂”》，《南方都市报》2005 年 04 月 09 日。

⑤ 参见宋琳：《精灵的名字——论张枣》，见宋琳、柏桦编《亲爱的张枣》，江苏文艺出版社，2010 年，第 159 页。

面——并非中学为体西学为用，更非明目张胆去模仿西方——岂是一朝一夕，十年八年底事！所以我们目前的工作，一方面自然要望着远远的天边，一方面只好从最近最卑一步步地走。"[①] 这是汉语诗歌的现代转型之路，"是悲哀的宿命，也是再生的机缘"。[②]

综上所述，不难看出，新《今天》的海外"流散"在某种程度上也是老《今天》历史的延续。"流散"的美学特质也使得写作的同源和交汇愈加明朗，两代诗人都以同样的写者姿态将语言作为终极现实，这也符合汉语文学变革的内在生成逻辑。此外，《今天》主将们试图通过诗歌来整合中国与西方、传统与现代的艺术手法和表现方式，以一种霍米·巴巴式的基因"杂合"来完成异质文化的"对位"碰撞。这也是与全球化时代的"流散"语境相得益彰的，如此，才能完善昔日歌德提出的"世界文学"的构想——在其首创于 1827 年的这一文学概念中，歌德指明"世界文学"的使命是通过倡导相互理解、欣赏和容忍来促进人类文明的进步。"这并不意味着各民族归于同一，而是说他们应意识到各自的存在，即使互无好感，也应容忍对方。"[③] 但 20 世纪汹涌而来的移民浪潮及"流散文学"显然令民族文化已经超越了物我之间的二元对立，从而进入了一个去中心化的多元混杂的新时代。《今天》的先锋探索和诗学实验也为我们展开了一个深具未来指示性的样本。

2015 年 1 月 31 日修改稿

---

① 梁宗岱:《论诗》，见《梁宗岱文集》II，中央编译出版社，2003 年，第 43 页。

② 北岛曾表示:"与民族命运一起，汉语诗歌走在现代转型的路上，没有退路，只能往前走，尽管向前的路不一定是向上的路——这是悲哀的宿命，也是再生的机缘。"参见北岛:《缺席与在场——2009 年 11 月 11 日在第二届"中坤国际诗歌奖"上的获奖致辞》，见《古老的敌意》，牛津大学出版社（香港），2012 年，第 173 页。

③ Fritz Strich. *Goethe und die Weltliteratur*. Bern: Francke Verlag，1946. s. 13.

本辑作者简介

张桃洲 1971 年生，首都师范大学文学院教授、博士生导师。主要从事中国现当代诗歌研究与评论、中国现代文学及思想文化研究。出版《现代汉语的诗性空间——新诗话语研究》《“个人”的神话：现时代的诗、文学与宗教》《语词的探险：中国新诗的文本与现实》《声音的意味：20 世纪新诗格律探索》等论著。曾获首届唐弢青年文学研究奖、北京市第九届哲学社会科学优秀成果奖、第二届“教育部名栏·现当代诗学研究奖”等。

姜涛 1970 年生，现任教于北京大学中文系，副教授，研究方向为中国现代文学，出版专著《巴枯宁的手》《新诗集与中国新诗的发生》《图本徐志摩传》，编著《20 世纪中国新诗总系》(第一卷)、《北大文学讲堂》，译著《现实主义的限制》等，另出版个人诗集《好消息》《鸟经》。曾获“全国优秀博士论文奖”、第三届“王瑶学术奖”优秀青年著作奖、第三届“唐弢青年文学研究奖”等。

张伟栋 文学博士，海南师范大学文学院副教授。

吴昊 1990 年生，山东泰安人，首都师范大学文学院 2014 级博士生。

张凯成 1990 年生，河北邯郸人，首都师范大学文学院 2015 级博士生。

余旸 原名余祖政，1995 年就读于哈尔滨工业大学，2003 至 2010 年，在北京大学中文系完成硕士、博士研究生学业，现执教于西南大学新诗研究所。

吴丹鸿　新竹清华大学中文研究所硕士研究生。

贾鉴　1974年生于内蒙古乌兰察布市察右后旗，任教于上海大学影视学院，主要从事当代诗学、视觉文化方面的研究。

刘奎　湖北人，2005—2011就读于武汉大学，2011—2015就读于北京大学，获博士学位，2014年春曾赴哈佛大学访问学习，现为厦门大学台湾研究院博士后，助理教授，两岸关系和平发展协同创新中心研究人员。曾在《文艺研究》《中国现代文学研究丛刊》《鲁迅研究月刊》《二十一世纪》（香港）等刊物上发表论文十余篇，现研究方向主要为两岸诗歌（包括旧体诗）。

张松建　新加坡国立大学哲学博士，北京清华大学人文社科学院博士后，现为新加坡南洋理工大学中文系助理教授。主要研究海外华文文学、中国现当代文学、批评理论与比较文学，在海内外学术期刊上发表论文和书评五十余篇，出版专著《现代诗的再出发：中国四十年代现代主义诗潮新探》《抒情主义与中国现代诗学》《文心的异同：新马华文文学与中国现代文学论集》。

洪子诚　1939年生，北京大学中文系教授。

谢冕　1932年生，北京大学中文系教授。

亚思明　本名崔春，文学博士，山东大学（威海）文化传播学院讲师，山东大学（威海）外国语言文学流动站博士后。

编后记

2014年10月31日，《新诗评论》编委之一，诗人、诗歌批评家陈超因抑郁症猝然离世。本刊同仁在震惊、悲痛和惋惜之余，商量为逝者做一期纪念或研究专辑。于是，有了今天我们这一辑的三篇深度评析陈超诗歌批评的长文和一篇详尽的批评家年谱。张桃洲的文章勾勒了陈超的批评径路、批评方法、思想资源及相关运用改造等，合理推断出其独特的，既注重形式本体又指向精神维度的“生命诗学”。文章在辨析陈超所提出的“历史想象力”概念中，肯定陈超的诗歌批评在当代诗歌总体批评语境中的位置。姜涛也选择了从“个人化历史想象力”谈起，探讨陈超如何以这一理念穿透“90年代诗歌”及相关的一系列诗歌概念，通过文本分析呈现写作面貌、诗歌主题和批评观念的变化，并把这些变化与人文思潮与知识方式的变化联系起来，把近二十年来的当代诗歌及批评纳入当代思想史的脉络之中。姜涛的文章细致而深入地分析了“先锋诗”“个人化历史想象力”的内蕴与当代思想知识方法之间的联系，以及它在陈超诗歌批评中所呈现的基调。在人文思潮和社会学的双重视野中展开对陈超诗歌批评的评析，是姜涛文章最引人瞩目之处。张伟栋的论文沿着姜涛对“个人化历史想象力”的批评思路，结合陈超的具体阐释，以批评家的任务为己任，进一步对这一概念加以“校对和重置”。由吴昊、张凯成合编的《陈超学术年谱》，详备而完整，为进一步研究诗人和批评家的陈超打下了扎实的文献基础。

“陈超研究专辑”中的三位论者不约而同地选择“个人化历史想象力”作为切入陈超诗歌批评的视角和对象，可以看出这一概念蕴含的诗学涵义的重要性，因而，这个研究专辑也带有专题性质，而余旸的文章《“历史意识”的变形记》虽被列入“问题与事件”栏目下，但其论述内

容也与陈超专辑中的核心议题相关。余旸从“90年代诗歌”谈起，辨析这一概念出现之后各种诗歌思潮之间的对抗、关联，并指出“历史意识”是贯穿其间的内核。经过梳理，余旸发现：“1990年代发展出来的‘如何处理历史’这一诗学问题，不仅没有随着1990年代中期后社会语境趋向复杂表现出对‘历史’的开放性理解，反而逐渐脱离具体、复杂的社会语境，被脱脉络化地简化为‘伦理与诗歌伦理’‘道德与诗歌道德’‘诗歌的艺术自律与社会、道德、政治和历史现实的矫正压力’这样二元悖反的诗学论题。”由此，余旸辨析“历史意识”的内涵，剖析其在历史中的“变形记”。

本辑中的“诗人研究”专栏，刊发了四位研究者的文章，论及的诗人则有五位。吴丹鸿从多多的写作中，发现他贯穿始终的寻求精神“祖先”的孤儿焦虑，离析出多多诗歌中的“父”之意涵，并形成多多诗歌独特的“充满谜语与狂想的果然世界”。作者用神话原型和梦理学的方法从不同方面解读多多的诗作中“父”的意涵。贾鉴论述肖开愚90年代的诗歌，他从“经验”在诗歌中的涵义切入，分析肖开愚诗歌中的“身体地理学”“间歇的诗意”，并深入到诗人自我的复杂性，诗歌声音的构成等等。夏宇是台湾著名的先锋诗人，她极致而新异的诗歌实验就连她的诗歌同行也难以适应。刘奎从夏宇的创作方式入手，将她的写作与现代装置艺术相比较，讨论她的语言装置实验，并评析这种装置诗学的得失。张松建为我们介绍了两位对于大陆读者较为陌生的新加坡现代诗人，英培尔和希尼尔，文章运用了文化批评、社会学和政治哲学的理论概念，以两位诗人为个案，针对其现代诗的认同主题——“抒情的寓言”展开探析。本栏的四位论者都选取了具体的理论视角，切入诗人独特的诗歌形态和问题，比起泛泛或面面俱到的诗人论研究，显然要深透而明晰得多。

编稿之际，收到谢冕老师托洪子诚老师转来的“叶夫图申科研究专辑”，内收谢老师随笔一篇，叶夫图申科获得中坤国际诗歌奖的授奖词，以及洪老师的研究长文《读作品记：〈《娘子谷》及其它〉》。读谢老师的随笔，能够见出老诗人热情、诙谐、豁达的个性。洪子诚老师从诗人的代表作《娘子谷》谈起，讲述在上世纪的60年代、80年代、90年代，中国对叶夫图申科共计进行过三次译介，译介的作品侧重不同，背后的接受话语也有微妙的差异，反映着不同的意识形态话语。此外，文章还讨论了“政治诗”在当代中国的历史命运。可以说，洪老师的文章是一篇叶夫图申科在中国文学和社会语境中的接受小史。

“新诗史研究”栏目内，收入亚思明以“流散”美学为视角对《今天》诗群进行研究的长文。选取“流散”这一概念视角，论者不仅把《今天》诗群纳入世界文学的视野之中，而且还辨析了“流散”的形而上与精神内涵，认为“今天派”作家早在出国之前，就以他们的语言开始了“精神流散”。“流散”也是一种美学，可以以此赏析具体的作品；而“流散”作为一种语言事件，正如后期《今天》在海外的复刊，也带动了诗人的流寓、迁徙，以及不同文化之间的碰撞、交流。

本辑基本延续了前两辑《新诗评论》提出的“推出重点专题，强化问题意识，尝试在更大的关联性和问题空间中展开讨论，使之能与当下思想、文化领域形成更密切的互动”设想，同时也有意识地输入新鲜血液，为新作者提供发声园地。以上这些将继续成为本刊的努力方向。